如果问我为什么要爱

我告诉你,爱是相互救赎

与你重逢

冯雪静 著

宁波出版社
NINGBO PUBLISHING HOUSE

图书在版编目（CIP）数据

与你重逢 / 冯雪静著 . -- 宁波 : 宁波出版社，2023.8
ISBN 978-7-5526-5027-3

Ⅰ.①与… Ⅱ.①冯… Ⅲ.①长篇小说—中国—当代 Ⅳ.① I247.5

中国国家版本馆 CIP 数据核字（2023）第 098548 号

与你重逢
YU NI CHONGFENG

冯雪静　著

出版发行	宁波出版社
	（宁波市甬江大道 1 号宁波书城 8 号楼 6 楼　315040）
责任编辑	孙秀秀
责任校对	朱璐艳
装帧设计	金字斋
印　　刷	宁波白云印刷有限公司
开　　本	889mm×1194mm　1/32
印　　张	8.875
字　　数	180 千
版　　次	2023 年 8 月第 1 版
印　　次	2023 年 8 月第 1 次印刷
标准书号	ISBN 978-7-5526-5027-3
定　　价	48.00 元

如发现缺页或倒装，影响阅读，请与出版社联系调换　联系电话：0574-87248279

目 录
CONTENTS

引 言　1

第一章　越过这座高山　2

第二章　大学，遇见　11

第三章　男生，女生　17

第四章　草原之恋　25

第五章　校园爱情　35

第六章　好想走近你　43

第七章　童年的记忆　52

第八章　别无选择　59

第九章　　包裹成茧　70

第十章　　爱情就像一米阳光　75

第十一章　激情燃烧的诗歌年代　85

第十二章　无法抵御的浩瀚　96

第十三章　与你重逢　103

第十四章　隐逸山下　113

第十五章　草原来信　120

第十六章　失落的伊甸园　129

第十七章	我不是主角	139
第十八章	爱是彼此救赎	147
第十九章	摆渡人酒吧	155
第二十章	消失十年	170
第二十一章	重游母校	179
第二十二章	自由的心	188
第二十三章	灵魂的流浪者	197
第二十四章	任由命运汪洋	205

第二十五章　　旗山之村　215

第二十六章　　村庄里的传说　221

第二十七章　　与死亡一墙之隔　224

第二十八章　　迷失树林　233

第二十九章　　桃花流水,不相依　240

第三十章　　　像是活在云端　247

第三十一章　　青春如歌　256

第三十二章　　逃离与回归　264

后　记　　《与你重逢》创作谈　271

引 言

黄昏逼近,太阳依然不饶人,迟迟不愿就此隐去,似乎想侵占无穷无尽的黑夜。天空变得越来越苍茫,渐渐褪尽脉脉余晖中的那一片绯红。

男孩问:你知道伊甸园吗?

女孩说:嗯,还有亚当与夏娃的故事……

男孩说:在一个海湾边,那儿的海水与天空一样深蓝。一到晚上,繁星闪烁,映照在风平浪静的海面上,帆船点点而来。海边的沙滩上,高高的椰子树上结着一个个青色的椰果,椰子树下坐着男孩和女孩。那是传说中的伊甸园。

女孩说:人类幸福的伊甸园是在两河流域的古巴比伦王国。这繁盛的文明最终陨落,破灭的希冀不再复燃。

男孩说:那是一个很美好的地方,人类的祖先就生活在那片深蓝色的海域边。

最后一丝余晖,随着话音落下消失殆尽,地平线上不再有暖阳倾洒,尽是一片寂寥的黑夜。女孩看着身边的男孩,他的眼睛闪烁着温柔之光,他的身上泛着从未见过的光芒,像是黑夜中的救世主。那一刻,女孩动心了……

那是失落的伊甸园,那是无境之爱。

第一章

越过这座高山

YUNI CHONGFENG

一辆旧式小四轮缓缓开了过来，摇摇晃晃地停在了学校大门口。车上下来了一群充满青春活力的学生，在这些学生中，有一个提着紫红色旧式皮箱的女生，特别惹人注目，她就是萧云。十六岁的她，清纯、文静，一头乌黑的学生短发，一身浅绿色连衣裙，走在这群学生中，似乎与众不同。

学校在马路边。大门一进来，是一个旧式大会堂。在这个大会堂里，萧云曾经无数次领略了高中校长的独特风采。确如别人所言，校长颇有点个人传奇色彩。铃声一响，值班体育老师集合哨子一吹，同学们各自搬着小凳，齐刷刷地来到大会堂。一眼望去，几米高的木结构大会堂空荡无一物，四周木窗外漆剥落，斑驳着岁月的痕迹，灰白色的水泥墙上写满昨日的故事。终究只是镇级高中，房子破落也是情理之中。若是夏季，这会堂四面透风，还算凉快。如若冬日，西北风凛冽，遇上雨天，飞落的水花还会透过窗户往内灌。但集会时学生多，大伙儿聚在一起，也感觉不是太冷。水泥铺成的地面，也许是时间久远，坑坑洼洼满地皆是，学生的凳子放在上面，摇摇晃晃，始终坐不太稳。戴眼镜的校长高高地坐在主席台上，神情专注威严。

校长在台上激情列举着以前某某同学在这儿考上清华，某某同学在这儿考上复旦，以此来振奋人心。而最受同学讨论的是五十多岁的校长拥有两副眼镜，一副是近视眼镜，一副是老花眼镜。集会时，校长一会儿戴上近视眼镜看看讲稿，一会儿戴上老花眼镜看看队伍后面的学生有谁没认真听。校长的苦心，大家都明了，可调皮的学生们只觉得校长两副眼镜换来换去，好玩之极。至于报告的内容，当会堂东面的食堂飘来阵阵米饭和各种菜的香味时，他们或许就一个耳朵进，一个耳朵出，再也听不进一个字。孺子不可教也。

高一的生活，忙碌中又带点小小的浪漫。每天晚自习前十五分钟的文娱时间，那是主播徐家明与李媛的时间，他们轮流领唱流行歌曲。那歌声，一个欢畅畅的北方高音，一个情深深的南方低音，相得益彰，给沉闷的学习生活带来了无比乐趣。

文娱委员常邀请其他班级的歌手来本班教唱，谭咏麟的《水中花》、潘美辰的《我想有个家》，在学校里流行一时。十二人一间的上下铺寝室生活虽拥挤，而独立、自由、美好的未来，何尝不令人向往？

这是"千军万马过独木桥"的九十年代初，高考升学率低，学生心理压力大，除了上课和这美好的十五分钟娱乐，其他时间大多数人都是"低头族"。同学们默默地低着头,静静地守着自己的梦想,努力,再努力!

每天早上五点起床,晚上十点洗脸睡觉,而十点后本应是最倦怠的时间,可对有些同学来说,那是一天中最快乐自由的时光。

"你们知道咱学校老师里,谁对老婆最好?"昏黄的灯光下,吴同学半躺在床上,眨巴着眼睛,故弄玄虚。

"谁?"一大群女生倏地围到她床边,唯恐自己听不到。

吴同学不怎么爱读书,但她是寝室中最八卦的一个,她总会在临睡前津津乐道学校里师生的那些事儿。室友们每晚都能听到她的一些新闻点播,从中也知道了历史老师是怎么追到美如天仙的漂亮女友;数学老师是学校出了名的"妻管严";英语老师对他老婆肯定不好,因为有人看到他老婆挺着七个月的大肚子在学校对面排队买早餐。吴同学还经常评论一些校草校花之类的逸事,室友们认真地听着,时不时参与评论,闲聊声此起彼伏。

生活指导老师像是夜幕下的幽灵,从这个寝室的窗外,穿梭到另一个寝室的窗外。那是三十岁出头的女老师,长相老气,穿着朴素,但她爱穿高跟鞋。每当同学们听到"蹬,蹬,蹬"的皮鞋节奏声响彻在寝室外的走廊上,大家就知道她来巡视了。伴随着尖锐的训话声,还有楼下男生的吵闹声,校园的夜晚更不宁静了。这一阵阵夜晚的喧闹,似乎是白天学习压力的一种宣泄,抑或青春的一种躁动。直至十点半后,在男女生活指导老师的共同努力下,宿舍楼才会彻底平静。也许他们真累了,也许他们真想睡了,因为明天又要早起,又有一种新的压力在前方等待。明天,还有无数个未知的明天,阴沉、灰暗,又带有晨曦来临前的光亮和希望。

对于夜晚的热闹,萧云从不参与,因为她很清楚自己以后的人生幸福不幸福,能否考上大学是个关键。越过这座高山,可能就成了金凤凰;越不过去,今后的人生依然渺茫。

夜深了,校园的灯一盏一盏地熄了。窗外,一轮皎洁的月亮高高地悬在半空,柔和清透。这静寂的夜晚,柔软的心。

第二天又是一个新的开始。一大早,校长神情严肃地站在校门口,一如既往。校长真的很敬业。他会在课外或晚自习时间找几个学生谈心。谈心前,他早已将这些学生的家庭背景、学习情况以及性格都记得滚瓜烂熟,等学生被逮着,坐到他面前听训时,会有一种站在佛祖面前的恍惚感。做过的好事、干过的坏事,玻璃人似的里外清透,你不得不对这位老校长佩服得五体投地。

萧云班里好几个不求上进的同学,都被他叫去谈心过。回来后都变了个样:激情澎湃,如同被洗过脑般努力上进。而等过了一段日子,又旧病复发,懒散无斗志。话虽这么说,但你不得不佩服校长的专业与敬业。同学之间有事没事时,经常相互取笑:你这副模样,应该叫校长去给你洗洗脑。

学校所在的镇叫作长亭镇,山上驻扎着东海海军部队。站在教室的窗边,能远远望见山顶上望哨的海军战士,他们经常爬过蜿蜒绵亘的山路,下山来买东西。一身笔挺的白色海军服,亮闪闪的,总让同学们羡慕不已。

学校对面有一个理发店,沿着理发店一直西去,是一条无比热闹的老街,街上有卖衣服的,卖热气腾腾包子的,还有卖香喷喷茶叶蛋的。在对面灯光迷离的理发店里,时不时会传出最流行的歌声,香港四大天王的、林忆莲的、毛阿敏的,常让路过的学生们沉醉不已。

也许是听多了这些歌,闻多了这些茶叶蛋,每日去这条街上买早餐的政治老师总会在上课时妙语连珠:"一把手术刀比不上一把剃头刀,造原子弹的比不上卖茶叶蛋的,更不用说歌星,他们高歌一曲,我们要奋斗半辈子。"

政治老师的经典语录确实有道理,九十年代初的社会现实就是如此。知识分子们苦苦奋斗,日子过得仍是紧巴。而年轻的学子们如果不奋斗,如果考不上大学,或许往后的希望只在渺茫的田野上,或许人生就会如同鲁迅笔下所写:活泼可爱的少年闰土,变成迟钝木讷的中年闰土,直至有一天老死在这片贫瘠的土地上。

来自农村的孩子命运就是如此真实,这是他们逃脱不了的宿命。只有在书海中苦苦拼搏,或许命运才会有转机。奔逐在这追寻梦想的人流中,除了读书,还是读书,这是他们唯一的出路。

第一次月考,萧云考了全班第二,这是她自个儿都没想到的事。考第一的是萧凯。当其他同学还在默记"中国政治文化中心是北京、经济金融中心是上海"这类基本常识时,萧凯已经对中国地图海岸线边的每个城市都了如指掌。

聪明的萧凯在高一第二学期就转到县城高中去了,这让萧云有一种少了江湖对手的落寞感。插班生杨子就是在萧凯走后从外校转进来的。

高二的功课真的很忙,每天背不完的英语单词、记不完的历史地理、做不完的数学试卷。萧云觉得好累,她发觉自己就像原野上的一匹马,远方是无边无际的荒野,不知何处是个尽头。生活,除了奔跑,还是奔跑。有时,她真想不吃不喝,美美地睡一觉,就像《格林童话》中的睡美人,一觉睡到什么都明朗,什么都美好的年代。

"悬念中的世界,将我穿越,掠过命运。"这是多么令人惊喜,多么令人神往的生活啊!但现实终归是漫长的过程,那是艰辛之旅,那是充满血汗的奋斗历程。

周末回来,萧云发现数学笔记不见了,翻遍了课桌上下,还是没有。"是谁拿走的呢?或许是同学暂时借用去,说不定等下会拿回来。"她自我安慰着。

萧云从上午等到晚自习,直到晚自习结束,她还是没看到自己心爱的笔记本,实是郁闷。这数学笔记本对其他同学来说,用处不会很大,因为有些只是个图示,如同《周易》八卦般,别人不易看懂。但对萧云来说,那可是每天积累下来的心血啊!

心爱的数学笔记不翼而飞,她越想越伤心。

"哪个闲蛋干的好事?非把他揪出不可。"

数学笔记本还没找到,寝室里又发生了很多事。中午时分,回到寝室,正碰见一室友手忙脚乱地在找她的白裤子。萧云忽然想起自己那条漂亮的连衣裙,她快步走到阳台一看,周末晾在外面的绿色连衣裙不见了。

这条浅绿色的连衣裙,镶着白色的花边,清新雅致,萧云穿在身上就像小仙女般飘逸,曾让班里多少女生羡慕过。这是她从小到大拥有的最漂亮的一条长裙。

数学笔记被人拿了,裙子又被人偷了,萧云心情灰暗之极,看着窗外昏黄的路灯,一夜无眠。

第二天、第三天……数学笔记和漂亮裙子还是没半点着落。

体育课时,同学们都去了操场上自由活动。萧云心情不好,独自回到教室,闷闷地在自己位子上做作业。

"要不要借我的数学笔记重新抄一本?"她抬头看到杨子同学竟不知何时站在她面前,关切地问道。

"过几天再说吧,谢谢你。"

任是杨子无限关心,她什么都不想多说。

高二第二学期期中考试后,班主任在班会课上带来了一个惊人的校务决定:期末要进行一次高三分流考,淘汰一部分差生。这消息一下子掀翻了热锅,弄得人心惶惶。成绩差的同学瞬间有了危机感。生活不再是嘻嘻哈哈,代之而来的是残酷的生存竞争。课间的闲聊声、喧闹声,转眼之间烟消云散。男女同学间那些情书的传递,也成了遥远的故事。惊惧于学校的狠心,每当课代表发试卷时,大伙都翘首以待,心里那个急啊!他们迫不及待地想知道自己的成绩,唯恐在这次分流考中被淘汰。分数,分数!分数真成了他们的命根子,而伍同学就在这大山般的重重压力下出了问题。

一头齐肩短发的伍同学,长得眉清目秀,与人说话时总是笑眯眯的,看上去温柔又乖巧。高二的日子里,疲于题海战术,大伙各忙各的,根本没人发现身边的伍同学已很长时间没跟人交流了。伍同学形单影只,吃饭就寝皆是独来独往,而她的成绩却越考越差,有一次模拟考竟然考了后五名。

大伙一如既往地追逐自己的大学梦,谁还有多余的时间、多余的精力去安慰身边的她?直到英语老师把伍同学叫到办公室,对她严加查问,此时同学们才知道上周六晚自习后,她一个人溜进英语老师的办公室,偷偷拿走了准备分流考试用的英语试卷。可没等她走出办公室,就被英语老师逮了个正着。

经深入查问,萧云丢失的那本数学笔记,还有那条漂亮绿裙子,以及室友的白裤子,都被伍同学留存在她床边的旧皮箱里。

一向乖巧、家境还算不错的伍同学,竟出了如此问题,令人匪夷所思。听同学说,她似乎得了抑郁症,也不知真假。不久之后,她爸将她带回家去休养身体了。

风吹落了消瘦的记忆,尘世在迷失的缝隙中荡气回肠。满天满地的虚幻,跌宕今生。苍茫的季节,青春下落不明。

高三的日子真的辛苦,但又满怀期待,十年寒窗苦读,就为了这一年的摩拳擦掌。不知何时,学校展示窗贴上了几个醒目的大字:今年高考录取率5:1。这比例似乎还可以,可事实是悲催的,因为这是全省的录取率。尽管萧云他们这届独立招生,成绩好的学生没被县城重点高中招走,学生素质总体较好。但与省、市、县级高中比起来,这所小镇学校的教学质量是普通的,大学录取率极低。即便如此,同学们不得不拼搏,十年寒窗苦读,就为人生这一搏。如今,终于等来了,兴奋,害怕,激动,各种情绪翻江倒海般滚滚而来。

这一年,萧云考上了大学。

第二章

大学,遇见

YUNI CHONGFENG

有人说,人生是一条河,只要晴空万里,只要河中有一条小木船,就能踏上征程,去看看远方的世界有多大。

大学的校园好美,古典的建筑,绿色的大草坪,不远处跃入眼帘的是诗一般浪漫的樱树林。萧云拿着今天上课要用的书和笔记本,穿一身淡黄色的长裙,飘逸在风中,摇曳生姿,就像这个初秋般明媚。

在中文系的教室,她选了最靠墙的第一桌。她一直喜欢这样的位置,一个人可以自由地遐想,没人会打扰,任她沉浸于自我的世界。

同桌的名字叫周诗诗,也是她的室友。都喜欢角落的位置,应该有着相同的个性吧?萧云正这样想着,走进来了一位年轻的男老师。

"他怎么可以这么帅?"

这一天,萧云第一次遇见了诗,遇见了她的诗人老师。

"我姓夏,夏翊就是我,我就是夏翊。"

"诗,是我的歌,我的灵魂。世界不会因为没有我的歌而失去生命,可我没有歌,就会枯萎得没有一点颜色。"

夏翊老师沉醉于诗的美好,幽幽间似有百转千回之爱恨情仇,犹如一叶孤舟,独自漂流在大海深处……

"这是一位忧伤而理想主义的诗人老师。"

夏翊在讲台上述说着自己对诗的一片深情。坐在第一排角落里的萧云默默地听着,一双晶亮的大眼睛好奇地望着她的诗人老师。

在夏翊带来的第一节诗歌写作课上,什么象征、暗示、隐喻,萧云听得迷糊,但她始终记得夏翊阳光又带点阴郁的身影。

窗外的月亮,透过风中飘起的帘子,将皎洁的月光静静洒落人间,少女般的欢快、明朗。

"快点,快点写好,我们要走了,电影快开始了。"

室友阿妹在旁焦急地催着,就想替萧云捉笔,三言两语将她迟迟未竟的作业急速完工。

阿妹是寝室里学习最认真、工作最有干劲的女生,做事永远神速。

"我就快写好了,你再稍等几分钟,几分钟就好了。"

阿妹只得直直地干瞪眼,无可奈何。

其实看电影根本不用担心没位置。电影院布置在一层大食堂,几十张饭桌椅往两边一移,就腾出了个室内电影院。昏暗的灯光下,人头攒动,密密麻麻的人群完全挤压在一块。他们都直直地站着看,年轻人拼的本是青春激情。这是二十世纪九十年代初,能在大学里看电影,本就是一种无上的幸福。

大屏幕上正放着心心念念的《罗马假日》,赫本饰演纯情可爱的公主,派克饰演绅士风度的记者,他们的爱情浪漫又悲伤。在这激情燃烧的大学里,和着唯美的电影故事,他们时不时地嬉笑着,欢呼着,强烈的青春荷尔蒙爆棚。

"赫本应该嫁给派克,在《罗马假日》电影中如此,在现实生活中更应如此!"

看完电影,阿姝意犹未尽,戚戚幽幽的心,宛如三月来风,春寒料峭。

"他俩是一生一世最好的朋友,仅此而已。"

萧云倒是坦然于电影剧情,梦是美好的,而现实永远是寒流般残忍。即使种子绽裂,樱花含苞,一场夜雨袭来,任你情感如江河决堤,滂沱千里。

"公主为什么不嫁给他呢?

"电影是电影,爱情是爱情。"

阿姝与萧云,你一言,我一语,一路感叹。阿姝自始至终觉得赫本与派克应该在一起。

"阿姝才是真正的理想主义者。"

夜阑珊,人未央。行走在人间烟火中的男男女女,情海沉浮,谁都猜不透,更何况是两个涉世未深的少女。

看完电影,萧云和阿姝两人去老乡那儿享受刚从校园湖边钓来的"大"龙虾。一锅酱醋香辣龙虾,一碗辣炒田螺,几杯啤酒,吃得大伙忘却了人间一切悲喜。

"干杯,干杯。"不知几时,萧云发现平时很少喝酒的阿姝面色绯红,不停地喊着"干杯"。一堆人中,她喊得最响,宛如树上欢唱的黄莺鸟。

"阿姝,你少喝点,别喝醉了,否则被宿舍阿姨看见了,又要数落。"萧云有点担心,唯恐她醉了去。

"我才喝了两三杯,不多不多哉,你一百个放心,我不会醉的,"她直直地看了萧云一眼,继续晃着手中的酒杯,"赫本公主应该嫁给派克!"

意犹未尽。说完这话,她又继续与大伙干杯。萧云似乎明白了今夜阿姝如此有兴致的因由,她还沉浸在哀婉的电影剧情中。平日里只知努力读书上进的阿姝,终究还是善良多情的小女生。几个老乡也豪情万丈,"酒逢知己千杯少",大学校园中的他们,像是都醉了,又像是青春里的荷尔蒙作祟,觥筹交错,众人欢也。

看电影,吃龙虾,回至寝室已熄灯。萧云拿出手电筒,写未竟的作文。这作文的字,作文的内容,与黑蒙蒙的夜色混沌一体。月朦胧,水朦胧,文也朦胧,因为明天早自习必须准时上交。

萧云匆忙而就的作文叫作《海的故事》。写作课上,作文发了下来。

"人生海海。孤独是片深海,你将要划向何方?每个人都是自己命运的舵手,应该勇敢地去选择,去面对未来……"

洋洋洒洒的一片红字批文,看得萧云一阵脸红,一阵心慌。夏翊老师的批改真是细腻啊!他似乎看穿了萧云当初写这篇文章时流淌的每一缕思绪。什么天高水远,其实只是雨季幽谷溪流,泥沙俱下,哗啦啦一泻千里。可夏老师在她平淡无奇的叙事路上,撒下了春天的种子,陌上花开,遍野是芬芳。

窗外,晴空万里,树影婆娑。秋日的暖阳在枝头洒下了丝丝缕缕金色的光芒,几只鸽子在屋顶悠闲地踱来踱去,时而低垂,时而向着远方。

夏翊老师到底是怎样的人?他的笑容那么明朗,生活幸福多多吧?每天听他热情洋溢地讲写作,讲卡夫卡、波德莱尔和海明威,如同熟悉年少时唱过的每一首歌。

"夏老师真有才华,会写诗,又会讲诗。"

猛然间她清醒过来,睁大眼睛看看亮堂堂的教室,暗自失笑。这是什么地方?神圣的大学殿堂,她为之奋斗多年,好不容易才挤进来的殿堂。如今的她正在课堂上听夏翊老师诵读但丁的诗作。你竟不好好听课,在大白天冥想老师的私事,你的想象力太离经叛道了吧?你为什么要去了解他?他只是你的一个大学老师,你迄今为止还没说上一句话的写作老师。

"他是一位诗人,一位很有名气的诗人!"这是萧云对夏翊唯一的了解。而在大学里想了解一个人还真不是难事。没过几天,室友们纷纷聊起了老师们,关于夏翙的话题最多。原来这么帅的写作老师背后还真有一段故事。夏翙是大学里知名度极高的诗人。听学姐说,他有过一个女朋友,可三十岁那一年,他失恋了。

"这么帅、这么有才华的男人也会失恋?"

还真是悲催!也许上天就是不让他完美,这也是一种宿命。宿舍的灯陆陆续续地熄了,一天的忙碌,或者悠闲,在热情高涨的睡前聊天中结束。男神级别的夏翙老师,原来也有悲伤的故事。

不知从哪个寝室传来了梅艳芳的《芳华绝代》,歌声清婉飞扬,飘荡在苍茫夜色中:

> 唯独是天姿国色不可一世,
>
> 天生我高贵艳丽到底,
>
> 颠倒众生吹灰不费,
>
> 收你做我的迷……

第三章

男生,女生

YUNI CHONGFENG

同寝室的阿姝买了一大箱方便面,理由是节约饭钱,好买些张爱玲的传奇小说。她悄悄告诉萧云,暑假准备去上海寻访张爱玲故居。这一年,张爱玲在美国孤独去世,在大学生中反响很大,校园里传阅着张爱玲的传奇小说,萧云也买了一套。女人是红玫瑰,白玫瑰;女人是白月光,朱砂痣;女人有倾城之恋。张爱玲遇见了情场浪子胡兰成,给梦想美好爱情的女生们带来几分清醒,几分悲催。原来爱一个人低至尘埃,也并非好事。

看完借来的《红玫瑰与白玫瑰》,萧云到对面宿舍楼老乡那儿去还书。在寝室走廊上,她忽然听到了一阵熟悉的爽朗的说笑声,久久地回荡在长廊上,像草原般粗犷,又像是大海般深沉。

"是夏翊老师。"

刚开学不久,他来看看自己班的学生。他是隔壁班的班主任,此时正在女生寝室里与她们谈笑风生。

"夏老师,你帮我试穿下这件毛衣,我刚织的,准备送人。"

"好好,这毛衣颜色不错。"

"夏老师,给你泡杯茉莉花茶喝喝。"

"夏老师,送个李子给你吃。"

在物质依然贫乏的九十年代初,女生们拿出心爱的零食给夏翊吃。嬉笑声,说话声,喧闹成一片。他是她们的王,他是她们的男神,也是这所大学里所有女生的男神。如此俊朗,如此有才华的诗人老师,谁不喜欢?

听得他们一片说笑声,萧云迟疑了一会儿,径自走了过去。那熟悉的笑声还在走廊上久久回荡着,像是夏日午后远方雪山上吹来的清凉之风,沁入她的生命,永不再消失。

梦里走过小河边,杨柳拂堤,波光微澜;石板小桥,青苔斑驳。没有过多的理由,有些人注定会在你生命中留下深深浅浅的记忆,清新而悠远。

寝室里共有四个女生:萧云、吴虹、周诗诗和阿姝。短发的吴虹长得好看,嫩白的圆脸,出水芙蓉般的美,一米七的个子,走路带风。可能习惯了快速的走路方式,她说她从小到大一直是班里的短跑冠军。

周六下午,寝室里只有萧云和吴虹,其他两人回家的回家,约玩的约玩去了。

"萧云,能否借我点钱,最近我姐没给我寄,"吴虹坐在床上,一边看书,一边抬头望向萧云,"我姐去阿联酋两个多月了,杳无音信,也没给我寄过钱。"

怪不得吴虹最近不出门,萧云还对这事奇怪过,原来她的生活费不足。

"也许你姐碰上了难事,我还有四百元钱,咱们先分享着用吧。"说完,萧云打开皮箱掏出钱来,分给吴虹两百元。

"谢谢你,等过段时间我再还你。"

吴虹的身世很复杂,她曾与萧云提起过。她自出生起就被寄养在阿姨家,原因是她自己家已有两个姐姐,她是第三个女儿。亲生父母旧思想严重,硬是想再生一个儿子传宗接代,姐妹中最小的她出生没多久就被寄养至阿姨家。幸运的是阿姨夫妇两人虽年纪偏大,为人倒是淳朴厚道,视她如己出,表姐表哥也待她如同亲妹妹。

小时候的吴虹不缺亲情,可自从考上镇里重点高中后,在生活上就遇到了麻烦。到底该由谁供她读书?养父母年纪大了,生活拮据,根本没多余的钱供她读书。表哥娶了媳妇后,小本生意赚来的钱全归媳妇管了。这家庭中唯一能资助她的就是表姐。比她大四岁的表姐没考上高中,一直在外打零工。自高中到现在读大学,表姐每月会按时给她寄钱。两个月前,表姐在街上看到了一个招工广告,培训了几天后去了阿联酋,说是劳务输出,可至今已过了两个月,杳无音信。当初两姐妹可是拉钩说好同甘共苦、有钱共享的。

其实吴虹本可以向她亲生父母要,许是怨恨亲生父母当初将她寄养,一直以来与他们感情淡漠。考上高中时,亲生母亲也曾到学校找过她,想给她点生活费,可吴虹就是不见。后来再也没见过亲生父母来学校找她。亲生父母自己家孩子本就多,后来又添了一个弟弟。许是从小疏离,对吴虹其实也没多少感情可言。

"如果你姐再无消息,你可怎么办?"萧云不禁替她担心,朝床上的吴虹望去。

吴虹似在认真看着书,也不知有没有看进去。她那清丽又布满忧愁的脸庞散发着青春的气息,二十岁的女孩,美得像一朵盛开的花,可有些事就是让她开心不起来。

第二天一早,吴虹就不见了,也没与萧云说一声。从小在特殊环境里长大的她,就这么特立独行。

寝室外有人在敲门,萧云打开门一看,原来是周诗诗妈妈到学校找女儿来了。周诗诗曾与父母说过这个周末回家,父母准备了一桌菜,可左等右等,还是没等到女儿回家。周诗诗也没给家里打个电话。一大早,周诗诗的妈妈柳惠就坐公交车急匆匆地来学校找女儿。

"诗诗去哪了?她跟谁出去玩的?"柳惠一脸茫然,她为青春叛逆的周诗诗愁白了头。

"我也不知周诗诗去哪儿了。上周她与几个同学去了舟山海岛玩,这周还真不知道。阿姨你别担心,周日晚上她肯定会回来的,"萧云看着眼前的柳惠忧心忡忡,赶紧劝上几句,"诗诗在我们大学里是很活跃、很独立的女孩,她会照顾好自己的。"

"她若回来,你叫她给家里打个电话。"

柳惠似乎很担忧。已是中年妇人的她,端庄优雅的气质里掩饰不住焦灼不安的情绪。只有诗诗一个女儿,如今诗诗刚上大学就要逃离她的监管,确实心烦。从小对女儿管教严格的她,不知问题到底出在哪个环节。她想起小时候的诗诗,那是她五岁之前,在新疆那片茫茫荒野上,年幼的她总是独自往外跑,跑至戈壁滩上,跑至草原上。她似乎无比眷恋眼前这片土地,总有无尽的力量往外奔逐,去独自探索风沙漫天的戈壁荒滩。

"诗诗,诗诗,你在哪儿?"无边的荒漠上,夫妇俩焦急的呼唤声依然萦绕在柳惠耳边,恍如昨日。

如今的诗诗也喜欢往外跑。她骨子里有着一种与生俱来的流浪情结。在大学校园里找不到女儿的柳惠没多说什么,她将一袋水果放在诗诗桌上,就默默离开了宿舍。

已是大学生的周诗诗确实是大忙人。自从加入学校文艺部以后,她变得更忙了。新生文艺晚会、兄弟学校联谊会、元旦晚会,编排表演活动丰富。多才多艺的她既是编剧,又当演员,每个周末都有事。

萧云说:"诗诗,你周末不回家,还是提前与你家人说一声,你妈都来学校找你了。"

诗诗说:"没事。自小到大,他俩只知道加班工作,以前什么时候关心过我？现在我长大了，他俩却要来管我，真是不懂。"

"你爸妈本来工作就忙。"旁边的吴虹也好心插了一句。

也许是同情诗诗爸妈的一片苦心吧。又是打电话，又是坐公交车，一路辛苦来学校找女儿，可每次都失望而归。

萧云问："你是不是谈恋爱了？"

诗诗说："没有，只是与几个朋友一起玩。我从小习惯了自由自在的生活，五岁前，我跟着父母生活在新疆，他俩时常吵架，从不考虑我年幼脆弱的心。五岁之后，我们一家回到浙江老家，我就跟着奶奶住在乡下，因为他俩上班加班忙，没时间照顾我。你不知道那时的我有多孤单，可就是见不到他们。起初我怨恨他俩无情将我独自抛下，后来慢慢地习惯了，习惯了与他们疏离，习惯了再也不需要他们。如今我读大学了，他俩却要来黏我。他们越管束，越会让我难受，似有无形的枷锁时时刻刻纠缠在我梦境中，让我窒息。噩梦醒来，只想逃离。"

人的情感是复杂的。同学面前的周诗诗，开心果一个，似乎从未有过烦恼之事。她本来外型条件就好，一张可爱的苹果脸，无忧无虑似的。那一身浅蓝色的牛仔，洒脱、纯粹，像极了她的不羁。在寝室里，大伙都喜欢她，除了她与父母的关系，让人难以理解。

诗诗在逃避，一直在逃避。她谈恋爱似乎就是为了逃避过去的伤痕，像是用一种感情来替代另一种远去的感情。女人天生容易沦为感情的奴隶，女人的生命里不可能没有情感。在父母的世界缺爱了，她必然会去寻找另一种爱，那就是男女之爱。

诗诗恋爱了,这是她们后来才知道的事。每个周末,她都和他在一起,他叫童言,隔壁班高一届的校草级帅哥。周诗诗也许是遗传了她妈的基因,喜欢唱歌,喜欢跳舞,极有文艺细胞,和童言极为般配。迎接新生联欢晚会,她和他搭档唱歌,几次排练就擦出了爱的火花。她喜欢上了童言。童言家境好,又是校草级人物,注定了这段感情的坎坷。听学姐说,童言爸爸是市里一个领导。其实诗诗家境也好,父母都有正式工作,但要与童言公开恋情,依然茫茫无望。因为童言从未与别人说过自己有女朋友,更没有在公开场合与诗诗秀过恩爱。校园里,光明正大恋爱的那些男男女女,你侬我侬,图书馆、食堂、樱花树下、江边,到处是爱情的温柔港湾。而室友们从没看见过周诗诗和童言公开在一起,也从没见过童言来寝室找过周诗诗。他与她只是黑夜里的传说。

萧云有点担心周诗诗。好在诗诗性格开朗,整日里笑嘻嘻,谁也不知道她正陷入一段无比黑暗的情感深渊。

周六晚上,寝室熄灯了,诗诗才跟跟跄跄地走进寝室。她似乎喝了好多酒,没洗脸就倒在床上睡了。萧云怕她冻着,过去给她拉了下被子,只闻得一身酒气袭人。

第二天,周诗诗很早起来,洗了下脸,搽了面霜和口红,戴上一条红丝巾,一溜烟地又出门去了。萧云本想问她点什么,还没来得及问,她的背影已消失在楼道拐弯处。她的心早已属于别人,谁也拉不回她了。

国庆时，学院里举行了文艺晚会。璀璨的霓虹灯下，一袭粉色长裙的周诗诗和童言一起代表中文系，深情款款演绎了一首《晚秋》。甜美的歌声像是她心底沉郁多时的爱情。在这美好的夜晚，在这亮丽的舞台上，倾情唱出的何尝不是她的心声。

"在这个陪着枫叶飘零的晚秋，才知道你不是我一生的所有，蓦然又回首，是牵强的笑容，那多少往事飘散在风中……"

那一晚，周诗诗没有回寝室。

"她对男生有一种致命的诱惑。"一直是张爱玲迷的阿姝这般评价周诗诗。萧云也颇有同感。周诗诗有一种香港女星张曼玉般的热情和性感，像是一团火，燃烧了别人，也燃烧了自己。她与童言的故事依然沉于地底下，来无踪，去无影，谁也猜不透到底是怎么回事。

"他们绝不是爱情，真正的爱情是惺惺相惜，是那种想让全世界的人都知道的感情。连公开都不愿意，怎会是爱情？"萧云如此想着。

男人和女人的世界，永远让人不懂。

第四章

草原之恋

YUNI CHONGFENG

也许所有的果都有个因吧。柳惠坐在镜子前,看着自己这张饱经沧桑的脸,恍如隔世。

周诗诗的苹果脸和身上特有的性感,遗传自柳惠。年轻时的柳惠,是多么爱美的上海姑娘,在霓虹灯璀璨的舞台上,长裙飘逸,欢快地跳着芭蕾舞。她气质优雅,天生带有艺术的气息。每一次飞跃,每一次侧腿,昂首挺胸,都如此完美。修长的身材,纤细的腰身,像是仙女般在舞台上翩翩起舞。舞台下的掌声如潮四起。那是她最美的青春年华,那早已遥远的梦境。记忆就这样永远铭刻在她十八岁的光辉岁月里。

那是激情燃烧的七十年代,"我们也有一双手,不在城里吃闲饭"的口号,响彻上海这座"东方不夜城"的每一个角落。理想感召,一大批上海青年欢天喜地奔赴新疆,投入生产建设兵团队伍中。火车站、汽车站、码头,人山人海,挤满了上山下乡的知识青年和送行的亲朋好友。锣鼓喧天,如海潮涌。他们青春的脸上写满了理想。

柳惠就在这熙攘的队伍中,她没想到上海站的这一挥袖离别,会是如此漫长的一段人生。

传说中的新疆,一马平川,"风吹草低见牛羊"。他们一直以为春天播下种子,秋天便能收获无数粮食。而等他们真正来到这里才发现,这是一片不毛之地,西风猎猎,风沙漫天。一望无垠的戈壁滩上,不到半天光景,柳惠白皙秀丽的脸庞上就沾满了沙尘,长长的睫毛掩盖不住风沙无情的肆虐。她赶紧用红头巾掩住脸面,只露出一双困惑黑亮的眼睛,迷茫地望着眼前的一切。潜伏心头的理想犹如积存千年的冰雪,瞬间化作脚底下这片土地上的悲凉。

没有住处,没有土灶,他们一起搭帐篷住,就像洪荒时代的原始人群,一切从头开始。搭建矮平房、简易床和土灶,生火,烧饭。然后跟着队伍去开荒种地,朝起暮归。青春情怀里跳动的激情,终究抵不过贫寒艰苦岁月的洗礼。夜幕下,她独自站在茫茫无际的戈壁滩上,星云缀满夜空,忽闪忽亮,死一般地沉寂。有时她会想起远在千里之外十里洋场的上海滩。无边无际的思念之情,如同夏日野草般地疯长,噬咬着柳惠的每一个艺术细胞。她感觉自己掉进了无涯的荒野。时代赋予的责任,除了勇敢奔赴,没有更多的选择。十八岁的青春从这里开始写起,一页一页写满个人的悲喜和时代的史诗。

来自全国各地的知青们一到新疆,立即投入兵团建设中。他们在戈壁滩上建设一座座电厂,开挖一条条河流,大面积种植白杨和棉花。细皮嫩肉的上海姑娘柳惠被分配在放羊班。农场后面的山那边有一片草原牧场,赶着上百头绵羊去草原放牧,就是柳惠与女队友每天的任务。在农场中这工作还算轻简,她每天做着这简单又重复的工作,直至春天接羔工作的到来。

春天来了,草原上的冰雪开始融化。大地回暖,万物复苏,羊群下羔的季节来临了。每天上午,柳惠赶着羊群出门去。一路上拖着奶袋的羊偶尔要产羊羔,柳惠与女队友一路忙乎。有时碰上好运,随身带着的毡袋装不下刚生下的羊羔。她俩悲喜交织地忙乎着牧羊和接羔。年轻的周海就在这时出现在柳惠面前。周海比柳惠早两年来到兵团,兵团里人多,两人从未真正相识。接羊羔的季节里,农场领导觉得周海性情温和,工作耐心,就指派他过来帮运羊羔。周海成了草原上羊羔的守护神,天天背着运羔的大毡袋,开着一辆咔嚓咔嚓响的旧式拖拉机,来来回回奔波在草原上。

那是春寒料峭的日子。下午三四点,柳惠接好了几只羊羔,坐上周海的拖拉机准备回农场。戈壁滩上忽然刮起一阵狂暴的西北风,漫天风沙肆虐,云气阴沉,辨不清东西南北。

"周海,我们会迷路的。"柳惠忽然害怕了起来。

此刻的周海还真晕了方向,这两年来他从未在外面遇见过风暴。

"昨晚农场的广播也没通知,难道是忽起的风暴?"

他极为不解。可是恶魔般的风暴席卷着不远处的一切,荒野凄迷，飞沙走石，浓黑窒息的一团团阴影渐渐逼近，似要吞噬周海和柳惠眼前的一切。

周海赶紧下车看了看四周，他怕拖拉机的柴油燃尽。"如果没油，那今晚我们还真回不到农场了。"这样一想，索性先关掉发动机，他得节约发动机里的柴油。等他将四周地形辨别一番，准备重新启动时，却发现发动机失灵了，"咔嚓，咔嚓……"拖拉机犹如垂死之人，呜咽几声后，就彻底地失声在荒原上。无论周海如何使劲，拖拉机就是不听使唤，沉闷不响。

"见鬼，发动机坏了！"平日里从不抱怨的周海不禁火冒三丈。

周海与柳惠还真没想到会遇上这摊事。在荒无人烟的戈壁滩上，任你喊破喉咙，也不会有人听见赶来帮忙。本来再开一小时左右就能回到农场，可如今呢？眼看着炽红的夕阳缓缓坠入西山，天色渐渐暗了下来。柳惠在拖拉机上早已缩成一团，她害怕得不敢多吭一声。他俩被远抛在半路上，这是谁也不会想到的事，更不会有谁知情赶来救援。

"看来今晚我们要露宿戈壁滩了。"

周海看着焦虑中的柳惠，无可奈何。他也急，可急也急不出办法。

"那拖拉机上的羊羔怎么办？草原上的夜晚降温厉害，车上又没保暖措施，羊羔会冻伤的。"柳惠一脸无助地望着周海。

她第一次近距离地看着周海的五官，不知是天生的，还是在这片土地上待久了，他的皮肤确实有点黝黑。他戴着一副黑框眼镜，与他的肤色极为搭配。眼镜下面深藏着一双深度近视的眼睛,像是稍微开放的一扇窗,不经意中透露着他性情的温和深沉。

"这是一个真诚善良的男人。"

不知怎的,在夜幕和凄寒即将到来之际,这种感觉像是飘忽掠过的一丝温暖,莫名地浮起在这无涯的荒野上,似要沉淀至她的心底。

终究是女人,柳惠首先想到了刚出生的羊羔。保护好羊羔是农场工作人员义不容辞的职责。她和周海深知建设兵团这一纪律要求。周海看了看还没见过世面的羊羔,那弱不禁风的稚嫩,让他心头不由得一阵颤动,他毅然脱下了自己身上穿着的军大衣,小心翼翼地盖在羊羔的毡袋上。

夜幕终究降临了。周海与柳惠不得不钻到有篷盖的拖拉机后车厢,他们与袋子里的羊羔挤在一起。夜晚,四野的温度骤降,越来越冷。他和她不得不挤在了一起。柳惠怕周海没外套要冻坏,索性脱下自己的军大衣,两人拼着包裹在一起。周海本想推辞,但想想太冷了,只能如此。

半夜时最可怕的事还是发生了。迷迷糊糊中,柳惠梦见了来自荒原的一束可怕的亮光,地狱般阴冷。她吓出了一身冷汗。等睁开眼睛一看,冰冷的月光下,车的正前方有两只通红的大眼睛正死死盯着他们。

这是草原上的狼!

柳惠赶紧推了下周海,在他耳边轻轻地说了一声"狼"。周海猛然惊醒。

"现在是春季,狼应该在岩石堆中下崽,怎么会跑出来?"两人甚是奇怪。

为保护羊群,草原上一直在打狼,很少看见有狼独自出来活动。狼有狼性,平时不住狼洞,只有在母狼下崽的时候才住进狼洞。小狼差不多一满月就睁开眼,再过一个多月就能跟着狼妈妈到处乱跑。等猎人此时再去掏狼,狼洞早就空了。狼是很狡猾的动物,它与羊一样,喜欢在开春下崽,那时牧民都忙着接羊羔,根本没时间去顾及狼的事。此时母狼就可以在狼洞中好好生养狼崽,肚子饿时,也会带上狼崽去附近村庄偷吃羊羔,顺便还可以教狼崽捕食。这是草原上的狼群自我繁衍、生生不息的原因。

此时的柳惠害怕极了,她紧紧地靠在周海身上,似乎都能听到周海咚咚有力的心跳声。周海在车厢里摸到了一根可以驱狼的长竹竿,在机器柴油罐里浸了几下,然后从衣袋里拿出打火机点燃竹竿一端。他将燃起的火焰慢慢伸向狼的前方。本以为狼见了会立即跑开,可这虎狼之心不可小瞧。这狼只是稍稍向后退了几步,没半点离去的意思。就这样,双方对峙着,僵持了十多分钟。眼看竹竿一端的火就要熄灭了,一丝无奈和绝望掠过心底。他俩真不知对策了。好在此时,孤狼终于转过身去,对着夜空中的月亮长吼一声,然后跑开了……

直至第二天早上,农场才发现人员未到齐,马上派出车辆去寻找他们。

这事以后,柳惠与周海的感情似乎近了一层,但她还没想过要嫁给周海,她一心想着嫁回上海。

每当夜幕降临,柳惠在矮平房的小屋里听着舞剧的音乐,那是她当年从上海带来的仅有的几盘磁带。音乐响起,她随之舞起,旋转、飞跃、侧腿、昂首、挺胸,只有沉浸于音乐的这一刻,她才觉得青春还是快乐的。

柳惠的眼界是高的。青春秀丽的她,骨子里看不上兵团里的男人。她爱美,爱打扮,亭亭玉立的身影就像是北方的一棵白桦树。她将兵团里积下的工资大都用来买面霜之类的护肤品,然后大老远地叫父母从上海寄来。她曾以为趁自己年轻,响应国家号召,在新疆这片土地上当几年知青,然后回城,生活依然美好。

一年又一年的回归无望之后,她终于向生活妥协了。她嫁给了周海,一个像大海一样处处包容她的男人。

周海是个好男人。他有文化,有思想,随从他来至这片荒原的是一大袋书:《钢铁是怎样炼成的》《战争与和平》《罪与罚》等,还有一本厚厚的《中华古典诗词注》。这么多年里,他从没荒废自己的学业。可柳惠就是不怎么喜欢他,也许,两人的性情太不一样。柳惠喜欢歌舞,喜欢浪漫的情调。周海是了解柳惠的,他深知她内心深处的抗争,除了实在被她折腾得生气顶撞她几句,大多时间他还是宠着她的。有时,兴之所至,他会拉着她的手,跑上几公里路,赶到天山脚下深谷岩滩里去寻找野马的踪迹。运气好时，躲在树林后面会看到一大批神采飞扬的野马在谷底溪边休憩，悠闲地饮水吃草。那一匹匹赫红色的骏马长鬃飞扬，灵动飘逸得像天堂来客。那是他俩最大的快乐和秘密。

在这片荒凉的土地上，他们一待就是多年。两个冤家吵啊闹啊，折腾那么多年，还是紧紧拴在了一起。柳惠曾想过，如果她一直待在上海，绝不会看上来自浙江小镇的周海。两人吵架时，她常对他说这刻薄的话语，似在折磨着周海，也在折磨着自己。

她常在梦中恍惚看见高楼林立、人声鼎沸的上海滩，那是多么繁华、多么热闹的东方不夜城。而当从梦中惊醒，屋外的荒原一片死寂，偶尔传来几声凄厉的动物嘶吼声。那片灌木丛后淤泥沉积的深渊、腐蚀的动物骸骨、猎人的枪和垦荒队的旧拖拉机……百里之内散发着死亡的气息。每个夜晚，她都如此害怕。她不怎么喜欢周海，可似乎又离不开周海，他俩像是荒原上的两棵树，共同抵御着时光中的孤独和煎熬。来新疆的第五年，周诗诗就是在这样的环境中悄然降临。

周诗诗曾说，她来到这个世界，本是一个悲剧。自认为没有爱情的一对男女，被捆绑在这片荒原上。别人是父母爱情的结晶，她是父母悲剧的结晶。戈壁滩上种的白杨成林了，像是坚毅执着的战士默默守护着这一片土地。搭建的一个个葡萄架上挂满了紫红色的葡萄，成片的棉花像天上的白云绵延千里。柳惠和周海的故事还是一如既往，生发不了多少爱情。这些年的艰难繁复，剧情没发生一点点的转折。

周诗诗五岁那年,一家人随着知青返乡队伍,终于回归故里。

柳惠说:"我想回上海,上海是我的家,我一直想念上海的热闹和繁华。"

周海懂她的心思,默默陪着她去上海找工作。这些年上海回来的知青多,一大队人马集中回城,就业还真不易。柳惠父母送了些礼,托了很多熟人,还是没等来好工作。柳惠原先待过的剧团早被合并,人员编制已满。无论柳惠有多留恋上海故里,可这个城市似乎早就淡忘了她。这么多年来,除了养羊牧羊,偶尔跳下当年的歌舞,没有其他长处的她再也找不到容身之地。即使她有万般不甘,可命运赐予她的就是如此凉薄。她不再属于上海了。曾经的豪情壮志,曾经的风沙漫天,成为她生命中的一种磨炼、一种信仰,只留在记忆深处。

"还是回我浙江老家吧,上海容不下我们了。"周海望着无助的柳惠劝解着。

在上海这座人生地不熟的大都市里,周海没有任何亲朋好友,也没有任何人情关系。他带着妻女来到浙江老家的一所大学里教书,学校里竞争激烈,工作也忙。柳惠也进了当地文化馆的编制,平时指导学生表演歌舞,时常晚归。想着女儿年幼,他俩考虑再三,还是将她送到乡下老家,由爷爷奶奶帮着照顾。周诗诗和父母间本就不多的亲情,就这样渐行渐淡,在时间的长河中,慢慢结成了冬天里的一块坚冰。

读初中后,周诗诗才被父母接至身边上学,而亲情冷冻已久,一时难以消融。考上大学后,周诗诗开始逃离家庭。此时的周海和柳惠才真正意识到女儿的远离。

柳惠幽幽地对周海说:"我们要失去女儿了。"

听柳惠一说,周海放下书本,找来周诗诗寝室的电话,叫柳惠打过去,让女儿这个周末回家。柳惠几次电话打至女儿寝室,都是萧云接的,周诗诗从没接到过。她打得有点儿不好意思,似乎犯错的是她,而不是周诗诗。

第五章

校园爱情

YUNI CHONGFENG

数学系的程川来通知,周六老乡们到学校前面的江边野餐,庆祝大伙重聚在这所大学里。程川是萧云的高中同学,有人曾开过玩笑,说程川好福气,大学里老乡佳丽多。说者随意,听者有心。这不经意间的玩笑话,程川还真听到心里去了。也许在深夜的集体宿舍木板床上,他早就暗自窃喜做过美梦了。十多年的寒窗苦读,好不容易挤进了大学,哪个男生不想在大学里找个漂亮女友?

说程川好福气也不无道理,这所大学的老乡们个个是美女。中文系里萧云和吴虹是美女,住在对面宿舍楼的小妹也是美女。

刚开学那会,来找程川玩的高中同学还真是多,三天两头都有,有同一城市里坐公交车来的,也有周五逃课远道而来的。这些同学美其名曰来看程川,实际上他们的这份心思谁都看得出,更不用说本就精明的程川。程川不好冷落来者,一个又一个同学远道而来,吃饭、住宿、陪玩,忙得他焦头烂额。这些同学一来,程川就陪他们去找漂亮老乡。萧云、吴虹和小妹是"首选佳丽"。有时萧云实在不好意思推辞，就与吴虹一起，陪着他们到处闲逛瞎聊。他们一起去学校对面的小饭馆吃几个家常小菜，然后去学校前面的江边散步，看一艘艘轮船络绎不绝。

也许色胆不够，也许真是对不上眼，丘比特之箭终究没有射穿他们的心房。萧云一直觉得程川是不会真帮这些高中同学凑对的，他自己都没找好女友，绝不会让其他男生捷足先登。天时，地利，人和，他占据着眼前一切有利的条件，表面上似乎是自己陪外校男生找老乡玩，其实何尝不是他们陪同程川接近漂亮女生？如此这般，远道而来的男生们几次来往之后，就没下文了。

周末野餐的发起人是程川。这是一次精心组织的聚餐，一大早他就订了个三层大蛋糕，买了玉米、年糕和各种蔬菜，还有一箱啤酒。

"这么大的蛋糕，太奢侈了吧？"本就经济不宽裕的吴虹第一个抗议。萧云也有此意。野餐的费用是大伙平摊的，活动开销多了，更要每天打着算盘用的生活费更要精打细算了。这是经济依然不富裕的九十年代初，程川父母做着海鲜生意，经济可能宽裕些，其他的老乡大多来自普通农村家庭，日子其实艰难着。

夕阳西下，余晖脉脉，江边蒹葭苍苍，潮涨潮退。一群学生正在江边礁石堆中抓石蟹，也有在学校的湖边钓龙虾。伴随着"呜呜呜"的鸣笛声，一艘艘大大小小的轮船缓缓驶进港湾，江面重又变得静寂。

"干杯，为我们考进同一所大学！"

"干杯,为我们的青春,我们的未来!"

大伙喝着啤酒,唱着青春的歌,聊着曾经的故事。是的,在这所大学里好好奋斗四年,美好的未来等着他们去创造。

月亮冉冉浮出江面,刹那间大地一片银白色。风儿轻轻吹来,温柔地摇曳着江边的芦苇,一切都如此静美。

周日晚上,吴虹风尘仆仆回到寝室,她好像赶了很多路。没吃晚饭的她,买了一袋方便面,用开水稍稍泡了下。外面进来了个高大的男生,直直地站在寝室门口。昏黄的灯光下,萧云还以为看错了人。来者正是程川,上周野餐他们刚聚过。

"程川啊,难得来看我们,坐坐坐。"

吴虹还在吃着方便面,萧云赶紧与他打了个招呼。一身西装革履的程川似乎没打算久坐,只是在桌子一旁站着,一副嬉皮笑脸的样子。正当萧云怀疑他不约而来的目的,没想到吴虹将没吃完的方便面置于一旁,然后简单梳了下头发,叫了声"程川",就径自走出寝室。没等萧云明白过来,程川也紧跟其后走了出去。

"他俩是不是谈恋爱了?"萧云一时回不过神来,继续看自己的书。

没过多久,吴虹急匆匆地回来了。萧云刚想问她点什么,只见她两颊绯红,好像喝了很多酒后的那种桃红。

"程川呢,这么快走了?"

萧云正奇怪着这事,门外走廊上急速的脚步声随之而来。程川又一次出现在寝室门口。他一改以往玩世不恭的态度,只是一脸沉重地立在门口,似乎有点颓丧。吴虹看见程川,不说一句话,立刻往外走。

"你俩玩猫捉老鼠游戏啊?"萧云看了看程川,甚是不解。

"吴虹有没有与你说过什么?"程川心有戚戚地问。

"她刚到,你后脚就跟上来了,我还没来得及问,"萧云看着他失魂落魄的样子,不禁反问道,"你们到底发生了什么事?"

"她拒绝了我的表白。"

"你倒是老实。可你们认识多久?才两个月哦,我的同学,"萧云为程川的轻率慨然叹道,"认识时间这么短,你就去表白,你以为这世上人人都一见钟情啊?"

程川低下了头,似乎在后悔今晚的鲁莽。

"我本没打算要表白,今天过来只是看看你们,刚才是她叫我一起出去的,是她诱我表白的。"他一味地为自己辩解,语言苍白无力。

"你以为爱情是游击战啊,你追我赶,诱敌深入?"萧云不禁白了他一眼。

眼前的程川一身落魄,像是刚在战场上溃败的士兵,委屈、悲哀、羞耻,各种情绪如潮般堵塞在他心底。萧云不由得心生几分悲悯之情,毕竟是高中三年的老同学,而吴虹还只是进入这个大学后才认识的老乡而已。

"你先回宿舍去吧,等下我再帮你问问她。"

"其实高中时我一直喜欢你呢,可很多同学都喜欢你,所以……"

"别扯远了,"萧云立即打住话题,"我可没这份心思。"

"知道你看不起我。"程川低头细语,转身走开了。

自那次事后,吴虹若有所失,常在寝室里失神地望着窗外。看书时,也会莫名望向门口,似在等待某人的到来。其实她在等程川,可程川再也没出现过,校园里也不见他的踪影,似乎消失了似的。

两个星期后,萧云与吴虹一起去食堂吃饭,在后面宿舍楼下竟遇见了程川,他身边多了一个老乡小妹。那天江边聚餐,小妹也在,萧云没特别关注她,只是感觉她娇小可爱,所以大伙都叫她"小妹",甚至忘了她真名。如今她和程川在一起了,萧云和吴虹不约而同将目光投在她身上,就想将她完完全全看个透彻。眼前的小妹身材窈窕,一头黑发自然地垂至肩上,小鸟依人般挽着程川的手,像是热恋中的一对男女。

"程川和小妹发展得这么快?打游击战也没这么神速呀。"

吴虹快速地走开了,只剩下萧云一人在原地发呆,而程川和小妹早已绕着走远了。

在食堂里,吴虹情绪自然不佳,有吃没吃地扒了几口,不说一句话。到了寝室,一江春水几多愁,她哗啦啦地掏心掏肺全讲了。直至此时,萧云才知道那晚程川和吴虹两人一前一后走出寝室,沿着月光下的樱花小径,听夜鸟倦了归巢,听林间热恋的男女窃窃私语。他们走到江边,皓月当空,涛声阵阵,此情此景,孤男寡女,男人终究是冲动的生物,还没来得及细细思量,程川就激情万丈地表白了一番。

　　此时此刻的吴虹,尽管内心里有点欢喜,毕竟程川一表人才,而且对她掏心掏肺,表明心迹。可吴虹是女生,总想矜持几分,没想到程川自尊心极强,从此再也不来找她。一边吃着饭,一边听吴虹断断续续地倾诉,萧云才恍然明白:吴虹是真喜欢上了程川。

　　"程川这王八蛋,怎将爱情当成快速面?下次遇见了,我去好好问问他。"

　　期中后运动会,萧云在校园一角遇上了程川,她赶紧走过去,径自站到他面前。

　　"程川,问你点事。"

　　"什么事啊?"程川看上去有点漫不经心。

　　"没事还叫住你啊?"萧云没给他好脸色,要不是为了吴虹,她还真不想叫他,"当初你向吴虹表白,总要给她点考虑的时间啊,这么急又去追别的女生了?"

　　"是她一口拒绝了我。"程川语气生硬,表情淡漠。

　　萧云甚是奇怪吴虹和小妹怎么会喜欢上他,除了长得不错,她在程川身上还真找不出更多的优点。也许他是自己高中同学,知根知底的缘故。高中三年,萧云成绩一直名列前茅,她的心是孤傲的。程川会去追吴虹追小妹,却不敢来追萧云,因为萧云永远不会与他有故事。

　　"一次拒绝了,就不能再问第二次?如果真喜欢,就应该拿出点对爱情的执着。如果当初就不当回事,就不该去表白。"

"我和吴虹还没有爱情呢。"

"没有爱情,为什么向她表白?商品买卖啊,这么廉价,轻易就放弃?"

"我已有女朋友了。"程川振振有词,似乎早忘了当初对吴虹的表白。

"哦,原来是有新的爱情了,校园时代的爱情还真是快速面。"萧云若有所思。

"吴虹是真喜欢你的,你不该轻易放弃。"

萧云明知这话已是多余,但她还是想将吴虹的心迹明明白白地告诉程川,尽管她知道一切已成定局。

校园的爱情,像风,像雨,又像雾,来去匆匆。

程川的快速面爱情似乎有点令人不可思议。不久之后,萧云也慢慢理解了他的心思。高中时学习成绩一般的程川,在高考时大展身手,竟出乎意料地考上了大学。这是九十年代初的师范大学,程川性格精明,也许早就深思熟虑过自己的未来。也许他想到了自己高中时的那些老师,他们为了找到门当户对的女朋友煞费心思,有些男老师最后不得不屈服于现实,找个相貌姣好的农村姑娘结婚。或许程川现实,提前想到了自己的未来,也可能将爱情视为人生的一种交易。他大胆表白吴虹,表白失败后又立即转向小妹。他到底喜欢谁?或许连他自己都不知道,他爱的或许只是他自己。他所谓的喜欢,所谓的爱情,或许是一种虚妄的、昙花一现的东西,像是一阵风,转瞬即逝。

想到这一切,萧云不禁替他悲哀,也替吴虹和小妹悲哀。

"我的爱情在哪里?"想起爱情,萧云不禁想到了自己。一切如同陷入无边无际的雪原般空旷凄迷,就像她看不懂程川的爱情。

那天晚上,室友们都出去玩了。萧云一个人打开收音机,听到了余光中的配乐散文《听听那冷雨》。迷蒙的静夜,潮涌的气息,舒缓的音乐,深沉质感的声音,刹那间陶醉其中。窗外,是否真下着雨,倒是忘了。杏花,春雨,江南。点点滴滴,淅淅沥沥,心底里似乎真听到了多情的雨声,溅落在芭蕉与梧桐叶上,像是哭泣,又像是浅吟低唱。云缭烟绕,山隐水迢,"少年听雨,红烛昏沉"。

也许是孤独,她忽然有点想家了。

第六章

好想走近你

YUNI CHONGFENG

"我是运动员的教师,那个在我身旁挺着比我更宽阔的胸膛的人证实了我自己的宽阔。谁在我的教导下学会了推翻他的教师,谁就是最尊崇我的教导。"

夏翊老师在课堂上读惠特曼的《草叶集》。读完后,他让同学们自己读,然后径自走至萧云这边来。萧云心生几分惊喜,"难道夏翊老师要与我聊诗了?"

夏翊只是看了看她的同桌周诗诗,面带几分笑容地说:"你叫周诗诗吧?你爸与我在大学里共事过……"

夏翊与周诗诗聊了几句后,回到讲台上继续讲课。萧云还是没与他说上一句话。

"夏翊老师啊,虽说你是我们的男神,但我绝不是追星族,我绝不会主动找你说话。"

不知怎的,萧云发现自己莫名陷入了一个怪圈:她想要男神老师主动找她说话。聊什么呢?聊诗?你会写诗吗?夏翊现在不就是努力地在教写诗？一连串的自我反问后，萧云只觉得自己在夏翊面前只是一张白纸。这个中文系的班级人才济济，而她发现自己还真是一无所长。一江春水荡起的情感，渐热渐冷，随即消遁在北风凛冽的教室里。

"如果你想了解我，就到山上或水边去吧，近在身旁的小昆虫便是一种解说，一滴水或一个微波便是一把钥匙……"

夏翊老师继续读着惠特曼的诗，一脸陶醉。

十一月的校园，万物飘零。萧云走在满是樱花树的小径里，枯黄的叶子四处飘落，五彩斑斓，踩踏而过，发出簌簌的声响。四周不见一只飞鸟，也许随着季节南归了。偶尔，风吹起一片洁白的羽毛，掉落在她面前，像是不小心遗落在人间的传说。

萧云抬头看了下天空，一片白云悠悠飘过。她有空时就喜欢来这片树林走走，喜欢一个人静静地坐在樱花树下，听百鸟争鸣，听树林尽头断断续续的江中汽鸣声。校园里一片静谧，一片自然的气息。大学生活已两个多月了，看着身边的室友们悲悲喜喜，日夜燃烧着青春的激情，萧云不想与她们一样去消磨奔放的青春，她喜欢独自静静地享受书香校园的浪漫时光。

一辆校车开了过来，透过半打开的车窗，她看到了一张熟悉的脸孔，是夏翊老师。那棱角分明的五官，如此清晰，掠过这片秋天的树林，明朗在日暮时分的校园中。老师们都回家去了。

回到寝室没多久，萧云看见吴虹从宿舍楼门卫拿来了一封信，是她姐来信了。吴虹压抑着牵挂多时的情绪，细细看了下信封，是她姐的字迹。她从抽屉里拿出小刀，小心翼翼地裁开信封。忽然"哇"的一声哭了。

"怎么了，你？"

萧云放下正在看的书，立即走到吴虹身边。吴虹抹了下早已婆娑的泪眼，将信纸递给萧云看。萧云一字一句地读完这封信，瞬间也变了脸色。

"怎么可能呢？"

可仔细再看一遍，纸上明明白白地写着吴虹的姐姐落入了传销团伙，已两个星期了。她姐本来是劳务输出阿联酋赚钱，想为自己积攒些嫁妆，也想好好供吴虹读完大学。到阿联酋后，才知受骗上当了。对方工厂给出的劳动薪金大打折扣，每月住宿费、水电费、中介费和伙食费等一大串都要自己承担。她姐干了一个多月也积不下多少钱，就想到街头另找更好的工作，不料一不小心落入了传销团伙手里。这传销团伙将同样受骗的女孩们带至一个黑乎乎的地下室，每天给她们洗脑，让她们先交两千元人民币作为本金，推销所谓的洗刷用品，然后去找下家客户，找到五个以上才能领取薪金报酬。吴虹姐初来乍到，又是在陌生国度，人生地不熟，不用说五个，一个亲友都难找。上家经理露出丑恶的真面目，不放她回工厂。苦苦相逼一段时日后，吴虹姐原本的厂家负责人才找到了她。传销团伙不肯放她走，说什么她已签了合同。原来这些天吴虹的姐姐被他们折腾得寝食难安，迷迷糊糊中记不清楚何时按了手印，签了合同。她只记得口袋里仅有的两千元人民币全上交给他们了。如今传销团伙放下狠话：若要反悔，必须赔付违约金一万元。在这九十年代初，一万元对吴虹这样的家庭来说可是一大笔钱。吴虹最近的生活费都是向萧云借的，她还想着等姐姐发了工资寄来就能解决一切，没想到会遇上这摊事。叫她去哪凑这一万元？她一筹莫展……

整个晚上，萧云听到吴虹在床上辗转难眠，似乎还有压抑着的抽泣声。她知道吴虹这晚肯定睡不好……

吴虹养父母已年迈无能。哥哥在街头卖水果，上有老，下有小，根本没什么积蓄。那向谁去借呢？她想了整整一个晚上，还是没半点头绪。除了她亲生父母，她想不出其他人可以求助，而平日里吴虹与亲生父母关系冷淡。读高中时也从没向他们开口要钱，读大学后宁可向姐姐要，也不愿向他们开口。可如今她已走投无路，一想起姐姐的命还悬在那帮传销团伙手中，吴虹就心急如焚，不知他们会不会折磨姐姐。那帮团伙本没什么人性，要不然也不会干这下等事。再说信里明明白白写着一周内必须将钱打入某个账号，他们才会放人。吴虹来不及细想，向班主任请了几天假就匆匆回家去了。

萧云与周诗诗他们也在帮忙想办法。班长告知了全班同学，即速筹到一千多元钱。大伙的生活其实也不怎么富裕，男同学们都是月初向家里要来生活费，美美地潇洒几顿，不到月底就囊中羞涩，可他们还是想尽办法筹得了这些钱来。

两天后，吴虹回来了。虽说她亲生父母家里孩子多，但遇上这样的大事，也还是想尽办法筹钱救人。吴虹的哥哥为亲妹的事也掏尽了所有的积蓄。回到学校后，吴虹立即去邮局将钱打入对方账号，也来不及细辨真假。姐姐的命还悬在他们手里，这亲笔信总不至于是假的吧？

吴虹姐姐虎口脱险后依然没有回国，继续留在那边打工，后来她也没多少钱寄给吴虹，吴虹每月的生活费还是没着落。萧云有点替她担心。

周一中午，吴虹走至萧云面前，压低着声音说："萧云，我在茶馆找了份兼职，每个周末时间去。我已去过一次，挺好的，以后不用再向你借钱了。"

"你还挺能干的啊！"萧云赶紧向她表示祝贺。

"就是工资不怎么高，毕竟是兼职的，只赚点小钱，赚不足学费和生活费。"吴虹似乎不是很满意。

"慢慢再去想想其他办法吧。"

一个月后的周末，吴虹正准备去茶馆上班，看见萧云一个人留在寝室，就与她说："萧云，今天我带你一起去茶楼吧，让你见识见识。你若喜欢，下次给你也介绍个工作。"

"好啊，我还真想去看看。我们都这么大了，还总是向父母伸手要生活费，真有点于心不忍。我家里其实也不宽裕，每个月我都节约着过呢。"

萧云与吴虹赶紧在脸上涂了点面霜,梳了下头发,就一起出门了。在校门口等了十来分钟,坐上公交车,乘了七八站后下车,在街头拐角处看到了吴虹上班的茶馆。这茶楼不高,差不多四五层,但里面装修甚是豪华。门口进来处大厅全是大理石地面,霓虹灯璀璨,给人一种堂皇富丽的会所情调。吴虹拉着萧云坐电梯来至三楼茶室,已有几个客人在等候。吴虹带萧云来到更衣室,拿出自己的两套深蓝色工作服,分给萧云一套。穿好了工作服,吴虹从小包里拿出刚买的一支口红,对着镜子在唇上涂抹几下,又转过身来让萧云也涂抹了几下。萧云坐在外面等候,吴虹先进去泡茶了。过了几分钟,她出来叫萧云进去。茶室里灯光昏黄,一张长木桌旁坐着两个中年男人。一人戴着眼镜,看似斯文。另一人是光头,估计是秃了顶。

吴虹向客人介绍了下,四个人就坐了下来。这两男人一开始还温声细语,没多时语气渐渐粗粝起来。他们聊男人的事,也聊女人的事。工作上的升迁,事业上的瓶颈,岗位的竞争,似乎是他们闲聊的关键。吴虹一边给他们倒茶,一边陪他们闲聊。

"我们这儿的茶啊,分红茶、绿茶和白茶。红茶暖胃养生,蛋白质丰富;绿茶醒酒抗癌,适合中午喝;白茶养血明目,抗疲劳。今天我给你们泡一壶福鼎七年白茶。在茶叶界有句流行语:一年为茶,四年为药,七年为宝。两位顾客,你们慢慢品尝。"

茶气氤氲着,淡雅的香气弥漫在四周。吴虹一边给客人泡茶,一边陪他们闲聊,"茶叶经"信口拈来,很是老道。萧云不禁暗暗称奇:才一个多月,吴虹就像是老手,她还真有天赋。吴虹出去了,萧云代她来给客人倒茶。萧云刚上手学泡茶,两客人也看出了她是新手,摆了摆手说:"你坐下吧,陪我们聊聊天,茶放着我们自己来倒。"

两客人东一句西一句地问起萧云的事来。萧云没向他们说出自己是大学生,只说自己是公司里上班,周末空着来赚些小钱。

"小妹啊,你长得这么漂亮,下次我们来就点你名字。你陪我们多聊聊,小费多少没问题。"那光头男人似乎怜香惜玉起来。

没等萧云反应过来,那男人抓起她的一只手说:"小妹,你这手小巧精致得很啊!"

萧云不由得一阵脸红,下意识地将手缩了回来。她立即走出门外,恰巧碰上吴虹进来,她忙将吴虹拉至一边,轻声质问道:"他们怎么动手动脚的?"

"你不要理会他们就好了,"吴虹似乎一点也不在意,一副老江湖模样,"可能是你长得太美,又显得娇嫩,他们对我可不敢胡来。"

晚上回至寝室,两人聊起了今天的事。吴虹说:"其实也没什么好大惊小怪的,男人嘛,毕竟是男人,他们付钱消费,我们守住底线就好了。"她又说起遇见过有些男人,一大早就来茶楼坐着,叫她陪着聊天,聊这聊那,一直聊到天黑。

"也许男人工作压力大,心理问题多,他们需要寻找各种消遣方式来舒解压力。"

"这种环境我不喜欢,你真能适应?还是去找找其他工作吧?"

"我需要钱,我过够了没钱的日子。其实也不是我俗气,当你每花一分钱都必须精打细算的时候,钱就会变得出奇地重要,我有切身体会。"

萧云似乎越来越不认识吴虹了,尽管她知道吴虹是为生活所迫。她曾经的骄傲、刚进大学时的欣喜,都在生活的重压面前消失殆尽。或许钱真能改变一个人的心理,它会彻底让你屈尊于脚下。才不到一学期,吴虹就变得有点陌生。

在一个周末,吴虹带回了一个男人。萧云进来时看见他俩亲密地坐在一起,有说有笑。

看见萧云进来,吴虹马上站起来介绍说:"这是我男朋友,你们就叫他老狼好了。"

萧云早已明白了一切。她认得这男的,与吴虹同村,高中时比她们高两届,如今在老家的外贸公司上班。长相还过得去,只是这人……萧云记得以前吴虹和她聊天时说起过老狼,说他不是一个循规蹈矩的人,而且特别好色,别人都叫他"老狼"。如今,吴虹竟会与他在一起?女人的心此一时,彼一时,真是难懂。萧云猜不透吴虹为什么会选择他。

老狼走后,吴虹告诉萧云,她是在茶楼里遇见老狼的,他陪客户在谈生意。本来以前就认识,一聊就聊成男女朋友了。

"以后我不用再去茶楼上班了,他说他养我。"

"你有一天也许会后悔……"萧云这样想着,但终究没将这话说出口。

可这一切似乎只是萧云的过度担心。吴虹的爱情生活极为浪漫,她变得忙碌,一到周末就与周诗诗一样,不见人影。她俩都有了自己的爱情公寓。吴虹每次回来,大包小包捎来一大堆好吃的。她越来越爱打扮,化妆品越买越高档,新衣服也越来越多。过生日那天,老狼送给她一件正宗的貂毛大衣,还有九十九朵玫瑰花。她穿着华贵的貂毛大衣,捧着一大束玫瑰花走进寝室,极为惊艳。

阿妹呢?要么回家去,要么去图书馆看书。她是寝室里读书最用功的一个女生。偌大的寝室,周末就萧云一人在,空荡荡的,就像此刻她的心,零零落落,漫无边际。校园里轻轻飘来吉他弹唱的民谣:

> 你说你喜欢夏天
> 喜欢炎热的海岸
> 冰镇的汽水和你心里的甜
> 而我会准时出现
> 在街角那家花店
> 挑一束刚好适合天气的花瓣
> ……
> 那些沉默寡言所有遗憾
> 都通通说再见
> ……
> 就在这个夏天这个夏天

第七章

童年的记忆

YUNI CHONGFENG

　　人生是舞台,有各种各样的演员登台,出演着不同的剧目。这一出出错错杂杂的剧目,悲伤或欢喜,无奈或痛苦,始终摆脱不了他成长的村庄,他的根。萧云就是其中一个。

　　年少时的萧云,活在自由的世界,那山,那水,那辽阔的田野。少了父母关爱的她,日日与自然相伴,野性成长。那是她小时候全部的快乐。

　　这是一个古老的村庄。很久很久以前,村庄前面本是一片汪洋大海,时有船只往来,甚为热闹。萧云听爷爷说,明末抗清名将张苍水兵败后,一路逃亡,偶然发现这个依山傍海世外桃源般的村落,于是在此驻兵屯田筑海建塘地。这村庄曾经无比繁华过。

　　山海相生的村庄,后来变得越来越静寂,遗世独立。村中有条长长的老街,像是村庄的主动脉,经营着村庄的生命。沿着老街东西两向,长长短短、宽窄不一的小巷四通八达。小巷默默地存在,守护着岁月中古老的故事。最热闹的老街两旁,是木质赭红色两层楼房。楼上的住户守着街面小屋深居简出,将生活盘计着简单地过。楼下全是店面小铺,一间间并排紧挨,有卖着各式商品的供销社,也有加工黑面白底的布鞋店。在物质贫乏的年代里,这些国营单位对于一辈子没出过远门的村民来说,是神圣般的存在。长得白净的女店员轻言细语,似乎生来就高人一等。还有一两家卖着腌制品的小店,偶有顾客出入,名为私营经济。

年少时的萧云,常常飞奔在这大街小巷,乐此不疲。

老街西角有个诊所,诊所里有个五十多岁的老伯,人特温和。萧云经过时,他若空闲着,总会在诊所门前喊着:"小姑娘,小姑娘,漂亮的小姑娘!"

叫多了,萧云也熟悉了他。

"你有事吗?"

"伯伯只是觉得你漂亮又可爱。"

诊所老伯黝黑的脸上总堆满笑容,憨憨地立在那儿,像是村口沉默在风雨中的那棵老樟树。

"你若觉得我可爱,就给我一个小药盒,行吗?"

"行!"那老伯进屋将还剩几支药瓶的盒子拆开,轻轻吹掉上面的灰尘,笑眯眯地递到她手上。

"谢谢伯伯!"

萧云开心地跑开了。明天一早,她可以在同学面前好好炫耀她的收藏品了。

每次经过老街,她都飞奔而过。只有在她想要药盒时,才会故意慢下脚步,然后装作一不小心转向诊所。此时,总能看见老伯堆满善意的笑容……

萧云家境本来不错。只是"文革"时期,被折腾一通,日渐衰败。萧云的高祖父和曾祖父都是村里的秀才,办私塾,教书为生。平日里省吃俭用,多年下来攒钱置办了些田地和房产,家境逐渐富裕。萧云的祖父也算是半个秀才,跟着父亲在私塾里念过"四书五经",写得一手好字。祖父对中草药情有独钟,时时上山采药,自学成才,平日里出门行医,赚一些钱财。可叹碰上特殊年代,爷爷被村委会凑了名额,划为富农。祖辈辛苦积下的田地房产一夜之间化为乌有。祖父被五花大绑,套上高帽,在老街里弄被羞辱游行了一圈,然后又拉至庙头的戏台上受难一番。

祖父苟且保得一命,但至萧云爸这辈就更不好过了。萧云爸本与他祖辈一样很有头脑,自从被贴上"富农"这一标签后,在村里的身份一落千丈,成了生产队里默默耕耘、规规矩矩的标准农民。

萧云家曾有一处四合院楼房,后来不知怎的着火了。村里人说是这家人故意放火烧的,唯独如此,爷爷才能保命。祖辈辛苦积下的家底在这场大火中一烧而空,被划为富农的爷爷因这次火灾侥幸保住了老命,要不然也可能被拉去枪毙了。

死罪免了,活罪还是难逃。萧云依稀记得爷爷被戴上高帽,低头跪在村里戏台上的场景。这戏台本是社戏和放电影用的场所,逢年过节,村委会筹钱请些戏团来唱戏,咿咿呀呀,插科打诨,多是乱弹。村民们极是喜欢乱弹戏,这种没有多少正统戏曲格调的唱法,却是最符合他们的喜好。元宵或中秋这些节日,常请来戏团连演三四天,每天日夜两场。爷爷为何与几个人一起跪在戏台上?一直为人慈善可亲的他怎么成了罪犯?年幼无知的萧云就是不明白,也不敢去问父母。

萧云一直觉得自己是孤独无援的。她怕那些随意给爷爷冠以罪名的人,怕那些不怀好意戏看批斗的看客。是她自己有意避开人群,还是人群戴着有色眼镜看着叛逆的她?在这种悲凉的境遇中生存,萧云越来越离群索居,特立独行。她喜欢一个人坐在村前的小河边,看蓝天白云倒映在水面上荡来荡去,看春天的柳条拂堤,鱼儿在河里欢快自在地嬉戏。远处的芦苇荡里,风轻轻摇曳着白色的苇花,白鹭悠然其间。田间的鹧鸪鸟在稻花香里咕咕地叫个不停。这一片天地是美的,大自然包容着人间一切是非恩怨。萧云喜欢这儿的静谧,喜欢一个人的世界,直至考上高中。

也许是有家族基因,萧云从小喜欢看书,爷爷知道孙女这一爱好倍感欣慰,硬是将行医存下的钱买书给孙女看。《隋唐英雄传》《岳飞传》《朱元璋传》《上下五千年》这些好书,爷爷都买来给她看。也许是看多了好书,萧云越发喜欢读书,她是当年村里唯一一个考进高中的学生。

一向成绩第一的她,如若正常发挥,本可以考进中专。只因考数学时,好不容易做完的最后一题,忽然觉得答案不应如此。

"唰,唰,唰",几下子,答案全擦了。等她准备重做时,一看时间,离考试结束已不到十分钟。

毕竟是中考,一念之间,紧张的情绪从心底里骤然生起。一声"我完了"的心理暗示,让她握笔的手抖个不停,一个字都写不下去……就这样眼睁睁地看着涂改未竟的试卷,最后一题十七分全没了。直到考试结束的铃声响起,她才清楚地意识到:中专的梦离她远去了。

萧云中考的成绩离中专只有一分之差。但这一分之差可不是小事,那时高考升学率极低,若能考上中专就差不多吃上了皇粮,一毕业包分配至政府各部门,毫无悬念就会成为国家干部。这是多么好的待遇啊!尤其是像萧云这样来自农村的女孩,如若考上,简直是山沟沟里飞出了个金凤凰,谁不向往?

因为这一分之差,萧云妈不知流了多少泪。萧云自己倒没多伤心,她总觉得一切皆是命中注定。命运之神将她送到了镇里唯一的高中。谁也不知道等待她的将是什么样的命运,谁也猜不准三年以后的她能否考上大学。而命运最终还是眷顾萧云的,三年高中苦读后,她凭自己的努力终于考上了大学。

爷爷在她考上大学那年离开了人世。也甚是奇异,那一天她刚收到了大学录取通知书,而爷爷恰在那一天去世。爷爷应该知道我考上大学了吧?即使生前不知,在九泉之下也应该知晓吧?在后来的日子里,萧云常会莫名想起这个问题。

没过几年,奶奶也去世了。生命中对她最好的两个亲人,她还没来得及好好赡养就都去世了。

奶奶曾说,她是被爷爷抢来当老婆的。

爷爷曾说,他是骑着白马,抬着花轿,将奶奶娶进门的。

爷爷与奶奶恩恩怨怨、悲悲喜喜一辈子,没有多少爱情,更多的是相互间的怨恨和冷漠。婚姻是婚姻,爱情是爱情。如今他们两人都永远离她而去了。

年少时一起玩过的那些伙伴,不知何时也不见了踪影。原来所谓的长大,即有一天各奔东西。曾经孤独,曾经流浪的野女孩变得知书达礼,而身边的一切却永远不会再回来了。

萧云收到保哥的来信,他说在深圳有了女友,两人准备攒钱买房,萧云替他高兴。保哥是她邻居和同学,如今总算有了着落。

保哥初中毕业后就去了深圳打工,那时候的深圳,在大伙眼里遍地是黄金白银。保哥曾写信告诉她,其实深圳并非传说中的天堂,灯红酒绿是深圳,街上到处流浪汉也是深圳。一半是天堂,一半是地狱,这才是真正的深圳。

保哥去了深圳。他大哥在那边当兵多年成了军官,大哥看他不爱学习,索性叫他一起去深圳闯荡。保哥还是好样的,文凭不高的他凭借对生活的一腔热血,在中日合资的电子公司里混得风生水起,多年后成了车间总管。在后来经济萧条时期,他身边的很多同事一个个都被裁员了,只有他一直留在原公司。保哥一年比一年过得好,买房、娶妻、生子,落地生根,成为深圳人。

萧云替保哥高兴。有些人,注定要走远,他有属于他的远方。

考上大学后的第一个暑假,萧云回到了村子里。九十年代的村庄变得越来越美了。甘蔗在风中摇曳着苍绿的身姿,葡萄在院子里低垂着神秘的传说,玫瑰在雨中悄悄绽放夏日的绚烂,蟋蟀的情歌飘荡在村后的丛林中,如泣如诉。那是她成长的美丽的故乡。

第八章

别无选择

YUNI CHONGFENG

也许童年太重要了,有些人一辈子也无法治愈童年留下的阴影,萧云就是。不知从何时起,她对这个世界总有一种若即若离的距离。而班长和保哥的远离,更使她觉得人生是一个不断失去的过程,无论你喜欢的人,还是喜欢你的人。这是一种别无选择的宿命。

暑假回来,她没有出门,正入迷地看着大学图书馆借来的小说《乱世佳人》。忽听得屋外传来一阵哄闹,似乎来了几个粗犷的男人,不住地叫喊着:"你家女儿在哪?叫出来让我们瞧瞧。"

萧云坐在里屋没理会,母亲匆忙地出来应和他们。

"兄弟,你们有事啊?"

"村里人传说你家闺女长得好看,我们来评评。"

"这伙人怎么那么有趣?"萧云只觉得甚是无聊又好笑。

透过玻璃窗户,她看见三个男人东张西望,原来他们真是来看萧云的。萧云认得其中一个,他是村头西山采石场上的工人,另两人可能是与他一起的。采石场的工作辛苦又危险,他们攀爬山岩,选定一处将炸药放在里面点燃,然后再迅速爬下山,跑到安全处。随着"轰隆隆"几声爆响,岩石与砂土滚滚而下。他们再奔过去,坐在石滩当中,一锤一锤将岩石敲得零零碎碎。周边村民谁家若要造房子,就来这儿向他们购买砂石。

其实放炮炸石头这工作比农民种植粮食赚钱快,但危险性也高,他们都在拿自己的性命赚钱。萧云犹记得读小学时,村后的岩滩塌方了,工友和运载石头的村民们来不及跑开,很多人被塌下来的石头压死。正在马路边嬉玩的她依然记着这悲惨的一幕。人命脆弱如草芥,活着本就不易。

萧云读小学后,全国开始实行家庭联产承包责任制,村里都分田到户,一切皆在实践探索中。村民们欢欣鼓舞,生产积极性高涨,他们一天到晚忙碌在自家土地上。但要真正致富,还不是那么容易的事。镇里农业指导员常下乡指导农田耕种,村里也慢慢培养了一批农业骨干人才,进行大片柑橘种植、杂交水稻研究。那么多人的温饱问题逐步得以解决,这已是社会一大飞跃。

母亲从里屋搬出几条小木凳,泡了几碗茶水。几个男人大口喝着茶水,聊着他们感兴趣的话题。

"他们都说你女儿是村里最好看的姑娘。他们都这么传说着,所以我们几人也来瞧瞧,哈哈。"

"啊呀,兄弟们,你们真是抬举我家闺女了。谢谢,谢谢!"

母亲谦逊地应和着,她内心应该很开心,别人如此夸赞自家女儿,作为母亲的怎不开心?

"萧云,你出来下,几个叔伯要见见你。"母亲在外面喊着。

萧云不好意思,可又不好推辞,她从里屋走了出来,羞羞地向他们一一问好,转身又回里屋去了。他们几人继续喝着茶水,哈哈笑了几声,昂首阔步,继续去山边放炮炸石头了。夏季三伏大热天,阳光毒辣,他们整日在石滩上烤,实是不易,但在这年月里,这份活计也不是一般人能得到的。要不是国家实行改革开放,土地自由承包,哪有这份可自由赚钱的活计?比起那些一年到头劳作在田间的人,采石场工作虽辛苦,但赚钱多,生活似乎足够幸运了。至于生与死,他们根本没有多余的时间去考虑。

每个人都奋斗在逐梦的路上。他们走后,萧云爸妈扛起锄头,也走向了属于他们的那片土地……

中午时分,爸妈从田间回来了。虽然每天辛苦耕耘在土地上,萧云知道他们内心还是很开心的。毕竟这田间农植全是自家的东西,再也不会像萧云小时候的光景,那时尽管日日跟着生产队劳作在田间,还是愁吃愁穿的。比起生产队时期的大锅饭,如今的日子好多了。萧云知道父母操持这家不易,她在念大学,弟在念高三,再过一年也要考大学了。要供养两个读书人,真不是一件轻松的事。自从萧云考上大学后,曾经被划为富农后代的父母,总算可以在村里抬头好好做人了。

"萧云,你到隔壁明哥家去,熟悉下她家的二媳妇,村里李老汉介绍过来的,已住了十几天。明哥妈说你有文化,与她家二媳妇多聊聊,她更会在这家安心住下做媳妇。"

邻居明哥家很穷。萧云小时候印象中,明哥他爸总是戴着一副近视眼镜,说起话来文绉绉的,像是上海人。这样的男人在农村里很少见的,后来才知道他是六十年代中期的上海知青。当年明哥他爸还是读高中的小年轻,为响应知青下乡运动,与一大批上海青年一起,来至长亭镇的海边农场驻下。

饱受农耕之苦的知青们,眼看着等了那么多年还是没回城希望。明哥爸年龄偏大了,就托人给自己介绍对象。村主任在村里长相稍好点的姑娘中挑来挑去。有的他嫌别人不够好看,长得好看的又不愿意嫁给他,说他农业技术差,以后跟着他怕过不上好日子。明哥妈善良,与他有缘,见了一次面后,觉得这男人长相斯文,会疼爱老婆。

尽管日子艰难,一晃就那么多年过去了。在知青回城的国家政策开放后,当年与明哥爸一起的上海知青大多回城了。只是他拖男挈女,放弃了回城的机会。如今好不容易等到子女长大成人,眼前又有了子女谈婚论嫁的难事。自己老了,身体一年不如一年,家里又没什么积蓄。就凭多年前建造的几间矮平房,本地谁家姑娘愿意嫁过来?明哥上面还有个大哥,叫柱子。柱子脸蛋长长的,一对小眼睛时常在阳光下眯着。萧云一直觉得他长相普通,可柱子看似傻憨,前几年在兰州做木工,竟哄来了一个年轻漂亮的山东姑娘。这姑娘叫梅子,二十芳龄,一对大眼睛特有灵气,像是会说话。梅子满心欢喜跟着柱子来到浙江,却没问清他的家底。柱子在兰州做工时出手阔绰,买了好几套衣服送给她。梅子一直以为这个来自浙江有着木工手艺的男人,以后会让她过上好日子。等真正跟过来以后,才知这户人家一穷二白。发家致富也要男人的精明干练,柱子一家似乎缺少这一素质。梅子刚来村子,看见左右邻居时,笑容灿若三月桃花。日子没过多久,吃穿没着落的她郁郁寡欢,常向邻居诉苦。柱子见此更是烦闷,大吵小闹三日两头有。日子一天天斗鸡似的熬着,眼看两人的缘分快要到头了。

"梅子迟早要跑回山东老家去。"萧云妈时常这样说着,她像是个会算命的老女巫。

现在萧云妈又叫萧云去熟悉明哥的女友,什么意思啊?萧云有点搞不懂。

"这是明哥他妈叫我们去帮点小忙。"萧云妈如此解释。

明哥人高马大,长得清俊,可清楚内幕的村民都不敢多说。明哥自小性格内向,寡言少语,不喜与人交际。初中时不知为何与班主任大吵一顿,后来就抑郁了,从此再也不愿去学校读书。村子后面有座山,名为旗山。旗山上有个庵堂,几百年来香火兴旺,村里人有什么解决不了的问题,都去这庵堂求神拜佛祈福。庵堂里有个道士,有点学问,平时常受邀出门做道场,多年下来积了些钱财。虽说这道士身边跟着个年龄相仿的女人,却是膝下无子。他听说明哥的一些事后,主动来度他。村里人都说这是好事,前世有缘。明哥跟了道士半年后,抑郁症稍好了些。可有一天他赖在家里再也不愿去了。有人说,明哥尘缘未了。自回家后,不知怎的,明哥的病又犯了,时不时在三更半夜大吼,害得左邻右舍心惊胆战。明哥爸又去庵堂问道士。

老道士说:"你给他去找个女人吧。"

明哥爸求得这签后,到处托人张罗找媳妇。村里李老汉听说此事,从远村找来了一个叫芬的女人。这女人刚被男方悔婚,也许姻缘天注定,此般处境下就被李老汉哄来了。至于明哥曾抑郁发病这事,从头至尾他没向女方透露过半个字。明哥妈怕芬这女人不安定,暑假前就向萧云妈提起过,叫萧云读大学回来后,与芬多谈谈心。

这活儿,萧云真不想接。可经不起她们再三费舌,还是去明哥家看了一下这个叫芬的女人。芬虽个子偏矮,有点丰满,但模样还算俊俏。她穿着一件粉色衬衫,胸前系着一个蝴蝶结,一条黑色喇叭裤,七分长短,说话轻言细语,甚是温柔。

"明哥偶尔会在半夜三更梦中大叫,萧云妹,你知道吗,明哥从何时起有这病的?"

芬无限期待地望着萧云,眼里始终萦绕着一层疑虑。这是一个单纯的女人。

"明哥,也不算有病吧,可能只是多年的习惯而已。"萧云心虚地解释着。

她还能怎么说？芬和明哥已住在一起了，自己总不至于将所有的秘密再讲给她听吧？那只会增加她的烦恼。如果芬不嫁给明哥，明哥还能娶到女人吗？她真不敢继续往下想，只胡乱讲了几句好话，算是安慰了下眼前这个女人。没坐多久，萧云借口有事离开，她害怕自己一不小心会讲出真相。

"女人啊，但愿你嫁给明哥后，生活会好起来，因为明哥本是一个真诚善良的男人。"

谷粒堆成了金山，鸟雀在晒谷场上抢着吃，老鼠在谷仓中猖獗，地里的棉花像天上的白云飘，河里的菱角泛着淡淡的清香。一大队听着哨声一响，赶忙着去秋收，明哥的爸妈也夹在这样的农忙人群中。改革开放后，农村分田单干，村民的积极性高涨。起早摸黑，多劳多得，这是从实践中检验出来的真理，而明哥他爸这批知青们却遇上了麻烦。生产队时，他们思想觉悟高，愿意与村民们下田一起劳动，单干后，他们的劳动能力怎么比得上半辈子面朝黄土背朝天的村民？各种农作物的生长习性、种植方法和农药施肥技术，比他们当年坐在上海中学的教室里苦读政史地复杂多了。

为了更好地维持生计，身为上海知青的明哥爸拿出所有积蓄买了辆三轮车。在农活稍闲时，他就蹬着三轮车到长亭镇上去载客。江南的冬天与北方不同，那是一种湿冷。北风凛冽，冰冷的气流侵袭人体的每一个部位，直至完全用低温控制着你的一切。没客人时，明哥爸只能孤零零地等在空荡荡的街头。尘土肆意飞扬，凄冷的北风直往脖子、衣袖和裤脚里使劲钻。当年激情澎湃,响应国家号召下乡来的上海知青,看着曾经耕耘过的农场里,橘子红了,棉花白了,而这一切如今都与他无关。

自漂亮的梅子来至这个家,柱子不愿干农活了,也不愿出门去打工。他天天守着梅子,直至儿子的降临。柱子儿子的到来,给这一家人带来了久违的欢声笑语。梅子是山东人,生下来的小男孩圆圆脸、胖嘟嘟可爱,村里人都叫他"小山东",似乎这小名极配他的活泼可爱。

小山东出生后,家里开支渐增。当爸后的柱子还是不愿下田,仍旧天天去河边钓鱼。梅子怕坐吃山空,就与村里几个女人一起到长亭镇工厂里做工去了。

因是邻居,会走路的小山东常跑至萧云家来玩。小小年纪的他极为机灵,叫起萧云爸妈,一口一声"阿公""阿婆",乐得萧云爸妈笑开了花。萧云与弟长年在外读书,只留萧云爸妈在家干农活。也许孤独,他俩喜欢上了活泼可爱的小山东。夏季,萧云爸拿着篓子与渔网,常带着小山东去河边捕鱼抓龙虾。秋季,又常带着去河里采菱,竹排上一老一小,荡漾在浓绿的水菱叶中,两岸的芦苇在风中轻轻摇曳,几只白鹭惊得扑哧扑哧飞往别处。远处不知有谁在唱着《采菱歌》:

  水乡的孩子爱水乡

  从小就生长在南湖旁

  山中的清泉香喷喷

湖里的水菱甜又爽

啊划呀啊划

啊划呀啊划

……

歌声随着习习凉风,飘过河面,飘向远方。

农村实行分田到户后,旗山村村民劳动积极性高涨,生活一天比一天好。旧房拆了,一幢幢新房子拔地而起。为了方便播种,各户的土地经过调整合并连成一片,农用插秧机、收割机在田里忙个不停。随着农业现代化发展,村子里也无须太多的劳动力,村里的年轻人都去外面世界闯荡,柱子在梅子的坚决要求下,春节过后也跟着去兰州做木工。

十月份后,北方开始降温下雪。大部分出门的年轻人仍在北方坚守着,柱子因为想念梅子,十月中旬就坐上了回家的火车。

"柱子啊,你就不能多待些日子,多赚些钱回家?"梅子埋怨道。

眼看着别人家都一幢幢楼房建起,而自家还是多年前的矮平房。一到雨天,外面下大雨,屋里下小雨,接水的盆盆罐罐摆得满地都是,梅子的心情啊,一天比一天糟。柱子一点都不求上进,一点都不顾念家里的难处。单靠梅子一人在厂里打点零工,怎积得了钱?梅子越想越伤感,两人之间的感情在柴米油盐中慢慢消磨着……

"梅子,与我们一起去长亭镇看电影,今晚放映的是《芙蓉镇》。刘晓庆与姜文主演的,听说很好看呢。"熟悉的男同事盛情相邀。

"去吧,去吧。"与她关系较好的同村人香兰热情拉过她的手。

耐不住年轻同事的嘴皮多磨,梅子就开心地跟着他们去了。

长亭镇里有个叫"美乐门"的娱乐会所,生意兴隆。有钱人在楼上喝酒唱歌,那些低消费的在楼下大厅里蹦迪。这会所的老板叫大黑,大黑其实是他的绰号,至于他的真名,没几人记得了。美乐门的楼上有很多游戏机,按时间付钱玩游戏,但玩过这东西的人说,那是赌博机。有人靠游戏厅发财,必有人来这送钱,大黑一边开歌厅,一边经营这游戏厅,赚了一大笔财富。

其实当时派出所也常在查岗,大黑三教九流的人都可以左右逢源,这是他生财之道。见过大黑的人都说他长得有个性,有点像《乌龙山剿匪记》中的"钻山豹",外表冷峻,似有江湖大哥的气度,可冷峻中隐含着一种狂野的气质,这与世世代代刀耕火种的旗山村村民极不相宜,大黑生意做得精明,也懂得适时收敛。他在美乐门赚得第一桶金后,就再也不搞赌博机生意了,他知道这事会影响他的声名,遂将其改为真正的游戏厅。

看完电影,梅子跟着同事们来到美乐门,也许是开心,好久没释放过青春活力的梅子在舞池中央翩翩起舞,引人瞩目。

站在楼上看场子的大黑也注意到了梅子,他只是看了一眼,竟放至心里了。

"这女人好漂亮！"这是大黑的第一感觉。

来自山东的梅子不仅眉目清秀,而且肤如凝脂。她不施粉黛,但衣着随意的打扮掩盖不了她的娇媚,就这第一次遇见,大黑就喜欢上了梅子。

他叫伙计过去,邀请梅子过来。

"你叫什么名字？以前我怎么从没见过你？"大黑温柔地问道。

他泡了一壶茶,示意她坐下细聊。看大黑如此客气,梅子一时也忘了胆怯,两人聊着聊着拉近了距离。

"你在哪上班？"

"玩具厂。"

"玩具厂工作太累了,到我这儿来上班吧,我们正在招人。"

梅子笑而不答。

第九章

包裹成茧

YUNI CHONGFENG

记不得到底从哪日起,萧云包裹成茧,挽起垂肩的长发,藏起青春的柔情,掠过深海般的孤独,喜欢远离人群与繁华。冬天的寒风凌厉,校园中的樱花树在枯枝落叶的萧瑟中独自凄美。北窗远眺,马路上车来人往,各自奔波在路上。

生活一天天在继续,曾经为之烦恼的那些事,慢慢地在忙碌的学习生活中淡忘了。普通话和三笔字要过关,英语要四六级考,大学里不学点东西,毕业后怎么混出个人样?人生的旅程还很长很长,过了这山还有那山。

暑假回校没多久,周诗诗就忙着约会去了,吴虹和阿妹拿着英语考级资料去图书馆看书,寝室里就萧云一人在阳台上晾衣服。程川女友小妹竟来找她。

"小妹,好久不见。"

萧云忙拉出一把椅子叫小妹坐下。平时小妹与萧云没啥交集,只在老乡会偶尔聚过。小妹坐着不言一语,萧云不停地招呼着,她知道小妹肯定有话要讲。都说恋爱中的女人最美,可看着小妹最近却是清瘦了不少,脸色苍白,眼神暗沉。

"暑假两个月,程川从没来找过我,"小妹嘟了下嘴,欲说还休,"你说他是不是还喜欢着吴虹?"

"不可能的事,"萧云马上打断她,"吴虹与老狼正热恋着呢,每个周末她都跑去看他。"

"那暑假时程川为什么不来找我?是不是他父母为难他了?"

昏黄的灯光下,小妹脸色越加苍白,说话的声音低得似乎只有她自己能听到。

"我们曾经很好。"她的眼眶中泛着几滴泪花,晶莹欲滴。

萧云忽然有点同情眼前这个娇弱的老乡。暑假时萧云听同学说起过程川的事,程川父母不满意他和小妹在一起,理由很简单,因为小妹是自费生。在师范大学生包分配的年代,大学一毕业,萧云他们都会拥有一份稳定的职业;自费生的身份就有点尴尬,须自己去找工作。再说小妹家境贫寒,年幼时父亲去世早,母亲独自供养她上大学,这难处可不是一句话能说完的。

"程川追求小妹时应该知道她家情况的呀,都是知根知底的老乡,"眼前无限伤感的小妹,柔弱得如同折翅的小鸟,萧云不由得一声感叹,"也许程川真是表白吴虹失败之后意气用事,只是这种感情的事怎能如此草率?"

萧云沉默无语,面对困境中的小妹,她不想说出真相,只是安慰她说:"你别急,我找个机会帮你问问。"

小妹坐了一会儿就走了。也许难过之余有点失望,她总觉得萧云与程川是同学,多多少少应该知道点什么,但终究没问出什么来。看着她娇小的身影消失在宿舍长廊的尽头,萧云万千思绪盘桓在心头。如此单纯的年代,情感怎么如此脆弱？男人啊,真是说不清道不明的生物。她忽然想起一句话:弱者永远无法进入爱情的王国,因为那是一个严酷、吝啬的国度。小妹啊,但愿你变得强大。月亮在云层里若隐若现,就像男人的心半明半暗,永远看不透。

几天后的周末下午,萧云拉上窗帘在床上听音乐,外面"咚咚咚"一阵紧急的敲门声。沉默了一阵,然后紧接着就是"砰砰砰"的踢门声。

"谁啊？有什么事？"

"是我。"门外一声回应,粗鲁狂妄,像是来自遥远的地狱。

萧云赶紧穿上外套,透过门缝,她看见直直立在门外的是程川。还没等她完全反应过来,程川"砰"的一声,将门狠地往里推开。刹那间,一股无名的火焰直从心底往上冒腾,萧云真有点生气了。

"你干吗踢我的门啊？"

程川径自闯进寝室来。萧云来不及拉开窗帘,也来不及开灯,寝室里黑乎乎一片。萧云忽然有点讨厌眼前不请自来的程川,赶紧拉开窗帘,外面的亮光总算照射进了寝室。

虽说是高中同学,在萧云的印象中,那时的程川一直默默无闻,而真正认识他是他高考时的一鸣惊人。程川平时成绩普通,本考不上大学,但在高考时与邻桌的女生对了答案,他竟因此考上了大学。那时就初露头角的胆大妄为之性,如今延续到了大学,并在萧云面前演绎着一系列类似的剧情。今日在她面前如此粗鲁,萧云真有点烦他,又想起前些日子小妹说的话,不禁厉声质问:"你不是说喜欢小妹了吗?暑假里你为何不去找她？你可不要此一时彼一时,负了她。当初你又不是不知道她的一切,本都是老乡。"

程川一怔,涂抹着发油的三七分头发,在窗外的亮光映照下,如同迷蒙着雾气的丛草。有时不得不承认,程川长得还是帅的,怪不得吴虹和小妹都会喜欢他。高高的个子,棱角分明的脸型,虽不入正流之派,但有其狂野之性。萧云第一次狠狠瞧了他一眼,自迈进大学的门槛,他越发自信。虽说曾在吴虹面前受了点挫折,而如今越发狂傲,他的帅气,似乎天生带着点油腔滑调的痞子成分。

程川没想到萧云会知道他和小妹的情况,沉默了一会儿,依然一副春风得意的样子。

"我的事我自己会解决,我们都还年轻。"

"年轻?现在说得这么动听。那之前干吗这么快地与小妹在一起?你到底什么意思啊,程川?你真的在玩开心啊。"萧云看着眼前这男人,越说越气,似有无数有关男人的怨气,今日都想泼在他身上,"小妹找过我了,她说起了你的事。"

程川从没料到萧云会变得这么蛮横,他印象中的高中同学萧云平日里可是温柔如春风。今日无事可干,他只是到这儿来闲逛,却没料到萧云会如此厉声质问,还似乎知道他最近的很多事。他眼看自己的境遇越发不妙,萧云火气上来,逼得他焦头烂额、毫无招架之力。她的言语越来越苛刻,带着强势的冲击力。程川低头冥想了一会儿,转身离去。

萧云怒火未熄,"砰"的一声关上门,拉上窗帘,继续睡觉。

第十章

爱情就像一米阳光

YUNI CHONGFENG

窗外寒蝉凄切,似在告别短暂而悲凉的一生。萧云在窗前写着自己的故事,像是对着一面镜子,与自己赤裸的灵魂对答。镜子里的自己骄傲如昨日,萧云看着自己的脸孔,像是看着一个陌生的自己,你终将与这个世界和解,终将和自己的心和解,在这逐渐转凉的季节里。

大学的时光还是快乐的,这快乐与金钱无关,与爱情无关。一颗自由的心,一节生动的课,一场好看的电影,一次霓虹灯闪烁的蹦迪,皆是青春岁月带给她的快乐。

萧云常梦见一个人。高高的个子,轻快的步履,一直往前走,她努力想看清楚他的面孔,可总是一片模糊。她跟随着他,穿过大街小巷,直至他消失在远方的转角处。

"他的身影像是我身边熟悉的一个人。"萧云如此肯定,但又想不起他到底是谁。

或许每个人都有一个守护她的天使,这个天使如果觉得你的生活太悲哀,你的心情太难过,那么他就会化身为你身边的某一个人。也许是你的朋友,也许是你的恋人,也许是仅仅见过一面的陌生人,这些人安静地出现在你的生命里,陪你度过一小段快乐的时光,然后不动声色地离开。

"也许,他就是守护我的天使,如果真有这么个人。"

远方似乎有一种神谕般的召唤,让她莫名生出一种奇异的感觉,像清晨的树林般迷雾重重,不见山峰,不见河谷,绵延在脚下的尽是荒草。繁茂的大树直上云霄,"嚓嚓"的踩踏落叶声时远时近,夹杂在草木清香的风里飞舞。很长一段孤独的时光里,萧云迷失在这种梦境中。

他就是我梦境中的那个人吗?他为什么不能走近我?萧云脑海里不断回放着梦境中的故事,那张似乎熟悉又模糊的面孔,永远与她相隔一米之远。萧云忽然想起"一米阳光"的故事。

爱情就像一米阳光,令人怦然心动。

吴虹沉湎于眼前的的爱情中。她挂在寝室柜子里的新衣服越来越多,她的脸上泛着恋爱中的女人独有的红润。萧云一直以为吴虹只是玩玩爱情,在与程川的爱情遇挫,姐姐出国赔钱没了生活费的困境下,遇见了老狼救美。萧云一直觉得吴虹是为了钱才与老狼在一起,她贪恋老狼是生意人,会赚钱,能供她读完大学。但看她每个周末开心地来回奔忙,似乎觉得自己的判断有失偏颇,直至一个电话的到来。

"这是吴虹的寝室吗?"

"是的,你哪位?"

"我是老狼的女友,你叫吴虹听下电话。"

萧云听了一怔,好久才回过神来。她到阳台叫来正在洗衣服的吴虹。萧云默默地站在吴虹旁边,听着电话中的女人阴阳怪气,她知道吴虹遇上了棘手的事。

手持电话的吴虹,脸色越来越难看,直至变成雷雨到来前的那片天空之色。要下的雨迟早要下,而且是滂沱大雨。

接完电话,吴虹脸色铁青,沉默不语。

"老狼的前女友怀孕了。"

两个女人在电话中说了些什么,站在旁边的萧云听得一知半解,而当吴虹一字一句亲口说出,她才明白事情真的麻烦了。吴虹呆呆地坐在椅子上,哭得梨花带雨,纷落不息。萧云递给她一包纸巾。

"下一步你准备怎么办?"

"我不知道,"吴虹整理了下情绪,像个无头苍蝇似的,"她是老狼的前女友,早已是过去式,我不会放弃的。"

萧云本来还想再劝劝吴虹,这老狼现在就脚踏两只船,真结婚后怎么办?前女友,后女友,后后女友。老狼老狼啊,一直人如其名。可看着吴虹粉面含泪,她硬是没将这残忍的话语说出口。

"她自己应该有判断力,"萧云这样想着,"吴虹寝室的电话,前女友怎会知道?"

这似乎又是一个阴谋。萧云将这话分析给吴虹听,到底是前女友,还是后女友?如果吴虹算是现女友。

吴虹一夜没睡。魔咒似乎在她身上不断地演绎,一波又一波,海啸般袭来。与老狼的恋爱才一年,那么快就要搁浅在海滩上?这真是爱情吗?萧云不禁质疑起青春的爱情,来匆匆,去匆匆,像风,像雨,又像雾。

吴虹叫萧云帮忙向学校请个假。一大早,她背上布包,急匆匆地去找老狼了。她要当面好好问问老狼,她要问个究竟。

"千万别大吵,好好问清楚。"望着她远去的背影,萧云不住地在后面劝慰着,也不知她到底听到了没。

三天后的下午,吴虹回来了,后面还跟着老狼。她邀请萧云、周诗诗和阿姝三个室友一起到校门口不远处的一个酒馆里吃饭。

酒馆包厢里摆放着九十九朵鲜红的玫瑰花。房顶上,窗户上,全都装饰着五彩缤纷的气球和彩纸。"葡萄美酒夜光杯",灯影迷离,音乐萦耳,良辰美景。浓酽的花香,欢快的旋律,弥漫在这间小小的屋子里,吴虹粉面含春,老狼毕恭毕敬地站在她旁边,脸上堆满真假难辨的笑意。

"我和老狼今日订婚,请大家作个见证。"

"祝贺,祝贺啊!"

萧云来不及多想,和室友们一起祝贺。

一切似乎很突然,可又觉得这剧情的发展本就符合吴虹的个性。她是绝不服软的女人,自她出生被寄养起,她就在孤僻坚冷的环境中成长。面对生活中一次次的挫败,她的性格越挫越勇。

"她终是被爱情和幽怨冲昏了头脑,这孤注一掷的坚决和勇敢,不知今后会怎样?"萧云真有点替她担心,随即又否定了自己的猜想,"你本是与她性格截然不同的人,你根本无法理解她所做的一切。"

今朝有酒今朝醉。大家喝得天昏地暗,此时只有萧云异常地清醒。

打电话来的那个女人,到底是老狼前女友还是后女友?没人知道,吴虹也没说,但她应该处理好了。如今的吴虹,已不再是以前的那个吴虹了。

楼下大厅里,歌舞一直喧哗个不停……

也许每个人的心中都有些不愿意摒弃的东西,即使这个东西使我们痛苦得要死。爱情就是这样的东西,就像古老的凯尔特传说中的荆棘鸟,奋不顾身,泣血而啼。夏翊老师的故事还在传说着。四年的大学生活,萧云没与他说过一句话,这是她的性格。你除了拥有稍漂亮的脸蛋和清纯的性情,你还有什么优点?偌大的大学校园里,那么多的美女和才女,他怎么会注意到茫茫人海中的你?

如果想让一个故事永不结束,那就不要让它开始。是的,萧云就是这么想。她坐在教室最边缘的角落,每天默默地听他读诗,听他爽朗的笑声。他是一位诗人,与众不同的俊逸风度,像是旷野上历经风雨的一棵树。

　　谁也不知道他真正的故事。他从不诉说自己的故事,似乎曾经的辉煌和沧桑只属于他自己,只该藏在时光深处。

　　那是一个忧伤的少年,月亮轻轻升起的每一个夜晚,他坐在高高的山冈上,面朝大海,孤独地吹着笛子。他的笛声婉转悠扬,如歌如诉。飞鸟归巢,树叶簌簌飘落,鱼儿欢跃在海面上,大自然是他唯一的知音。他吹奏着《平沙落雁》《渔舟唱晚》,吹奏着《高山流水》。他是个知青,七十年代初,响应国家"上山下乡"运动的号召,十七岁的夏翊来到了这个僻远的海岛知青农场。一排低矮的平房,平房前一大片烂泥地,两旁尽是杂草丛生。一到雨天,踩在上面,深一脚浅一脚,鞋面上全是泥巴。只有夏天的傍晚,萤火虫扑朔迷离着一闪一闪亮晶晶的尾灯,蟋蟀在草丛里尽情歌唱,海岛上的灯塔闪烁,渔灯隐约,那是夜归的渔民,此时,静谧的农场才会彰显出独特的海岛风情。

　　夏翊住在矮平房里,每天一大早就与队友们一起去农场劳动,拉板车、插秧、耘田。看着旭日从海平面上冉冉升起,又看着它渐渐西坠,日复一日。"我的十七、十八、十九岁,再也走不出那座小小的农场。"他以为自己会被永远"囚禁"在这个海岛农场上,就像眼前这太阳的循环往复,日日夜夜。农场劳动归来,别的青年都组队热闹去,只有他一人坐在煤油灯下,反复翻阅着从家里带来的几本书。知识贫乏、书籍稀少的年代,劳动替代了一切,而他依然默守着他的信仰和梦想,似乎唯有读书才能获得灵魂的片刻静寂和欢愉。他喜欢在看书之余写些小诗,到山坡上吹几首笛子。单调乏味的知青生活,因为一个女人的到来而改变。

一个春暖花开的日子,夏翊正在寝室里看书,小林跑过来叫他。

"夏翊,快出来。我带你去看漂亮的姑娘们,听说是从上海来的。"

半梦半醒间,夏翊被前来叫他的小林拉去看姑娘们。果然来了三个上海女知青,大伙正在帮她们搬东西,安排寝室。其中一个叫芳芳的姑娘模样俊俏,打扮时尚,两根马尾辫,一甩一甩的,特青春。

芳芳姑娘不经意间一转身,看见了站在一旁盯着自己看的夏翊,不由嫣然一笑。这一笑倒让夏翊有点不好意思。人高马大的他赶紧跑过去帮忙。他与她就这样熟悉了起来。

来自上海的芳芳见多识广,性情开朗。芳芳比夏翊小一岁,他与她一起劳动。十八岁的他教她播种、插秧。下田时,他总站在她身旁。城里来的姑娘,哪吃过这么多的苦,干不动时,他主动把她的那份活也干了。她在田里被蚂蟥叮咬,腿上血流如注,吓得缩成一团,手足无措,他走过去将一个个吃得圆鼓鼓的蚂蟥拔下来。在单调的农场日子里,他用诙谐深邃的诗歌诠释了生命的艰辛。

> 我春天的早稻秧田,
> 我拔起小腿上的七根蚂蟥,
> 像七个鼓鼓的逗号,
> 在我的身体上,
> 写下一截讨厌的诗句。

夏翊、小林与芳芳她们女知青一起做饭吃。芳芳经常帮夏翊缝洗衣服,空闲时,他带她去海岛上四处游荡,看潮起潮落,看流星静静划过静谧的夜空。有时他带她去那个山坡上,他吹奏着清脆悠扬的笛,她坐在他身边静静地听着。听他吹笛子,听他朗读自己写的诗,爱情像是两棵树,在海风吹拂中,在这孤岛农场中,恣意生长。这个孤寂的海岛,因为芳芳的到来而变得美好。

　　那是一个台风之夜,狂风暴雨,海浪呼啸,农场的养猪场在风雨之中倒塌了,场长在雨中用喇叭大声叫嚷:

　　"同志们,同志们,快来养猪场帮忙。养猪场中的一堵墙倒塌了,里面的小猪快要跑出来了。"

　　守护好养猪场的猪是农场员工的重要职责。听到场长在风雨中一声比一声急切的叫喊,夏翊与小林等人赶紧披着雨衣,拿着手电筒,跑了过去。路上碰见了芳芳,她撑着雨伞也在往那边赶。风雨之中,多亏人多,跑出来的几只小猪被赶回了猪圈。大伙用旧门板将那倒塌的土墙堵上。天色渐晚,台风越发猖獗,场长分配任务后,让大伙去附近看看有没有其他问题。夏翊负责查看食堂,芳芳负责查看值班室,她一个人胆小,夏翊就与她一起检查。两人来到食堂,这时农场里的电源断了,他俩用手电筒照着关好门窗,然后来到旁边的值班室。黑乎乎的值班室推进去,没一点声响。夏翊用手电筒照了照堆积着的杂物,最后竟照到了芳芳身上。刚才场长呼喊急切,手忙脚乱中,芳芳竟忘了换掉睡衣。风雨交加的台风之夜,那把小伞根本派不上用场,芳芳身上那单薄的睡衣紧紧黏在她青春的胴体上,圆乎乎的双乳突兀在跃动的胸前,尽情张扬着少女青春的气息。看见夏翊将刺眼的电筒光亮聚焦在自己身上,芳芳的脸瞬间变得绯红,她立即用双手捂在胸前。下意识的这一动作,让陋室里的孤男寡女瞬间荷尔蒙爆棚。

"夏翊,我衣服湿了,有点冷啊。"

"我把雨衣给你穿吧,芳芳。"

夏翊脱下身上的雨衣走了过去。一切如他诗里所写:

> 青春的影片放映了,
> 一束光射向胸腔深处的雪白银幕,
> 眼睛到大脑间的观众席上只坐着我。
> 光影如幻,音乐似水。
> 浑圆的乳房照耀漆黑的台风夜。

夏翊走近芳芳,一手揽住她的腰,一手将门关上。十八岁的他与十七岁的她上演了台风之夜的爱,那是他与她的第一次亲密接触。

忽然外面响起了"砰砰砰"的敲击声,是场长来了。刚才场长看着夏翊与芳芳一起走,总觉得有点不对劲,就急急地跟在后面。场长气呼呼地对着芳芳说:"快走快走,谁让你这么多事?你才来几天啊?"

芳芳羞红了脸,没来得及将睡衣纽扣全部扣上,捂着前胸赶紧跑开了。

场长狠狠地将目光重新移至夏翊身上,上上下下审视了一番夏翊。这是多么优秀、多么上进的青年啊!怪不得从上海大都市来的姑娘都会看上他。

"夏翊啊,这个农场里就你最爱看书,而且诗也写得好,你是我们这个农场的才子。你来到这儿当知青已一年多了。你不能忘记青春理想啊。如有机会,你应该走出去。芳芳是上海知青,迟早要回上海的。"场长语重心长,严肃地将夏翊教育了一番。

二十世纪七十年代末,全国恢复高考的日子终于来临了。场长让夏翊和芳芳都去报名参加高考。可复习用书呢?在特殊的时期里,似乎只有彻底告别了书本,才尽显革命彻底,尽显劳动人民本色。夏翊也一样。尽管平日里他喜欢阅读好书,喜欢写些小诗,但真正考大学的教材用书丢的丢、烧的烧,一本也找不到了。还是芳芳有办法,她托上海亲友硬是找来了几本复习用书,两人一起共读着。因了夏翊多年来看书积下的文化功底,再加上场长的大力支持,日夜苦读后,他成功考上了附近的一所大学。

芳芳却没考上,继续留在农场养猪仔。

第十一章

激情燃烧的诗歌年代

YUNI CHONGFENG

夏翊的大学离农场不是特别远,但农场地处偏僻,又要乘车,又要坐渡船,而且还要爬越很长一段山路,来去着实不便。一开始夏翊给芳芳信写得勤,芳芳也回得勤。后来学业忙了起来,夏翊本就是求知欲望极强的学习狂,进入大学这个神圣的殿堂后,唯恐落后于他人,他给芳芳的信越来越少。

那是八十年代,那是美好的诗歌年代。大学里,夏翊与同学一起办诗社,每日写诗,激情燃烧着青春。他去北京,与一群志同道合的诗人朋友相聚。他们给年轻帅气、诗才横溢的他介绍女朋友。

在北京飘满金合欢的一个院子里,他们写诗、品诗,遨游在诗歌的王国中。诗友邀请了一个搞艺术的姑娘,黑发齐肩,长裙飘曳。她给他们几个诗人朋友烧了一桌好菜。

"夏翊,你多吃点,这是林姑娘专门为你准备的。林姑娘的苦苣菜烧得特好吃,这是她的拿手菜。"

她往他碗里夹菜。夏翊看了下她,一个有着艺术气息的姑娘,只是那略显苍白的脸,在她白裙子的映衬下,如同林黛玉般的单薄与怯弱。她给夏翙画像,似乎很唯美。但纸质的画面,终究难以抵达他的内心深处,夏翙的心如同山海般深邃。也许,他心里仍然留着芳芳的名字。

一切都是命运,

一切都是烟云。

一切都是没有结局的开始,

一切都是稍纵即逝的追寻。

他忽然想起北岛的这首诗。

身后留下灯影里他们碰撞酒杯的声音。他独自一人走出四合院,四合院外面是一条昏暗的胡同。两边灰白的墙垣凛凛对峙,青砖灰瓦,清寂中散发着浓郁的文化气息。秋槐飘着落蕊,远远望去,雪白的槐花,纷纷扬扬,满树都是,清香四溢。走至大街上,刹那间又是另一番天地。这是繁华的都市,灯光璀璨,车水马龙。漫漫长夜,多少人走在追梦的路上。

"那时我们有梦,关于文学,关于爱情,关于穿越世界的旅行。"

他才走出人生的低谷,一切才刚刚开始,怎么甘受命运的肆意摆布?他那么年轻,那么有才华,他有更高远的理想,他想象着美好的未来。蓝天白云,大海在远方默默守护着他。他来自海岛,"面朝大海,春暖花开",那是他成长的地方,那是他的故乡。

这是全国改革开放后的八十年代。在北京这个都市,夏翙认识了很多著名的大诗人,他们一起写诗,编辑诗集,那是诗歌的年代。夏翎雄心勃勃,每天读诗、写诗,他想用诗歌来改变一个时代的足音,这是一个大学生诗人的雄心壮志。从北京回到杭州,他又与杭州诗社的朋友们一起写诗,编诗集。诗,成了夏翎的生命,灵魂的寄托,成了他好好活着的理由。

半年后,夏翎回到了海岛边的母校。他站在大学门口,恍若置身于梦境中,一大群师生正热烈地欢迎他的回归。他们打着红色的长幅,上面写着醒目的大字:欢迎青春诗人夏翎归来。他从大学生变成了大学老师,开始了他的教书写作生涯。年纪轻轻的他,是天才诗人,是学生的偶像,是领导眼里的青年才俊。他在大学里组织诗社,依然每天写诗。阳光普照大地,也照耀在这个年轻的诗人身上。

学院书记找他谈话:"夏翎啊,我们大学决定将你留下,是经过慎重考虑的。你啊,课不多,学校里有些杂事别去分心,你就好好研究你的诗论,好好写你的诗,争取写出几篇大论文发表发表,为我们学校争光。我们大学在海边,知名度还不响,以后啊,要靠你们年轻人的力量。"

"我明白,谢谢书记。"

夏翎很感激领导的欣赏和鼓励,他决心好好去研究诗,去写诗。每天一大早,他在操场上晨跑半小时,回宿舍洗脸,然后就拿出图书馆借来的一大堆书,如饥似渴地阅读、研究、写作。他很珍惜眼前的幸福。他想起读初中时,家里的那些好书被父亲一本一本地烧掉，他在旁边看得心疼不已，却又无能为力，那是特殊的年代。他想起农场时，每个夜晚在煤油灯下反复阅读仅存的几本好书。而眼前的生活对他来说，实在是幸福不已。他没想到改革开放后，他这个老三届的学生还能重返课堂，还能成为大学老师，他怎么能不珍惜！他是诗歌的天才？如果说是，那也是如今的时代将他从知青农场里彻底挖掘了出来。他要珍惜，好好地珍惜当下。

激情燃烧的日子没过几年，忽然间一切变得有点陌生了。有一天，诗社的一个学生急匆匆地跑到他的办公室，上气不接下气地说："夏老师，你知道不知道，诗人海子在山海关卧轨自杀了。"

"怎么可能呢？"在夏翊眼里，海子是诗的王者，是个天才诗人。

"同学们正在食堂里集体募捐丧葬费。"

夏翊心里一震，一种触电般的痛楚席卷而来，漫过他的身子，直至大脑一片空白。海子是诗的王者，如今这般凄然离去，怎不心痛？夏翊心中的诗歌王国顷刻间轰然崩塌，倾圮一地的还有他这颗零落破碎的心。

来到食堂，他看见两列队伍直直地排在窗口等候买菜，门口边放着一个募捐箱，募捐箱上贴着长长的白纸黑字，写着诗人海子的名字。此情此境，他心头又一阵难受，不禁吟出两句诗：

两列队伍默默地等候着

像是荒原上的两条铁轨

在等候远方一列火车的到来

还有一个天才诗人的归来

……

他写下了这首《诗人之死》的诗,然后又将纸头揉成一团,丢到垃圾桶里。海子自杀了,一个激情洋溢的诗歌时代也随之结束了。他在日记本上写下了两句话:

这一天,我深爱的恋人,决绝地离我而去。

我的森林,我的湖泊,我的荒岛,都弃我而去。

夏翊的诗人生涯随着海子的自杀而告别。他觉得,似乎自杀的不是海子,而是他自己。他再也写不出一首诗了,他没想到这一告别竟隔了如此漫长的岁月。

在我透明的忧伤中充满着你,

仿佛绿色的夜雾缠绕着一棵孤零零的小树。

作为诗人的夏翊告别了。他坐上渡船,爬过一条弯弯曲曲的山路。他永远记得这山路一直通向他曾经劳动过的农场。而他曾在这里度过难忘的三年农场生活。

夏翊一个人来到农场,场长和同寝室的小林早已调走。两年前,芳芳拿到知青返城名额,也回上海老家了。夏翊忽然想起已有半年多没收到芳芳的回信了。他一个人来到山坡上,满山依然绽放着绚丽的杜鹃花,曾经游过泳的水库上面跃动着银色的光芒。当年的笛声似乎还在耳边悠扬,那是他的十七岁、十八岁和十九岁。在这里,有他刻骨的记忆,他的知青农场,他的青春和爱情。

他忽然甚是想念芳芳,她那美丽的笑容,晒得黢黑的皮肤,重又回归眼前。一切依然那么动人心魄。他决定去上海寻找芳芳。

夏翊坐了几个小时的车来到了上海。这是他第二次来上海。第一次是几年前与一诗友相约上海,在外滩走马观花玩了一天。与上次不同,这次是请了几天假专门来找芳芳的。

这是九十年代的上海,十里洋场,鱼龙混杂。车站一角,穿着旗袍的女声凭空唱道:"上海呀,本是天堂,只有欢乐,没有悲伤啊!住着大洋房,种草啊养花!男人西装,女人旗袍,那个俏呀。"

白云在外滩的蓝空中悠然,轮船在黄浦江上浩荡。外滩的建筑古朴典雅,人群熙来攘往,这就是大上海。夏翊坐上了一辆三轮车,按着芳芳以前给的住址找过去。富丽堂皇的钟楼从眼前闪过,霓虹灯闪烁的夜总会前贴满最近要上演的摩登女郎广告。绕过洋房和别墅区,三轮车穿行至一个弄堂。夏翊曾听说过上海弄堂的风光,今日亲见,确实如传说中那般风情万种。三轮车夫一路吆喝地跑着,似乎他就是这弄堂中的老大,谁都该让他。正在扇煤饼炉的老太太、一群兴奋玩着的小孩、穿着旗袍高跟鞋赶去打麻将的妇人,听到这高阔的吆喝声,都赶紧往弄堂墙角两边靠。夏翊倒乐颠乐颠地坐在三轮车上,车子颤颤巍巍一阵后,终于到了芳芳所给的地址处。

这是一幢老式楼房,连着旁边几处老建筑,似乎有点封闭落寞。只有透过狭长的天井,才看得见一丝青天。各层楼的窗外都拉着线,晾满花花绿绿的衣服。夏翊对着油漆斑驳的门牌仔细核对了下,没错,是这儿。他敲了几下门,没人应答。再稍用劲敲,还是没人。四周转悠了下,看见前面一个中年妇人提着一袋子东西走过来,他忙上前询问。妇人细细审视了他一番,笑道:

"你是外乡人吧?"

"是的,我来找朋友。"夏翊赶紧解释道。

"我们上海弄堂关前门,走后门的。你刚到,不懂这规矩。你到后门去问问吧。"

"原来是这般,怪不得我敲了好长时间,没人应声。"

夏翊绕道至后门,看见一老太太坐在门前墙角处的竹椅上,地上放着的小录音机正唱着沪曲:"大小百家送灶君,吩咐用人掸烟尘。擦客堂,扫天井,样样要我操心……"煤炉里炖着银耳红枣汤,那飘溢而来的甜腻香气,让夏翊肚子不由一阵咕噜。早上出门时赶时间,一路行色匆匆,肚子真有点饿了。

夏翊走至老太太面前,满脸笑容地问道:"奶奶好,请问一下芳芳姑娘住这儿吗?"

"芳芳啊?这楼住的人杂,我只看着他们每日进进出出,名字是对不上人的。"

老太太沉思了会儿又说:"好像顶层阁楼上住着一个年轻姑娘,我去上面晾被子时看见过,要不,你自个儿上去瞧瞧。"

夏翊走了进去,屋子一楼封闭,气息闷热,里头放置着几个煤炉,估计是楼层各住户的共用厨房。门后一角有陈旧的木楼梯,黑漆漆的,只从屋顶阁楼的玻璃窗中映照出点点幽微的亮光。沿着楼梯上去有三层,每一层有一两个小房间,各自用铜锁锁着。再往上爬就是阁楼了。阁楼不大,半是低矮,也许这就是上海人传说的"冬受风欺,夏为日逼"的亭子间。阁楼前面有一小阳台,住在此楼的住户可以晒晒衣被,也许这是唯一值得欣慰的地方。阳台墙角处种着几株夜来香,还有一盆正飘着清香的茉莉花。

"芳芳肯定住在这阁楼。"夏翊忽然想起芳芳以前说过,她最喜欢夜来香和茉莉花。如今见到这两种香气扑鼻的花,自然让夏翊心里踏实了好多。

"芳芳上班去了?怎么不在?"

夏翊急着赶来上海,还没来得及写信告知她。记得很早前,芳芳说找了个新的工作,后来两人就再也没了联系。如今只记得她在这儿的住址,至于上班的地点,根本一无所知。

午后,夏翊听见了一阵熟悉的脚步声,不徐不疾地朝阁楼走来,坐在阁楼门前纸板上的夏翊霍地站了起来,他曾想过见到芳芳后的无数话语,可当芳芳真的站在他面前的时候,千言万语却又不知从何说起。刹那间只觉得她比以前更美了,本就白皙的上海姑娘,只是在知青农场海风烈日中变黑过,回至上海这个大都市后,不久就养回了娇颜。如今涂了点粉底,白里透红,艳若桃花。

"夏翊,你怎会来上海?你怎么不提前写信告知我?"

夏翊"嗯嗯"两声,笑而不语。

芳芳赶紧从包里拿出钥匙,打开阁楼的门。正是六月初的上海,阁楼里一片热烘烘的。芳芳打开北面唯一的一扇小窗,小窗下面就是这幢楼的后门,巷子里人来人往,一览无遗。阁楼不大,一床一桌一椅,挤得严实。床上的墙面挂着一张明星照,夏翊看着好像是上海一代影后胡蝶。小桌上放着两张照片,一张是稍早些时候拍的黑白照,一张是最近拍的彩色写真照。芳芳本来就美,照片里的她尽显温柔娇媚。

"好久没见你了,芳芳,想你就来上海了,"夏翊笑着解释,"上海真好吗?你看你就住在这么狭小拥挤的地方。"

"上海是不夜城,我自小长在上海,我喜欢上海。"芳芳语气坚定,不容置疑。

她拉起夏翊的手,来到阁楼前面的阳台,用手指着前方说:

"你看,不远处望去,尽头就是西区,那是全上海最繁华的地方。花园洋房、林中别墅、时尚公寓和夜总会,都在那儿。上海人喜欢逛马路,一家老小或男女恋人,晚风飘衣,一众荡去,向西的慢慢西去,向东的慢慢东去……"

住在小阁楼里的芳芳娓娓道来,她对上海这座城市满怀无限深情。夏翊本想再说点什么,竟噎住说不出口了。

芳芳关上阁楼的门,拉着夏翊去一个小饭馆里吃馄饨和阳春面,还加了满满一碗豆浆。吃饱后,两人悠悠地一路逛过去。芳芳告诉夏翊,她当知青这么多年,知识文化落后了,她自己也没去努力自学,回至上海后,找不到更好的工作,只能在一个商场里当营业员，平常卖些日用品。她父母和哥嫂仍住在原来的公寓，那边房间不多，侄女侄儿也长大了，她搬出已久，不好意思再回去，就在商场附近阁楼里租住了。商场上下午两班，今天她刚好是早班。两人走着走着，来到一影城，门口处贴满色彩鲜艳夺目的电影广告。芳芳拉着夏翊进去看了一场电影。

九十年代的上海，一切都兴隆繁盛，电影院里更是挤了个满堂。电影放的是《庐山恋》，很符合此时夏翊和芳芳的心境。可电影还是电影，时隔多年，尽管一个未娶，一个未嫁，感情却是渐趋平淡，再也回不到农场岁月的激情燃烧。夏翊努力想让这份感情回到当初，而芳芳回敬他的眼神不再像以前那般温柔，代替的是一种茫然无边的陌生感，像是冬天里穿越弄堂而来的西北风，一片冷飕飕。

看完电影回来，两人一起住到了阁楼上。月亮爬在窗外的天井上空，像是夜晚不灭的一盏银灯，夏翊和芳芳虽同在一床上，心里却想着各自的未来……

第二天，芳芳一早起来买了包子和油条，还有两碗咸肉粥。夏翊一边吃着，一边问道：

"芳芳，你能不能跟我一起回去？"

"回去我能干啥？"

"我养你。"

"凭你这点工资，你怎么养得起我？再说你本是诗人，是工作狂，自你考上大学留校工作，你什么时候真正想起过农场里还有一个芳芳？"

"以前我一直忙于工作,如今我是真想与你在一起。"

"别说了,夏翊。我住的虽是阁楼,但站在阳台上,我能看见上海的这片天空,能看见洋房、公寓、夜总会和别墅;走在路上,我能听到我喜欢的沪剧和昆曲。这就是上海人的生活情调,我喜欢这种情调。"

"你在上海有男人了？"

"家人托亲戚朋友介绍过几个,我不急,反正那么多年也过来了。"

夏翊此时才真正觉得芳芳的心已不在他身上了,在时间的长河中,他与她慢慢地远了、淡了,再也回不到从前……

在这个夏初,繁华的大上海与夏翊擦肩而过。

第十二章

无法抵御的浩瀚

YUNI CHONGFENG

漫天的星辰,凡光亮的,它们并非零落,而是有自己的排列组合。它们与人群类似,除了靠近温暖,根本无法独自抵御浩瀚的黑、浩瀚的冷。

大四的元旦,周诗诗约室友在学校对面的酒吧里聚餐。音乐美酒中,大伙聊起了各自的故事。爱情终究是女生绕不过的话题。周诗诗与童言兜兜转转近四年,最终还是没在一起。他们俩从没真正公开过恋情,所有的一切都像是电影中的暗算,互防着对方。也许对于这份情感,童言一开始就没当一回事,只是周诗诗不愿意承认罢了。

周诗诗喝了几口红酒,脸色绯红。半醉半醒间,话语如山泉幽咸而来:

"爱情嘛,就这么一回事,爱就爱了;不爱了就分开,你情我愿,谁也不能怪谁。"

"你与童言现在怎样了?那么多年了,怎么没见你俩进一步的故事?"

"我与童言有的只是男女肉体关系,终究抵达不了灵魂深处的爱。"

"你不将爱情进行到底了?"

"我们早就结束了。"

诗诗苦笑了下,继续喝着红酒。那青春飞扬的笑容里满是"曾经沧海难为水"的伤痕。

酒吧里正唱着《风中有朵雨做的云》:"风中有朵雨做的云,一朵雨做的云。云在风里伤透了心,不知又将吹向哪儿去……"

"毕业后,我准备跟华哥去他老家生活。我厌倦了苦苦追逐的日子,我想要一种互相欣赏的爱情。童言像太阳般光芒四射,这四年里,我只是他的影子,月亮般的存在。似乎没有他这个太阳,我什么都不是。这不是爱情,没有一点自我。而华哥给我的感觉就完全不一样,他欣赏我、爱我、懂我,他会给我真正的幸福。"

一身文艺气质的诗诗,那飞转流连、顾盼生辉的现代舞姿,曾让同学们欣赏不已。三个室友都知道诗诗所说的华哥是谁。华哥是学校文艺协会会长,会弹一手吉他,又会跳草原民族舞,天生带有北方人的豪爽。爱好歌舞的周诗诗加入文艺协会后,就与华哥走得较近。周末时,华哥常叫诗诗一起到地下街口或者公园玩,他为心爱的姑娘弹奏吉他,她为他跳舞相伴。总以为他俩只是惺惺相惜,贪玩而已,没想到两人真会走在一起。爱情还真是难懂,也许这就是所谓的缘分吧。

"听说华哥是从北方来的,这么远的地方,你爸妈会同意你俩在一起?"

"他是呼伦贝尔草原上来的,"周诗诗第一次说出了华哥的家乡,原来真是那么远,"你们听过呼伦贝尔草原之歌吗?我的心爱在天边,天边有一片辽阔的大草原。草原茫茫天地间,洁白的蒙古包散落在河边……"

周诗诗轻轻哼唱着这首美丽的草原之歌,她像是一只矫健的飞鸟,自由快乐地翱翔在草原的天空之上。

"传说中的呼伦贝尔大草原,在大兴安岭以西,再往西是额尔古纳河,那是一个神奇的地方,牧草如茵,苍茫无边,马头琴和蒙古长调,牛羊成群。我自小在新疆草原和戈壁滩上长大,我喜欢草原上飞奔的牛羊,喜欢那种辽阔与苍茫的感觉。"

"你与你爸妈商量过这事吗?"萧云对周诗诗的这段新感情有些质疑。

周诗诗笑了下说:"我与我妈情趣不同,我妈在新疆当知青那段时光,一直想着有一天能回归上海,而我恰相反。也许是小时候生活在新疆草原上的缘故,我一直喜欢草原上那种自由辽阔的美。"

听着周诗诗对草原的深情描述,她们仿佛也进入了一个神圣的天堂。在一望无垠的天际,在辽阔的草原上,一群群牛羊在蓝天绿草间自由奔逐,那是一种超脱世俗的浪漫风情,就像周诗诗骨子里奔放洒脱的个性。

"我一直想逃离我爸妈,他们小时候不管我,任我流浪乡野。如今却要来管束我,一切都太晚了。我就想远嫁他乡,免得他俩大事小事都来管我。我的未来,我自己选择。"

三人不敢再多说,萧云知道所有的话语都是多余的。周诗诗口中所谓的爱情,归根结底似乎就是为了逃离父母的管束。这是追求自由爱情吗?这何尝不是与父母的感情大战?萧云不由得想起了周诗诗妈妈来学校找女儿的事,那独自远去的背影,怆然、落寞。为什么周诗诗就不能理解父母呢?也许他们之间积怨已久,可如今诗诗真要远嫁了,只有一个女儿的她父母不知会有多么难过。望着眼前铁了心要与华哥一起奔赴北方的周诗诗,萧云不禁同情起她爸妈。

"你还是与你爸妈说一声吧?"

"我走之前肯定会说的。"

一阵沉默,一片静寂,四个室友聊至很晚才回寝室。吴虹自始至终没多说她与老狼之间的爱情。所谓的爱情皆是千疮百孔,秋风过境般零落。萧云总觉得吴虹与老狼间的爱情故事不会长久,她有这种深深的预感。她犹记得吴虹曾说,如果有一天真与老狼分开了,那说明她真不喜欢他了,她说自己也不会太亏,因为老狼一直在供她念大学。她已好久没向家人要钱了。

阿姝一直在旁边静静地听着,听酒吧里的音乐,听她们聊情感的故事。她没多说一句话,爱情的话题与单纯的她无关,她只在乎她的文学梦和旅行梦。

看着眼前极有个性的吴虹和周诗诗,萧云忽然想起张爱玲《倾城之恋》里的一句话,范柳原对白流苏说:"如果你认识从前的我,你就会原谅现在的我。"

人生是一场场风暴,回过身来,发现的是时间的玫瑰,那玫瑰在雨中开得正艳。大学四年里,吴虹和周诗诗一直忙着谈恋爱,萧云始终没谈,尽管身后也有追逐者。与其说是她曾经的故事,让她失去了恋爱的兴趣,倒不如说她的眼界与众不同,她最大的兴趣是听夏翎老师讲诗。她就坐在角落里,静静地听,静静地欣赏着他在讲台上的一切,他的声音、他的表情,尤其是他爽朗的笑容,这笑声里包含着多少对生活的宽容和爱。他讲述了无数外国作家的故事,唯独不透露有关他自己的片言只语。他的故事似乎只存在于课堂上,存在于每天的两节写作课。校车时间一到,他就默默离开了校园。四年间的故事是如此雷同,简单得像夜空中的繁星,准确无误地运行在各自的生命轨迹上。没人知道他曾经的故事,只有他自己。

萧云只知道他是非凡的诗人,尽管此时已多年未写诗,但他还是在用文字记录着生命的轨迹,过去的,现在的。他是诗人,他是大学老师,文字是他的生命,是他活着的灵魂所在。在他身上,你看不出岁月给予他的沧桑,过去的一切伤痛磨砺了他的意志,他像是一棵大树,从遥远的时空归来,历经风霜雨雪。

除了在岁月里自我沉淀内在的学识,夏翎以为他的生命轨迹已经固然，就像一棵树默默等待一圈又一圈年轮的增多、质地的深厚。他已将自己固定在时间格式化的模子中，水波微澜，不再惊艳时光。可这世界有些东西真是奇怪，溪流潺潺流淌，流过高山、险滩、平原，在某个转角处，也许偶然间你又会遇见另一支溪流，共同奔赴远方。

书香校园里的自由纯粹，如同薄薄的一层窗户纸，掩饰着一切斑驳陆离的痕迹。大学本是学校走向社会的中间地带，灵魂的高贵与理想的丰满都将在此不断演练。无论你希望获得什么，正义的女神在不远处微笑地看着你的一切。

校园里的有些事，一件又一件如江边的野草般疯长着。程川与小妹的身影重又在江边时隐时现，若说有多少爱情存在，或许只有他俩自己知道。当初程川对小妹若即若离，甚至两个月的暑假都不去找她，为此小妹发过脾气下过决心不理程川。时间是灵魂的清洗机，无论程川怎么想自己，他帅气，他有胆识，他勇敢，他敢索求想要的，但他毕竟只是从农村奋斗出来的农民的儿子，他没有过多的资本去选择自己的爱情。小妹有一副娇俏的面孔，那也是女人的资本，如同美丽动人的花朵，总会受到人类的垂青。其实没有程川，小妹的未来也不一定就差，或许还会有更好的选择。萧云不得不承认这个高中同学程川是个很有心计的男生，进入大学后，当萧云她们还没从高考拼搏的懵懂阶段走出来，程川早已有了下一步的人生目标，这是他的世故，萧云他们自愧弗如。每当看到他与小妹一起吃饭,一起行走在江边时,萧云内心里还是祝福他俩。

旧时光中的阴影云拨雾散,像是从未发生过什么。时间永远是最好的良药,它会让你忘记一切该忘记的,过去、现在和未来,是一团永恒的活火,如同太阳每天是新的。

萧云的心,在外人看来可能有点像是冰块。这种温婉柔美的外在气质里,始终深藏着一种冷漠和淡定,她还不想屈就自己。尽管那个影子遥不可及,可他又时常会在她面前晃悠,课堂上、食堂里、校车上,时不时会出现。她也会想起高中时班里那些男生的追逐,他们时常会霸占她的座位以赢取她的关注,时常会转过身来看她清纯的脸蛋。她曾一气之下,索性与坐在第一桌的男生调了个位置,从此眼前除了讲台就是黑板,没人再去干扰她。这一习惯一直延续到大学。

一走进大学教室,别人抢的都是中间视野好的位置,只有她不争不抢,安心坐到最靠墙的第一桌。她就是喜欢无人关注的边缘角落,以至大学四年里夏翊老师就是记不起有萧云的存在,他悠然地上着写作和诗学课,她静静地欣赏着讲台上的他。她想起曾经偷偷写过关于夏翊老师的一首诗,但这首诗终究没有送出去,一直被深藏在心底。她记得英国诗人托马斯·哈代的一句话,哈代并不认为人类受控于充满敌意的自然,并成为其走卒,而是可以创造自己命运的存在者,是可以选择具有自由意志的角色。她相信自己的感觉,路要一直往前走,不许回头。

在不惊不扰中,四年的大学时光结束了。

第十三章

与你重逢

YUNI CHONGFENG

我在你身边固执、贪求、不倦,也摆脱不了命运的安排。萧云一直觉得爱情应如童话般美好,在某个时间、某个地点,总会遇见那个对的人。她就是这么相信缘分。每当陷于困惑,沉于疲惫,甚至绝望时,那梦境中的故事就会出现,同一个地方、同一片风景、同一个人,像是黑暗中的一束光,将迷失丛林中的她,带至有阳光的地方。天空、大地,依然明媚,萧云相信真有个这样的人存在,他是她灵魂的摆渡人,他是她心目中的神。

想起多年前,采石场的几个村民来她家看她,她倒是相信他们是真诚善意地来看她的美丽。她相信自己是美的,这种美只有真正懂她的人才能看见,这是她的与众不同之处。永久地持有对真善美的敬畏,这使得人类的生命在不断轮回的过程中,始终存有温柔、娴静和热情的本质。每日忙着工作、读书、写作,她与外界始终保持着一种纯粹的距离,她有自己独立的花园式空间,她享受着这份静谧和孤独。

"每个人都有一片森林,也许我们从来不曾去过,但它一直在那里,总会在那里,迷失的人迷失了,相逢的人会再相逢。"

大学毕业后,萧云进了报社,工作多年以后,已是小作家的萧云上网浏览博客,读到了一组诗:

> 我收留了一个天使般的女儿
>
> 她是那么地纯真、可爱
>
> 就像天使般的存在……

好熟悉的诗风。博客的主人照片模糊,气质儒雅,似乎很神秘。即使如此,萧云还是一眼认出来,那是夏翊老师。怎么可能?十年未见了,今日竟在网上遇见他的诗。读大学时,他不是已经不写诗了吗?他的诗何时又复活了?这天使般的女儿是从哪来的?萧云一首一首地读着,恍惚又回到了大学时代。他在讲台上欢快地读着诗,她坐在角落的位置静静地听着。那是多么美好的大学时光啊!

> 我有很轻的抑郁,轻如蚊翅
>
> 如蚊翅之语
>
> 鲜血无法阻止长醒不眠的神经
>
>
> 花香可以嗅到
>
> 然后便都是花香
>
> 都是不用自杀的申请

他的诗那么忧伤,"自杀"和"不眠",这些消极的词语透露着他的悲情,他终归是一个浪漫又忧伤的理想主义诗人。忽然间,一种慈悲涌上心来,"因为懂得,所以慈悲。"他依然是她心目中的男神,大学时如此,如今依然如此,一切似乎从未改变。

人世间纷纷扰扰多少事,夏翙老师是否还能认出当年坐在第一桌的她?她那纯真的模样是否早被时光无情抛去?时间无法还原过去岁月的梦呓,在某个清晨,玫瑰重新苏醒,荒芜不再是时间的主题,拂去陈旧的往事,沉默终将打破。

"我是摩羯,你还认得我吗?"

她在他博客后面敲下了几个字。

过了两天,她打开电脑,看见了几行回话:

"我是天蝎,你是谁?看看封面照片,像是我以前的一个学生。"

萧云笑了,她估计他是乱猜的。读大学时,他只顾读诗、赏诗、教他们写作,极少注意讲台下学生的面孔,他怎会记得我?她给他留下了几行字:

"猜想的吧,老师。诗人最大的特长是想象。下次遇见了,我再告诉你我是谁。"

几个月后,市里举办了一次读书报告会。这是一次文人的沙龙聚会,萧云也位列其中。都说最有趣的是作家的灵魂,没有对生活的深入体悟、没有足够的情调是聚不到一起的。作家们欢聚一堂,你一言我一语,畅谈人间逸事和文坛雅事。那个胖胖的叫牧梦的女作家,看上去好可爱,她坐在萧云旁边一直在聊,聊了个把小时,还是她一个人的剧情,似乎有聊不完的无边无际的话题,天南地北,谈笑风生。

萧云默默地听她讲述着各种趣事,忽然生出一种直觉:也许她的写作是生命的一种本能,或者说是情感的一种宣泄,因为她喜欢表达自己的感受,喜欢分享这个多姿多彩的世界,一吐为快啊。

坐在对面的是一位叫白鹤的网络作家,如同他的网名般,长得白白净净,一派书生意气。他静静地坐着,一声不吭,似乎是人群中最忠实的听众。他的沉默无语,让人深觉一位作家的睿智与孤寂,沉默是金。他站在人群深处,又恍如独立于人群之外,远远地看着这个人世间,也许这正是一位网络作家所具有的高贵素养。他能控制自己的情绪,能在故事叙写中深入生活描摹形形色色的艺术形象。艺术来源于生活。

闲聊中,牧梦告诉萧云,白鹤是市里最有名的网络作家,年薪几百万。他每天在网上码字,每一个字都价格不菲。白鹤很少出门,隐形在网络世界,每天连载长篇小说。初入市文学沙龙活动的萧云,好奇地张望着四周的人群,她终于有点明白:坐在身边的其实都是写作高手。这本是一场文人雅士的沙龙聚会。

忽然间,她的目光凝固了,时间似乎永远停留在这一刻。她真的看到了他,夏翊老师。岁月一点都没有改变他,他依然那么年轻帅气。俊朗的外表,儒雅的风度,依然如故。萧云的内心不由得一阵激动。十年了,她又一次遇见了他。如果说这不是缘分,你还能说是什么?

在熙攘的人群中,她向他缓缓走了过去。十年的距离,在这一步一步之间,越来越近。她定定地望向他,神思恍若飞越至大学校园的时光:教室里的黑板和讲台,校车路过时的世纪一瞥,寝室走廊上听到的爽朗笑声,他读诗时的自我陶醉……

人的命运啊,也许真是上天特意安排好的,有些人走近了,还会走远;有些人走远了,还会走近。时隔多年,她与他重逢在此刻。

"老师,你好!我是摩羯。"

她直截了当,莞尔一笑。那笑容灿若桃花,恍如开在十里春风的南山上。

"哈哈,我是天蝎。"

夏翊也笑了,那笑声依然如同大学时那般豪放,丝毫不见平日诗里流露的忧伤。

天蝎与摩羯就这样重逢在这一天。

萧云挽着发髻,穿着桃红丝绸旗袍,来到了咖啡馆。她与夏翊相约在此相聚。夏翊看到她的那一瞬间,忽然想起了多年前自己写的一首诗,她就像他诗中的旗袍女郎。

也许有些人只会在剧情发展到一定的时段才会出场。命运是上苍安排的,百转千回,由不得你去肆意篡改,你没有这般能量。曾经的萧云,骄傲得连主动与夏翊老师说句话都不肯,如此执拗的她,多年后的今日,却放下所有的偏执,径自向夏翊走近。她无法解释这是为何,似乎命运之神牵引着她走近夏翊。她只想打扮得漂漂亮亮,坦然自若地坐在夏翊面前,听他说诗论诗。曾经的她,只是大学里一个名不见经传的小女生,即使主动走至夏翊面前,即使在他面前笑靥如花,夏翊真能记得住她吗?那时的夏翊是大学里的男神,是众多女生崇拜的偶像,他怎会在意眼前的一个小女生?萧云是漂亮,但大学里美女如云,她凭什么能让夏翊老师记住她?

萧云忽然想起茨威格的小说《一个陌生女人的来信》,那是一个多情又悲伤的女人,她可不想如女主人公那样永远隐姓埋名,藏匿在男人的背后。如果说哪里有点像,那也只是以前的萧云了。

她在日记里默默写下了这些话语:

人的生命当中都有光,我们活着就是为了一个希望,就是为了抓住这个光。你是太阳,我是月亮。没有太阳,月亮将永远黯沉于黑暗之中。

我是你的影子,我们都喜欢诗,我们都有过一次重创的过往,从此更信江湖情长。

如今的萧云历经世事纷扰,她想追逐自己想要的。她尝够了那种孤独的滋味,明明你在人群潮涌中,却没有一个人能真正贴近你的心。她不知自己为什么这么勇敢地走至夏翊面前,就因为他是自己以前崇拜的偶像?但那毕竟也十年了。十年的时光能改变多少东西?坐在她面前的夏翊老师已不再年轻,但他随和、博学、儒雅,在他身上似乎深藏着一种无法言喻的魔力。

梦中的神秘人是你吗?你是守护我的天使吗?你像是一棵

树,长在我命运的谷底。

每个人都会遇见天使,上苍看她太孤独了,就派一个人来到她身边,夏翊就是那个人。他那深邃的双眼流露出的柔和光泽,如同碧海般深沉,多年以后重逢,萧云一下子沦陷进了这片海域,没有一丝一毫商量的余地。

萧云与夏翊就这样面对面地坐着,聊着,喝着咖啡。他与她聊诗,聊文学,但不聊自己的故事,他依然像森林秘境般神秘,这就是诗人夏翊。萧云依然记得大学时夏翊给他们上了那么多的课,但从不讲述自己的故事。他就是这样一个双面性格的男人,正面是白天,背面的黑夜只留给自己。以前如此,现在依然如此。这么多年来,他一直将自己隐在人群深处,择一隅而居,与世隔绝。

我与你分别降落于荒芜的大陆之上,白昼,我们头顶有相同的蓝;夜半,我们头顶有相同的月亮,我们其实很近。

萧云来到了夏翊的家,此时她才知道自己上班的地方其实与夏老师家不远。同在一座城市,她与他竟从未在街上遇见过。

这是郊外一座清新别致的小院子,旁边有座小山,绿树葱茏,不时飘来阵阵草木的清香。屋后是一片果园,正值金秋季节,院子里的凌霄花攀援在木栅上,火一样红艳。橘子黄了,柿子红了,银杏在风中飘洒着枯落的黄叶。院子左边角落里,是一池睡莲。

眼前的院落只有夏翊一人住着。屋子里摆满了各种书画,弥漫着浓郁的书香气息。

"夏老师一直在写诗吗?"

"八十年代末诗歌走向了消逝,作为诗人的我也自此沉寂了。"

夏翊娓娓道来如烟往事,他想起了曾经的大学生活:"在那座砖瓦木板的红砖楼上,旧木地板的吱吱呀呀中,开始了我四年的大学生涯。我遇到了一批恩师,遇到了一班好同学。我努力读书,关注社会,开始形成独立之思维、自由之人格。我充满理想,激情澎湃,创办油印了学生文学刊物。我编辑稿子,我的同桌刻蜡纸,我写我的诗。我在那时诗情泛滥,几乎每天写一首诗,没写就觉得这一天白活了。思想解放和改革开放的时代大潮,冲击着一个僻远的海岛上的大学生。那是一个充满反思与启蒙的时代,那是一个充满激情与希望的时代。"

"老师,你现在还在努力写诗吧?你发在博客中的诗都是现在写的吧?"萧云想起了她在夏翊博客中读过的那些好诗。

"我现在仍在写诗,风格上不刻意奉行某一诗派,随心所欲,怎么合适就怎么写。时间的河流中,我可能注定会被遗忘。我已不在意在诗歌上出名了,我只在意能写出真正的好诗,哪怕黑夜中只有我一个人在写。正如俄罗斯诗人曼杰什坦姆所说,应该在黑色躯体里拥有世界。如今,也许少有人能去体会我们这一代人的经验感受。我的光荣只在诗歌之中。"

夏翊淡然地讲述着过往,曾经的一切早已化作云烟,飘飘洒洒。岁月就是沉淀剂,所有悲伤的、欢愉的,终将成为过去。

"后来的我,可能有个人和时代原因,我再也无法获得写诗的灵感,如同天使折翼,从此变成了凡人。前些年里的一天,我似乎又慢慢地复活了过来。诗魂又附在了我的身上,像是秋天的鸟儿换上了新的羽毛,重新回到了过去,重新翱翔于蓝天和大海。诗,一直是我的灵魂,是我的生命。"

萧云默默听着他的述说,曾经大学里传说的理想与忧伤主义的双面人物夏翊果然故事多多。今日的她真正走近,感受他的过去、感受他对诗歌的爱,内心里一种莫名其妙的情愫微澜,像是春风拂过水面。

"老师的诗,写得最好了,你应该出本诗集,不能就这么将诗埋没人间。"

"也许将来有一天,我会将我喜欢的诗整理出版。写诗很好玩的,它会让你的生命变得更快乐,更有价值。"

"这几年,我也一直在写诗,可找不到更好的感觉。老师,你是诗界的大师,你教教我吧。"

"如果没有诗,也许我早就不在这世上存在。诗会延续你的生命,让你的世界不那么孤独。"

萧云忽然想起在夏翊的一篇文章中读到过的一句话:"没有诗,我也许会自杀。"她似乎看明白了夏翊的心海,他是真正以诗为灵魂的诗人。

"我带你去看看我家的宝贝们。"

夏翊带她来到院子前面的一处小屋。原来是一只狗和四只斑白花纹的小猫。看见夏翊走来,它们一哄而上,聚在他的脚边。

"这是我的宠物世界,我每天陪着它们玩。"

"猫与狗同住一屋,它们不打架吗?"

"不会,它们已学会了和平相处。"

"夏老师,我喜欢诗,你以后多教教我吧?"

"互相探讨吧,为这一共同的兴趣爱好。"

他与她,相谈甚欢。夏翊为什么愿意带萧云来他的小屋?这是自小屋建造以来他第一次带女孩来参观。也许是因为她是他曾经的学生,唤醒了他对往日的美好记忆。也许她与他一样都喜欢写诗。也许是萧云纯真的性情打动了他的灵魂。

一个人住在郊外,写诗,养狗,养猫,十年如一日。也许夏翊没有意识到,不知何时起自己在心中搭起了一个避难所,一个能够远离种种悲戚往事的世外桃源,一个只属于他的完美之境,而现实的世界则是无边无际的悲苦与失望。

第十四章

隐逸山下

YUNI CHONGFENG

在一片淡漠的烟雨中,想着人世里温暖的或者悲凉的故事。茶水氤氲,八月的茉莉轻轻飘散着淡香,雨疏烟轻,甚是温柔,只是缺少纠缠的音乐。这样的日子,还真属于雨中花,像美人出浴般的美,笼着一层神秘的面纱。轻纤的影子,零零散散,弥漫其间。想起张爱玲《倾城之恋》中的一句话:"耳边恍惚听见一串小小的音符,不成腔,像檐前铁马的叮当。"那是雨声吗?也许还有花开的声音。

周末时光,萧云常跑至夏翊的乡郊小屋去学诗,夏翊不厌其烦地教她。每次坐公交车去时,萧云总不忘带上一大包好吃的东西,有自己做的蛋糕和面包,还有街上买的各种水果,有时去附近的面食店买几个麦饼。若没带东西去,她会在夏翊家里煮点面条吃吃。

"老师,写诗是不是要有天赋?"

"写诗是要天赋,天地山川,经史子集,都在那儿放着,有天赋的人就会去用,把天地万物用在自己身上。每个人多少有些天赋的,所谓天赋,无非敏感些,会多思考些。它也会是人的潜能,你去多挖,也许有一天就挖出来了。"

萧云是有天赋的,她的诗越写越好。夏翊似乎想将自己全部的技艺毫无保留地授予她。

"老师,我该怎样去发现诗意?"

"诗意无处不在,有大如星空,也有小如蝼蚁。无论生活的细节,还是上帝的目光,都要从自身的体验中去说,意象不要太大。一花一世界,佛教说得有理,所以我经常写一些很小很日常很普通的东西,从中悟出深广的意义。"

"老师,诗意与诗的语言,哪个更重要?"

"所谓文学是人学,这'人'字有两层含义,一是写作的这个人,一是所有人类,而写人类也要从自己个人写起。所以回忆性诗歌作品很有意思,我最近写的诗都有很浓的回忆色彩。从个人小我的事和情绪中走出来,走进更高更有意义的人类生活与思想感情,是一个作者终身要追求的。语言上要筛选,像沙里淘金一样,把不是诗的语言尽量删了,留下全是诗的东西。"

"老师,一个人的天赋很重要,而后天的阅读和生活的阅历,对于写作也至关重要吧?"

"天性中是会有一些东西,但后天的经历、学习、思考、感受等的积累和训练也很关键。读书多不一定会成为诗人作家,关键是要为你所化,为你所用。"

"散文诗与诗的区别主要是什么?"

"散文是叙述性的,而诗是表现性的。诗常用象征、暗示和比喻等手法来表现,诗意要自己慢慢去体会。自然成熟的野生果实几乎都有虫蛀或腐烂,而不像人工处理过的水果那般完美无缺。诗歌也是一种艺术,需要不断去雕琢诗意。"

"老师,你在我心里就像是一位完美的哲人。今天长知识不少,学生我好好给你做顿饭吃吃。"

"真实的人与真实的生活一样,没有完美。完美的面具下都有其困境与缺陷。不要相信任何完美的形式,我也一样。"

萧云去厨房做饭,夏翊乐呵呵地去忙他的花草。如果当初萧云将夏翊作为偶像来崇拜,如今的他与她更像是一对忘年交。

萧云是幸运的,夏翊在她身上看到了自己当年对诗歌的热爱和执着。时光像是墙上挂着的一张张陈旧的老照片,斑驳陆离。每一张照片里都有他的青春、他的故事。那时的他,壮志凌云,青春的身影激荡在时代的潮流里,像是大海上展翅翱翔于苍穹的雄鹰,激扬文字,思考人生与社会,探究人性的本质和宇宙的奥秘。他曾想与相约北京的诗友们一起,以诗歌来引导人们精神上的飞跃。那时的他才二十几岁,如今一晃二十年过去了,他曾整整十年没写过一首诗。那些年,海子死了,夏翊的恋人芳芳回归上海。他沉默了,失恋了,从此销声匿迹于人群中。而萧云的出现,重新唤醒了他的诗歌记忆。他从遥远的梦境中醒来,像是一个巨人复活,对于诗的敏感性也随之而来,他又像是回到了大学时期,一天一首诗,每一首都超越过往。多年的文学积累,多年的人世阅历,潜化为笔下的诗歌,"慨当以慷,忧思难忘"。

萧云读着老师写的诗作,更是崇拜他。夏翊不以为意,或许他知道,或许他真不知道。诗兴一来,他就一门心思沉醉于写诗,如同多年前,他忘了离大学不远的一个农场里,还有一个叫芳芳的姑娘。这就是特立独行的诗人。

"夏老师,你应该出本诗集。"

"是的,最近我也这么想。"

"老师,你住在这里几年了?"

"我从海边的大学毕业调至你们读的大学,最初没买房子,就住在大学校舍里。后来我积攒了些钱,看中这片远离尘嚣的静谧之地,就买下土地造了这个小院子。小屋虽说有点简朴,周边的环境倒是不错,离大学也不远。走出前面这条水泥路,就是公交站,坐三站下车,每天早晚有经过的校车。我已习惯了赶车,反正一周才几次课。大学里我还是有更多的时间看书写作。"

夏翊缓缓地述说着自己的事,就像时光一样从容淡定,岁月静好。曾经的很多人,很多事,都深深藏在了他心底里。

"我带你去山上看看,那边风景不错。"

这是一座连绵起伏的小山,山的深处有一个碧澄如玉的水库,鸟声啁啾,不绝于耳。秋天的季节,郁郁葱葱的树林,景色优美,像是一张风光秀丽的明信片。沿着山坡往上爬,松林怡人的清香沁人心脾。不远处,银练般的河流蜿蜒而过,一条大路沿着河堤一直伸向市区。这是一片山水相连、天高地远的郊野。山脚下零星散布着几处小屋,夏翊的小屋就是其中一处。他告诉萧云,那时这片土地荒芜,夏翊听说后买到了这里,简单地建造了这个有着田园风格的小院落。

"每天清晨,我带着我的狗儿从山脚爬至山顶,再从山顶回至小屋,生活简单,但我很是享受这儿的静谧。"

两人沿着山路往上爬。夏翊矫健的身影,连萧云都赶不上。

"老师啊,你的身材原来就是这样锻炼出来的啊,怪不得!"

树林与郊野,也许真适合孤独的诗人。这么多年来,他一个人住在这里,修身养性。他习惯了孤独,习惯了一个人的世界。也许真如别人所猜,夏翊是谜一般的存在。而萧云的闯入,给他孤寂的世界带来了欢声笑语,打破了他十年自我幽居、自我封存的生活模式。

爬了三四十分钟,在两座山峦连接处看到了一片绿色的草甸,一群奶牛悠悠地吃着草。草甸边缘有一排白色的小平屋。蓝天,白云,山峦,草甸,这是一片风景迷人的奶牛场。夏翊告诉萧云,他每天早上喝的牛奶就是从这儿订来的。

越过草甸,不远处的山坡上是一片茶园,茶园的山顶处有几间木质结构的小屋。夏翊与萧云还没走近,屋里走出了一位有着艺术气息的男主人。他目光清澈,满腮长须,神采飞扬,像是隐居多年的艺术家。

"哦,我亲爱的朋友,好些日子不见你来了。"他张开双臂拥抱夏翊,满脸笑容,极为亲近。

"介绍下,这是跟我学诗的学生萧云,这位是我的画家朋友林格。林格比我大几岁,你叫他师伯。"

"师伯好!晚辈见过师伯。"萧云赶紧上前招呼。

"挺聪慧的女孩子嘛,不用客气。到我这儿啊,就随便玩。"

茶园里的这一排小木屋,造型极具艺术风格,里里外外竹木构建,几把座椅也是竹制品,精巧别致。

林格看着萧云似是欣赏眼前这一切,忙向她介绍说,这小木屋的原材料都来自山那边的竹林。竹林与茶园都是他名下的产业,还有小木屋东边的这块葡萄园,也是他的。这些农作物都由他雇来的工头在负责,忙季时,再到山下雇一些村民来帮忙采摘。他自己嘛,大多时间在画画。

夏翊告诉萧云,林格本是大学艺术系的教授,他的画作颇有名气,因为喜欢静谧隐居的环境,就来到了这儿。

"我是偶然一次出来写生,绕过那个水库,发现了这一片静幽之地,回去后依然眷恋不已。后来索性打包来这儿,买下了这一片土地。"

林格打开了另一间小屋,里面全是难以描绘的有着文化气息的水墨画,形形色色、姿态各异的人物隐形在画作中,抽象精妙的人物线条与野蛮纯粹的精神气质融为一体。

"太美了!"极喜欢画作的萧云赞叹着,欣赏着眼前这些绝美的作品,叹为观止。这是一个全身每个细胞都充溢着时代记忆的艺术家。这么多年生活的洗礼,让林格沉淀了平和的心态,或许唯其如此,才能忍受孤独对心灵的拷问,才能抵挡现实对精神的鞭挞。

夏翊说:"在林格买下这片山地后,他邀我到他的小屋玩,我竟也喜欢上了这一片田园风光,后来我也将小屋建到了这座山脚下。"

"志同道合者,才会有相同的情怀。"萧云终于知道了夏翊和小屋的故事。

"好了,去尝尝我亲手酿制的葡萄酒吧。"

林格拿出了地窖中深藏着的几瓶葡萄酒。

"这葡萄酒味道不错啊,林格。"

"你要相信我的酿酒水平。是不是一年比一年香醇可口了?哈哈。"

小木屋里,一片欢声笑语。

第十五章

草原来信

YUNI CHONGFENG

大学一毕业,周诗诗就跟着华哥去了呼伦贝尔大草原,那是她一直魂牵梦萦的地方,那是她五岁之前的美好记忆。周诗诗曾与萧云说过,她的梦想就是回到草原。大学毕业后,她拥抱了真实的草原。

之后,再无周诗诗的任何消息,直至多年后,萧云收到了她的一封信。娟秀的字体、亲密的言语,一下子将萧云带回了大学时光。她们曾经一起在学校的湖边抓龙虾,她们一起去学校食堂影院看费雯·丽主演的《乱世佳人》和《魂断蓝桥》,看嘉宝主演的《茶花女》,她们曾经一起去学校的体育馆舞厅蹦迪,一起去校门口酒吧聊天。那时候的萧云与吴虹囊中羞涩,都是条件稍好点的周诗诗请客。而等不及萧云工作后有钱回请,周诗诗已追随华哥远走他乡,寻求她所谓的诗与远方去了。萧云常会想起她,只是苦于没有联系方式。今日回老家,意外收到了周诗诗的来信。大学四年的情谊,展信如面晤,萧云有点激动。她小心翼翼地展开室友的信笺,不禁想起当年寝室里蹦蹦跳跳、活泼开朗的周诗诗。那时她出现在哪里,哪里就有欢声笑语。萧云庆幸读大学时给过周诗诗自己老家的住址,正因如此,今日才能收到她的来信。

萧云,你好!原谅我时隔多年才给你写信。其实你应该高兴,因为你是这些年来第一个收到我信件的好友。原谅我与你们的不辞而别。当初一切皆是匆匆,我父母又是极力阻拦我远走他乡,我就没时间与你们聚聚再走了。

我来到了呼伦贝尔大草原。这是一个美丽辽阔的草原,它在大兴安岭以西。这里有一大片一大片充满神秘气息的白桦林,阳光从舒展的树枝间照射下来,斑驳的光影像个精灵般穿梭在繁密的树林中。奔腾着的北方之马的嘶鸣声,不时地从远处的树林间传来,树林边清冽的河水从大兴安岭的山脚奔涌而来。鹰在天上盘旋,夕阳下的喂鹰人仿佛人间的神者,用虔诚的双手捧出一粒粒的鹰食。等它们飞累了,悄然隐入神秘的白桦林。我喜欢北方的草原,北方的树林,北方的湖泊,还有那绵延千里的大兴安岭。一切就像是曾经梦境般美好。

华哥一家对我很好,他的父母都是牧民,我们每天做奶茶喝,做奶糕吃。内蒙古人喜欢喝奶茶,他们做的奶茶很香,有时还放一些酥油、羊油、马油,以及少量盐。这种奶茶可好喝了,南方是喝不到的。这里草原上的牧民生活简单、粗犷、慢节奏,不像南方人那般精致匆忙。华哥家人喜欢吃羊肉和面食,我也慢慢习惯了,入乡随俗。只是他们村的房子都是矮平房,一排排连在一起,不像我们老家这边，一眼望去全是高楼大厦。其实人类与狼群、蜜蜂、蚂蚁一样，也是群居动物，喜欢成群结伴过日子。辽阔的草原上，牧民的一个个矮平房错落有致，白色的蒙古包零星散落在山脚下。草原节日时，月光静静地洒落在草地上，篝火燃起，民族鼓乐声响，我们手拉着手，唱歌跳舞。无需太多的物质，太多的金钱，简单地活着，就是一种快乐。小时候的我就在这样的草原上长大。蓝蓝的天空白云飘，成群的牛羊草原上跑，那时年幼的我也跟着它们奔跑，自由自在，快乐无比，这就是我想要的人生。

平日里华哥父母出门放牧住在蒙古包。我与华哥在草原上的一个村庄里教书，物质条件是匮乏了点，但我不在乎。只是北方的冬天气温低，多是冰雪天气。有时夜间温度会降至零下三四十度，一滴眼泪流下，都会瞬间凝固成冰。整个冬天我都不敢去外面走，怕凛冽的寒风将我冻坏。大地一片静谧，一片冰雪世界，那是呼伦贝尔草原的冬天。

萧云，你骑过马吗？呼伦贝尔草原的树林里养着很多马。有专门的牧马人在管理。牧民们需要马时，向他买，但马也不是随便可以牵走的，还要看你与它有没有缘分。马是很野性的，品种也多，呼伦贝尔草原上的蒙古马性格刚烈。你若要买马，必须先要学会驯马，驯生马只能选择在马驹三岁之前的那个早春。早春时节，马最瘦弱，不到三岁的马刚能驮动一个人，还不懂得被人驾驭，它的一切习性如同春天的万物般，迷离扑朔在和煦的阳光下。年轻的牧民们选择自己喜爱的马种、马色，然后牵回家去训练。如若你驯服了这匹马，那它就以你的名字加上马的颜色来命名，并将永远归属于你。如若还驯不服，一年后可以选择新的马种来训练。

  萧云，你听见过狼的嗥叫吗？在这草原上，我常能听见。"一声深沉的、骄傲的嗥叫，从一个山崖荡漾到另一个山崖，回响在山谷中，渐渐地消失在漆黑的夜色里。这是一种不驯服的、对抗性的悲鸣，是对世界上一切苦难都蔑视的情感迸发。"这是美国生态学家奥尔多·利奥波德所写的《沙乡年鉴》中的狼嗥。利奥波德在近五十岁时购买了一个荒弃的农场，在此后的十几年里，他在那个被他称作"沙乡"的地方盖了一所破旧的木屋，成了他亲近自然的"世外桃源"。《沙乡年鉴》是他一生最好的杰作，是他对自然、人类的命运及其与土地的关系观察思考的结晶。他提出了人与自然相互依存的关系，我研读他的《沙乡年鉴》，也明白了人与自然与万物间的平等关系。地球本是一个和谐的家园，它只是漂浮在浩瀚宇宙中的一颗恒星，极为渺小，而人类更是渺小至极。所以我们都该以敬畏之心平等对待万物。草原上的苍狼和雄鹰都是内蒙古人的图腾。据说成吉思汗的祖先也是承受天命而生，他们就是内蒙古人所崇拜的图腾狼。

  以前的我也怕狼，从小在故事书中听多了狼外婆的故事，觉得它是邪恶的化身。我父母在新疆当知青时，也是因为黑夜里草原上出现的狼而走在一起。也许我天命与狼有着一定的因缘，没有狼的故事，就没有我父母的婚姻，也就不会有我的存在。如今我又来到了草原，并将永久住下，我又与狼有了历史与现实的近距离接触。狼是我们草原上的图腾,一种神灵般的存在。人与万物之间的缘分就是如此奇特,就像我与华哥,来自相隔那么遥远的两人,却能走在一起,这就是缘分,是我与草原,与草原之子的缘分。

当初我跟华哥来至呼伦贝尔,我妈是坚决不同意的,曾以断绝母女关系相要挟,可我终究顺着我的心走向了草原。这是我的命。我父母好不容易从新疆草原回归至浙江老家,而我却选择重新回归草原,一切皆是命中注定的一种救赎。我理解父母的不舍,但他们理解不了我的心愿。在老家的套房中,我总觉得自己是被囚禁的小鸟,只有在这片一望无垠的草原上,我才会觉得自己真像只自由翱翔在草原之上的苍鹰。苍穹、草原、牛羊成群,那是我向往的自由和快乐。

萧云,有空与吴虹她们一起来我的草原之家。我期待与你们的再次相聚。替我向她们问好。另外还想麻烦你一事,大学毕业后,我就私自跟着华哥来到这儿,后来曾打电话给我爸妈,可他俩在气头上,听不进我半句解释。至今为止,我还不敢给他俩打电话问好。如你有空,麻烦去探探我爸妈现在的口风,其实当初我也冲动,没跟爸妈好好坐下来说话。那么多年了,我开始有点想念他们,还有我亲爱的奶奶。附上我家的住址。拜托,辛苦你了!"

读着周诗诗写来的这封信,萧云还真是惊喜。

"你能想到父母也好,毕竟他们生养了你。我还真以为你不认他们了呢。"

信里面周诗诗的一番肺腑之言,深深打动了萧云,"这才像是我心目中的性感女郎周诗诗。这么多才多艺的女郎,草原会让她变成啥样呢?"萧云忽然极是想念周诗诗。她翻了下墙上的挂历,圈了一个周末时间。她要去找周诗诗的爸妈聊聊周诗诗的故事。

萧云提着一袋苹果,按照周诗诗给她的地址,七转八转绕过几条小巷,来到了周海和柳惠住的地方。这是一幢半新的五层公寓,周诗诗家在四楼。她敲了几下,开门的是周海。

"伯伯好!我是周诗诗的大学同学萧云。"

"哦,是萧云,快进来坐吧。"周海没见过萧云,只是以前从女儿口中听说过萧云的名字。

萧云进了屋,看见穿着淡紫色睡袍的柳惠从卧室走了出来。大学时柳惠几次来寝室找过周诗诗,萧云曾见过她。好多年没见,柳惠似乎苍老了不少。她的头发往后盘了起来,犹有些白发若隐若现,但气质依然优雅,像是她家书桌上摆放的那只青花瓷瓶,在岁月中沉淀着古典的风情。其实周诗诗很像柳惠,尤其骨子里那种不屈的个性。

"阿姨好,我是萧云。"

"认得你,萧云。"柳惠笑着赶紧拉过萧云的手,坐至沙发上。

周诗诗说她妈是家里的总司令,她与周海都得听柳惠安排一切。如今眼前的柳惠早已没了往日的锐气,她将清雅的上海口音深埋在内心深处,那倦怠的眼神透露着与生活的和解。曾经的柳惠一腔热情,将全部希望寄托在像她年轻时一样美丽的周诗诗身上。周诗诗聪明、开朗、活泼,她身上似乎潜藏着无穷无尽的青春激情,如同柳惠当知青前那时满怀生命的热情。柳惠坚信过考上大学的周诗诗会很有出息,会干出一番属于她的事业,她曾无限憧憬着诗诗的未来。可自从女儿周末不回家之事一而再、再而三地发生,她就有点急了。那时的柳惠才意识到问题的严重性:女儿失控了。柳惠不知道哪个环节出了差错,她无数次反思过,可就是想不明白。从小给诗诗寻找最好的教育资源,给她穿最漂亮的衣服,报最贵的兴趣班。长大后的周诗诗多才多艺,气质如她年轻时那般优雅。可她就是没想到女儿会逃离自己,更没想到的是她竟置父母于不顾,远走他乡去做草原的女儿。这一切难道都是宿命?

周海泡来了两杯绿茶,一杯给萧云,一杯给柳惠。他在她们旁边的沙发上坐了下来。萧云第一次近距离地看周海,他戴着一副银边的眼镜,眼神里流露出的尽是时光洗刷后的平和,那有点黝黑的脸上透露着知识分子的斯文。这是与柳惠一起在戈壁滩上奋斗过十年的老知青,他们的所有情怀早已融进了过往的岁月,就像冬日的凛冽消失在春日融融之中。

沙发前面的茶几上摆放着一盆春兰,叶子苍翠,香气清幽。旁边摆放着几本硬皮书。最醒目的是一台老式放录机,单独摆放在墙角一张古色古香的桌子上。阳光透过窗户斜照在客厅里,暖暖的感觉。

"阿姨,你还在跳舞吗?"

"还在跳。舞蹈是我的生命,将伴随我一生。但现在跳不动激越的舞曲了,只能听听上海风情的老歌,跳跳舒缓的歌舞,愉悦时光。"

也许情有所动,柳惠到放录机旁放起了音乐。那是旧上海最流行的音乐,柳惠依然保留着这些旧时代风情的碟片。无论曾面对多少命运的不甘,眼前的周海始终陪伴着她,宠爱着她。特别是周诗诗跟华哥去了呼伦贝尔草原后,柳惠与周海相依为伴,养养花,听听上海老歌,偶尔也跳跳慢节奏的歌舞。

"阿姨,伯伯,我这次来看你们,主要是向你们汇报下周诗诗的事。诗诗心里有愧,不敢直接给你们写信,她托我来将信件转交你们。"

萧云将周诗诗的信递给柳惠,柳惠两手颤巍巍地接过女儿的信,一字一句地读着,读到最后几段时,眼圈里打转的泪花模糊了她的视线,她努力抑制着自己的情绪,可还是模糊一片……

周海递过纸巾,她不住地抹着双眼,似乎要将所有的委屈都在此刻擦尽。其实,她早已原谅了诗诗的选择,她一直在等诗诗的来信。那么多年过去了,年龄已近知天命的她还能对命运如何抗争?她只能听从天意的安排。柳惠用了十年时间好不容易从新疆回到老家,可从没想到周诗诗又会回到草原,像是命中的一个咒语,想逃避也逃避不了。诗诗长大了,她有自己的梦和远方,她的生活由不得柳惠来安排。一别多年,无论有过多少痛楚,时间终将化解人世的一切。

"萧云,今日谢谢你送信过来。诗诗也不会再来这儿长住了,我和她爸退休后准备去上海,那是我的老家,我一直想回上海去。"

柳惠的心里依然深藏着上海老家,那是她一辈子魂牵梦萦的地方。

不久之后,萧云收到了周诗诗的第二封来信:

萧云,谢谢你去看望了我父母。我想他们终会理解我当初的选择,我相信自己的选择不会错。也许因为他们曾是知青,也许我有过知青子女的经历,当人们赞美拓荒者、歌颂拓荒牛,我想我更应赞颂的是在艰苦奋战中取得光辉业绩的北大荒和新疆兵团精神。王震将军有一首诗:"生在井冈山,转战南泥湾,戍边建兵团,安家戈壁滩!"这是支边部队光辉的人生。当年的知青们也有着同样的精神,他们创造了"向地球开战,向荒原要粮"的伟大壮举。我父母就是承担历史使命的其中一员。过去的光辉岁月里,他们在无比荒芜的祖国边陲土地上奉献自己的青春年华,他们把生命融入了这片荒原,征服了这片土地,他们是英雄的一代,包括我的父母。我现在无比理解他们当初的勇敢选择。

萧云,等我攒够了钱,我要重返小时候住过的新疆戈壁滩,我要好好体会父母那一代历经的岁月,我要感知他们的青春思想,那将是我生命中浓墨重彩的一笔。

每个人都有过青春,每个人都终将走向消亡,我想让自己走近想去的地方,让灵魂自由绽放,那我也不枉来过世上一遭。

冬天快到了,北方又开始飘雪了。

第十六章

失落的伊甸园

YUNI ：: CHONGFENG

有人说,很久很久以前,人类学会了两足站立,尝试着迈开了双腿,自此他们就踏上了旅途。那是被时间驱赶的、永无止境的旅途。在报社里从事编辑工作多年,每天看密密麻麻的文字,疲倦感时不时向她席卷而来,而到夏翊老师家学诗,不知不觉成了她精神的避难所。夏翊的小院子永远向她敞开,天蝎与摩羯开心地聚在一起聊诗。

"老师,你相信宿命论吗?"

"我相信啊!"

"每个人的前世都有因缘。没有相欠,不会相见。你说,前世是老师你欠我,还是学生我欠你呢?"

"傻丫头,前世的事啊,都留在前世的记忆中了,今世怎么会记得?"

"我猜啊,肯定是老师欠我的,要不今生你怎么愿意教我写诗?"

"前世啊,我是书生,你是丫头,天天替我打扫院子的丫头。"夏翙说话不留情面。

"老师是天蝎,我是摩羯,前世你还真可能是书生,我呢,是丫头。"

"等有一天,丫头还清了前世欠下的债,就可以远走高飞,寻找属于自己的天空了。"

"说来说去,老师还是想早点赶我走,是不是?"萧云瞪了夏翙一白眼。

"哈哈……"夏翙得意地笑了。

那爽朗的笑声,如此熟悉,就像多年前,他在讲台上讲着诗,萧云坐在角落里静静地听着。那笑声追随风的脚步,从屋外传至小院子。阳光明媚,池塘中的睡莲绽开了笑脸,银杏树上的鸟儿也停下了歌唱。

萧云将夏翙的诗一首一首地研读,有时还将老师的诗与照片一起发至网络上,她藏不住重聚的欢喜之情,似乎要与全世界一起分享她的快乐:大学毕业那么多年后,她又一次跟随老师学诗了。

此时,一个网名叫珺如的女人开始关注了她。四十岁左右的珺如是萧云从未见过面的网友。每当萧云发布一首夏翙的诗,珺如就心动一次。

"这男人长得好帅,诗又写得如此好,似乎才华与美貌都集中在他一人身上,不愧是男神级别的大诗人。"

离婚多年的她,独自生活。当夏翙的照片出现在她眼前,寂寞已久的女人心像是和风拂过湖面,一层一层,微波荡漾。夏翎俊朗儒雅的身影就这样不知不觉走进了她的世界。

"我要走近他,他就是我前世的情人。"珺如痴恋上了曾有一面之缘的夏翎。她千方百计寻找接近夏翎的机会,似乎夏翎就是她无法逃离的情人,由不得半点悬念。怎么走近夏翎呢?珺如费尽心思,终于想出了一个两全其美的办法,那就是约上一群文友聚餐,让熟悉夏翎的一文友邀请夏翎一起来,这样不就能走近夏翎了吗?这主意似乎很完美,没有半点拖泥带水的成分。她越想越开心,多年来的抑郁一消而散。她眼前恍惚着,想象着夏翎就坐在她的对面,她与他喝着红酒,脉脉相视而笑。她抑制不住内心期待已久的狂喜,这一天,她在博客里发了一段心情文字:

"我花已开,只待君来。"

关注珺如博客的萧云也看到了这行文字,但没多在意。萧云没想到这"君"说的就是夏翎。

夏翎因为忙着学校里的课又忙着教萧云写诗,硬是将聚餐的事拖了又拖。本就喜欢安静,喜欢独处的他,其实不是很喜欢去凑这个热闹,可珺如朋友这边催得紧,似乎夏翎一天不来,他们就要等一天。夏翎拗不过他们,只好去赴约。

晚宴上,珺如穿着一身深蓝色的长裙,脖颈上挂着一块墨绿的玉石,右手腕缠着紫檀珠手串,叮叮当当地隆重出场。其实珺如长相一般,但巧于打扮的她极会掩饰自己的缺陷。圆厚的眼镜虚掩着天生小眼睛的迷离,偏黄的肤色涂抹着一层浓厚脂粉,疏离的眉毛被她精描细画，倒也有了夏日里最浓密的两弯柳叶眉。极是多情的珺如很是期待和自信，深觉凭借自己多年来写过几本小说的名气，夏翊自然会倾情于她。也许她也有自信的资本，常在博客里展示个人魅力的她，确有几个离婚或丧偶的男人追随，偶尔送下鲜花，献点殷勤。她炫耀过几次。只是他们给她送了鲜花，送了礼物后，如同没有续集的故事，再也没了下文。也许她只是喜欢被人追随，或者在等待更好的男人。珺如没有工作收入，除了偶尔帮人写点文章赚点稿费，过着得过且过的生活。几年前离了婚，亏得父母姐妹帮忙，日子才勉强坚持了下来。这几年她不断地努力写文章，终究也是度日维艰。每天的吃穿用度要花钱，再加上她这人本爱打扮，胭脂水粉日日不少离。当儒雅博学的夏翊出现在她面前时，旧日时光中久违的浪漫情怀，春草般在某一个雨季忽又复苏。

在珺如精心安排的饭局上，性格温和的夏翊与他们互加博客好友。珺如掩饰不住内心欢喜之情，写了一篇《爱恋》的文章发在博客里：

"我的书生啊，终于等到了你。快点出来吧，知道你就藏在我的背后……"

珺如近乎疯狂的兴奋之情，让萧云开始关注她在博客中的一言一语。而她连续多次在夏翊博客下面的点赞，让萧云恍然明白：原来珺如爱恋上了夏翊。

"夏翊知道吗？"萧云极想明白这一事，"他与她怎么认识的？"

珺如点赞几次后,开始在夏翊博客下面发表评论,有一搭没一搭,夏翊没回复她的评论。也许是一时受到冷落心里有了情绪,她转身写了一篇文章发在博客告白:"喜欢你,欣赏你,才会给你评论,才想与你多说几句。你若总不加理会,以后就不与你互动了……"

最让萧云寻思的是,自那天起,夏翊开始给珺如点赞了,偶尔也会在珺如发表的博文下面评论几句。这一切让萧云极为在意。

"这是我心目中高冷的男神吗?自大学起,我认识你十几年了,也不敢逾越一点男女之情。在我心中你一直是圣人般的存在。对你,我除了崇拜,就是敬仰。你认识她才多长时间?怎么一下就如此熟悉?"

萧云越想越不开心,一种莫名的情绪涌上心头,但又无可奈何。"谁叫你这么张扬,将夏翊的诗与美照贴在博客上?是你亲手将夏翊推荐了出去!"此时的萧云才深感自己还真是太幼稚了。夏翊可是大学里的男神,所有女人见了都会为之心动的男人,你怎么没想到这一点?她越想越后悔。

"也许暂时装作什么都不知为好,也许夏翊只是闲聊几句解解闷?不要去多想了,不会有什么事的。向来骄傲的你怎么这么不自信了?你是不是真喜欢上了夏翊?"萧云胡思乱想着。

也许爱一个人就是一连串奇怪的矛盾交织,你会依他如父,尊他如兄,想师事他,却又希望成为他的女皇,他唯一的女主人,不甘心只做他的小丫鬟。萧云寻思着眼前的一切,可又不知如何是好。

她将一切藏至心底,装作什么都不知道,空时还会来夏翊的小屋学诗,种花,在院子里拾拣金黄的银杏落叶。实在纠结时,她也会问:

"夏老师,你与珺如什么时候认识的?"

夏翊坦然答道:"珺如啊,我们以前就是朋友。"

"老师撒谎。她曾是我 QQ 群中认识的文友,你以前没加她博客好友,是最近才加她的。是她在我博文里看到你又帅又有才,才加了你吧?"

"我们以前就认识,只是没加博客好友。上周文友们一起聚餐时加了,偶尔点个赞,仅此而已。"

"原来夏老师还真与她一起吃过饭。"

"这点小事,你还有想法?"夏翊莫名地看了下萧云,甚是不解。

"你觉得我与她比,谁更优秀?"

"这怎么能比?你本来就是我学生,现在又跟我学诗,关系更近一层。我与她都不怎么认识,只是偶尔点个赞。遇上价值观相同时,随便评论几句,就这么简单。你怎么多愁善感起来了?"

"就是昨天忽然有情绪了,心情极差,就想再次将自己封闭起来,谁也不理。肯定受到了某人的刺激。"她幽幽地诉说着自己的情绪。

"认识自己不是封闭自己,在与别人和世界的交流中,才能认识自己、做好自己。"

萧云再不敢多说了,她还能说什么?你只不过是夏翊的一个学生,或者说徒弟而已。以前是,现在还是。萧云想起这些,不禁神色黯然。

女人是花,每个人都美过,那些青春,那些岁月,激情燃烧。春去秋来,凋敝颓败,谁都无法阻止无情的光阴。所有的纯真和美好,只能默默留在心底深处。

温柔活泼的萧云忽然间不见了,心情迷茫得如同暴雨中的山体,泥沙俱下,零零散散不成诗行。有时,她多么希望自己就是美国电影中的西部牛仔,戴着草帽,骑着马儿,独自飞驰在辽阔的草原上,只想向前,永不再回头。她想起了吴虹与程川,周诗诗与童言,桃花流水,有情无情,一切的感情在现实面前都不堪一击。她又想起了童年时从不约束自己的父母给了她彻底的自由,却又将她推向了一个无边无际的黑暗:一个没有温情、没有安全感的边缘世界。她总在梦境中奔跑,不停地奔跑,她找不到真实的自己。所有的一切都像是虚幻的东西,现实的彼岸遥不可及。她独自迷茫着,困惑着,疲惫不堪地躺在床上,反复做着同样的噩梦:独自一人徘徊在地狱门口,阴森森的寒风裹挟着她轻盈欲坠的身体,四周一片漆黑。

"我是不是有点抑郁了?"萧云如是感觉,可又无法摆脱这种消极的情绪。

"这世界有纯粹的感情吗?"她叹问夏翊。

"真正纯美的东西在自己心里,如王阳明所说,没看花时,花等于没有;你来看此花时,则此花颜色就明白起来。"夏翊轻描淡写地解释着。

"心底之花终究是念想,是虚妄的,也就是说不会有纯美的。我一直以为有纯美的东西,只是我没走近,没看到,"萧云越说越伤感,"我从小用天真的骄傲小心翼翼地保护着自己,努力守护着自己免受外界的伤害,就这样低级地行走在这个世界,我写过一首《蝴蝶梦》,我就是一只蝴蝶,即使有梦,也只是蝴蝶之梦。"

"萧云啊,你的想法还是很有问题,你该去读读王阳明的心学。"夏翊听着萧云有点沉重的话语,不甚理解。

萧云看着夏翊老师这张棱角分明的脸庞,他不仅有才华,而且依然那么俊美,让人舍不得就此远离。骨子里骄傲的萧云,尽管万分不舍,也不想彻底在夏翊面前屈服。

"我要成为优秀的人,要成为老师眼里很优秀的人,我容不下老师眼里还有其他比我更优秀的人。"

"你已经很优秀了。"夏翊不知是真不懂,还是装傻,似在一步一步引导萧云说出她的心里话。

"你说我优秀,那这么多年来命运为何不给予我更好的生活?"

"优秀的人命都不好的,因为优秀的人有信仰,有理想,要求太高,对自己,对别人,对世界,都是如此。而这一切又很难满足他的愿望,所以他总是悲剧性的。顾城也好,海子也好,都如此。所以优秀的人要学会控制悲剧性的命运,不让它导向绝望和死亡。"

"你又摆出大学教授的话术来教育我,似乎在给我大学的作文写评语,不带人间烟火味。"

"优秀的人往往个性强,有思想,特立独行,所以我认为无论自己感觉或别人说你有多优秀,做人要谦卑,要平和,要宽容。总是要意识到自己并没有什么了不起。世界之大,优秀的人多,优秀的同时保持谦卑宽容,这就更优秀。"

"如果你不喜欢我的性格,那你干吗教我写诗?你在用慈悲的心怜悯我?我不需要别人的刻意悲悯。"

"谁说我不喜欢你的性格?你性格到底怎样我还没琢磨透呢。教你写诗,一方面,你是我学生,学生喜欢听我讲诗,那是我的幸福,能体现我的价值,所以我喜欢。另一方面,我自己喜欢写诗,所以也喜欢会写诗的人。"夏翊越说越像个导师,字字铿锵,掷地有声。

是的,这就是真正的夏翊,那么多年萧云不敢走近的夏翊。他永远那么深邃,像是夜空中遥不可及的明星,独自在茫茫黑夜中璀璨着光芒,谁也不知它到底有多遥远。萧云永远捉摸不透夏翊的真实情感。

"老师,你知道吗,我花了十年时间才走近你,你难以理解吧,我就是这么个人。一个人飘啊飘,像个流浪者,也不愿意向任何人走近。在你身后多年,读过你写的很多诗,后来想读你写的更多的诗,就站到了你的面前。"萧云多想说出这一切,说出这十年来自己对他的这份感情,可她终究没说。

"你到底喜欢谁?"面对着夏翊,萧云始终不敢直问,她还想好好保护自己的矜持和自尊,她就是不愿说出自己的爱,只与他徘徊在情感的边缘。她与夏翊永远达不到话题的核心,她猜不透夏翊的真实世界,他永远是个谜,就像大学那时给她的感觉。

"你不说,我也永远不会告诉你。"

第十七章

我不是主角

YUNI CHONGFENG

梦境中的萧云正被一群魔鬼追逐着,她拼命地逃,逃进了一间破木屋。木屋的锁是最原始的铁锁,手忙脚乱的她就把钥匙套进锁孔。魔鬼在木屋外狠狠抓扯着木门,她吓得心慌意乱。此时,一个魔鬼黑黑的利爪穿过了门缝,猛撕在她手臂上,一阵钻心的痛。她赶紧往后门跑去,不停地跑着,后面跟着一群魔鬼,不计其数……

桌上手机一声震响,将她从噩梦中唤醒,否则真要被魔鬼抓去吃了。许是《摆渡人》看多了,也可能是最近诗里魔鬼写多了,如今将它们都叫到梦中来了。她看了看信息,是夏翊老师发来的。

"空时过来帮我打扫下院子,过些天有客人要来。"

是谁要来他家?这么重要的客人?萧云甚是疑惑,但没细问。

做梦做得浑身慵懒无力,看下闹钟,还没到上班时间,她就躺在床上翻了翻熟人的博客。刹那间,她翻到了珺如刚发出的博文:"我付出了百分之百的热情与精力,却收获不到百分之十,要不要继续努力?"

她又翻了下珺如前段时间的博文,其中一条尤为醒目:"最近口袋里的钱越来越少了,接下来的日子怎么办?"

本就有点敏感的萧云,似乎对珺如这个女人更有些了解了。

也许贫穷真会扭曲人的心理,让她不得不以一种低俗的手段来解决生计。萧云想起室友吴虹曾经说过:当你每花一分钱都要精打细算的时候,钱也许就会变得出奇得重要。

萧云将珺如博客中的这两篇博文转发给了夏翊:"老师,要小心哦,她不是一般的女人。"

不一会儿,夏翊回了信息:"人生苦短。昨天我一朋友病逝,才比我大两岁。他文笔极好,平时写小说。人侠气,又幽默风趣,讲他人生经历故事生动无比,我每次听了都会笑。如今说走就走了。人不用想太多,都要走的。"

萧云有点替夏翊担心,她担心夏翊太善良,容易上当受骗。

"我性格完全不一样。小时候我拼命读书,从小学到初中,成绩都是第一。改变命运要靠的是自己,而不是低三下四去讨好男人。如果是讨来的爱情,本就不是爱情。爱情是两个人互相吸引,而不是求来的,求来的本就不是爱情。这社会人心最可怕,很多人会为了钱而打感情牌。她们经济困顿,生存艰难,为了钱财可以不顾底线,不达目的誓不罢休,你要小心掉进这个陷阱。老师你没贫穷过,不会知道贫者日夜钻营的心思,有些人会为了钱不择手段,我见多了,身边也遇见过几个这样的女人,专门做这种事。她们会写点文字,也会精心打扮自己,看上去柔柔弱弱,轻声细语。你根本想不到她背后的低俗故事。我还是喜欢结交同一层次的人，尤其在思想、学识、经济上势均力敌的人。而别人若真有困难，我还是会第一个站出来帮忙，这是我的性格。老师一定要小心哦，人心险恶。"

萧云怕夏翙动了恻隐之心。他毕竟是一介书生，幽居在人世一隅写诗的书生。他太善良了，他同情一切弱者。想起他院子里的四只小猫，本是郊野的流浪猫，是他看着它们幼小可怜而带回家养的。这样的男人，难免会同情弱者。没上过多少学，早早混迹江湖的珺如，什么样的男人没见过。若说她看中了夏翙的帅气与才华，也许更看中的是夏翙的善良，一个典型的江南书生才子，一个纯粹自由的诗人。

珺如还在博客里不断地发悲戚之文，哭诉着自己的命运：

午夜时分梦醒，孤身一人，泪如雨下。

最后一滴眼泪，留在这个黎明之前。

最怕黑夜之长，除了孤单，还是孤单。

珺如自从与夏翙互相关注博客以后，就不断地发文哭诉，似要强烈引起别人的关注和同情。而接下来夏翙连续两次的点赞，却是彻底让萧云失望。

"他是不是真喜欢珺如？如果真是如此，那我就该走远点吧。"陷于迷茫中的萧云思虑重重。

万分伤感之中，萧云做出了一个决定，她给夏翙发了一条信息："老师，接下来一段日子，也许很长一段日子，我不来你家学诗了，我想好好调整下自己的心情。谢谢这几个月来你对我诗歌的指导和帮助,学生谨记在心。"

夏翊看了萧云发来的信息,此时他才发觉萧云真的发脾气了。萧云活泼单纯,但有时又骄傲任性。一直独居,向来喜欢自由的夏翊也许不想别人过于约束他的生活,他习惯了没有羁绊的世界,就像他住在山上的画家朋友林格一样,自由浪漫,一个人潇洒地生活。那么多年孤寂平淡的光阴里,萧云的出现带给了夏翊外面世界的新鲜空气,就像窗外偶尔吹过的风,飘过的白云;就像院子里飘溢着的那些花香,馥郁芬芳。而当萧云越走越近,关注起他身边的一切,尤其是朋友圈,刹那间刺醒了他身体里的另一半,他骨子里的自由思想,那是他重于一切的生命之源。他与这个俗世、这喧嚣的人群,始终留有一种不远不近的距离,就像毛姆小说《月亮与六便士》中那个离群索居的斯特克里兰德一样,他更向往月亮的光芒。

"夏翊应该喜欢我的,但他更爱自己。当我唤醒了他沉睡的灵魂,他渐渐爱上了身边美好的事物,爱上了凡是能带给他快乐的一切。或许珺如就是这样的存在。"

这样一想,禁不住脾气上来,她决定不去夏翊的小屋学诗了,她不计后果地发出了最后通牒,这又让夏翊莫名地生出一种深深的失落感。这些日子里,他慢慢习惯了红尘的人间烟火味,萧云忽然间的远离,让他有种怅然若失的感觉。他沉默了好长时间,然后给她回了信息:"心胸放大,世上本无事。"

珺如的博客里每天依然发着悲伤的文字,直至有一天出现了一条转折性的内容:"执着了近三个月,结果竟跌得鼻青脸肿。也许我这人天生与爱情无缘。洋葱层层剥开,却辣得我睁不开眼去看看这个世界。不看也罢,这世界本就无情。"

夏翊的解释倒在其次,而珺如刚发的这一博文倒是让萧云心情陡转。她猜得没错,珺如真向夏翊表白了。这是她的必然选择。无论成功,抑或失败,她必定要向夏翊问个究竟的。她不会无限期地将感情埋藏在心底里,她熬不起。从几个月前请夏翊吃饭的日子算起,她在博客里已旁敲侧击了好长时间,真哭假哭,都尽情出演过。珺如还真没想到夏翊只是偶尔点点赞,难得几次回复下她博文下面的评论,可在她心里却远远不够,她想完全走近夏翊,她想要他的答案,而夏翊云淡风轻,始终行走在边缘。

那天与珺如他们一起聚餐,博学多才的他侃侃而谈,极为幽默豪爽。珺如本以为凭她的写作才华和温柔大胆的追逐,夏翊肯定会拜倒在她石榴裙下。但她终究难辨真意,她曾用言语试探了几次,夏翊终是装傻不知。

萧云是敏感的,她太了解珺如这个女人了,什么事都会发文写进博客。可她还是不太明白夏翊,尽管与他相处了近一年,萧云依然不懂他的真实世界,他还是像谜一般的存在。

"他真没喜欢珺如? 那他到底喜欢谁呢? 难道他心里还深藏着以前的女人?"萧云开始胡思乱想,"夏翊曾叫我过去帮忙打扫院子,是真有重要的人物要来? 否则他不会这么在意。谁要到来? 难道真是那个曾让他失恋的女人?"

夏翊打来了电话,让萧云空时过去帮他整理一份资料。

"为什么要我来整理资料?"她耍起小脾气。

"因为你是我徒弟呀。"夏翊的语气不容商量。

萧云二话没说又跑了过去。到夏翊小屋后,发现客厅桌子上放着柿子、葡萄、枣子等一大堆水果。

"给谁吃的,这么多水果?"

"刚从山下果园中采摘来的,给你吃的。"

"给我吃?今天老师怎么对我这么好?"

"什么时候对你差过?你自己想想。"

说着说着,萧云的心里不禁翻江倒海,似乎有一肚子的委屈如潮水般涌来。可她又不敢在夏翊面前发脾气,忍耐,只能忍耐,她似乎已琢磨到了夏翊的一些性格。这个男人,不能越过他的界限,但也不能放逐过远,否则那个叫珺如的女人又会找机会靠近。萧云可不想再给她任何机会。

夏翊看出了萧云似乎不像以前自在,她变得有点沉默。其实她心里的阴影还在。

"你上周写的《我不是主角》一诗,这个命题还说得不够突出。"夏翊借诗发挥。

萧云想起了自己写的《我不是主角》这首诗:

> 命运中没有属于我的主角角色
>
> 我从来不是主角

> 在川流不息的人海中
> 长长的街道像是一条没完没了的直线
> 即使用一生的力气也走不到尽头

夏翊细细讲解道:"主角是什么?我为什么不是主角?不是主角有什么意义?其实,生活的大戏中,又有几人是主角?但在每个人的一生中,他就是主角,只有他是自己的主角。每个人都在用自己的方式演绎自己,有高调的,也有低调的;有热烈的,也有平静的;有张扬的,也有内敛的。总之,对主角这个概念你还要去悟透。"

夏翊的评析像是一把尖锐的刀,剖析问题之根本。

萧云一阵心虚地说:"其实对于'主角'一词,我有自己的理解。生活中,总觉得自己虚浮地活在这个世上,像个边缘人,没有真实性。心是'玻璃心',常常会碎成一地,但最终都用时间修复了过来。记得老师也说过,人生苦短。人来到这个世上,本来就是来受苦受难的,我是俗人,也难免这种宿命,所以我说我不是主角。世事无常,很多东西不是你想想就能好的。

"最近,我在准备诗集的出版,这是我的第一本诗集,所以有些忙。你今天过来帮我整理下资料。"

"哇,好消息啊,祝贺老师!期待已久的大诗人的第一本诗集终于要出炉了,我要第一个看。"

萧云翻开夏翊递给她的泛黄的纸张,一字一句地读着。思想深邃的夏翊似乎从遥远的地方走来,慢慢地走近了她。这纸上深深浅浅的每一个文字,记录着他走过的足迹,还有他对这个时代的精辟理解。

"夏老师,我喜欢你那个时代的故事,喜欢八十年代的浩然正气,如同我喜欢魏晋风度和民国风度,总觉得这文气一脉相承。我朋友同事们说我应该生活在民国时期,也许我的性情真属于那个时代。"

夏翊笑着微微点了下头,许是他心里也如此感觉。

曾经的夏翊彻底失望于这个世界,认为自己属于那个被人遗忘在海岛上的诗人,而学生萧云的再次出现,让夏翊觉得这世界还有个真正懂他的读者,彼此成长。可他没有想到,萧云终究是个女人,更何况珺如的表现过于直白,请客吃饭,大胆表白,不加半点掩饰,怎能不让萧云猜测?萧云的兀自远离,让夏翊还是有点不舍。这是一个聪慧、活泼,又有文学才华的学生。幽居多年的夏翊第一次因为一个懂他的女生的出现而欣慰。萧云懂他,崇拜他,喜欢他。这一切他看在眼里,他将她视为爱徒,孤单时能同她好好聊诗,聊文学,聊人生。他还是舍不得萧云真的走远。

看着眼前的萧云,夏翊娓娓道来:"为什么写诗?我的观点是,写诗最表层的原因是自我表现,这是一种人的本能。最深层的原因是害怕死亡,以为写点东西留下,好像生命就留下了,就永生不死了,这也是一种本能。而在这两层之间,才是思考社会、思考人生,表达人性、抒发感情,追求真理、弘扬真善美这些东西。把这想清楚了,人的烦恼就会少了。"

夏翊的思想永远那么高深辽阔,这也是萧云愿意默默跟随其后的主要原因。茫茫人海中,夏翊只有一个。

第十八章

爱是彼此救赎

YUNI CHONGFENG

这么多年来,夏翊的世界清寂如入山林。除了看书,写作,侍候几只猫和狗,他的生活简单之极。夏翊一直沉浸于这种不知不觉中,十年如一日。萧云说他会被珺如这样的女人骗,其实并非毫无道理。而夏翊不承认,他说他不骗人,但别人也别想骗他。这话说得萧云一直半信半疑。

曾经的夏翊热衷于看书、写作,很少关注网络世界,但自从萧云出现,不喜欢喧嚣的夏翊偶尔也翻阅博客,时不时也关注下他们点个赞,而刚入世的一介书生,却碰上了珺如这个女人。其实珺如也是可怜人,夏翊有时这样觉得,靠写作来养家不是一般作家能做到的,这是个网络时代,纸质的书籍不再像以前那样受人追捧。其实即使在人群热衷纸质书籍的过去,珺如仍是度日维艰。她会写小说,但写的只是三流的小说而已。自她初中毕业开始写作,这么多年她红在边缘,终难挤入流行畅销书作家的行列。

夏翊是有点同情珺如的,一个在他面前很柔弱的女子,至于她另一面的世界,夏翙还真没多想。或许他的爱早已遗失在遥远的海岛农场里。月光下,海岛上的水库泛着银色的光芒,狂涛怒浪日夜撞击礁石的声音,依然在他耳边回荡。像是在梦境中,又像是存在于亘古的记忆中。他的爱像生锈的时针,永远停留在那个不堪回首的岁月里。这么多年来,他以一句"情缘难生"来自我封存。对于情感,他一直以为今生不会再有希望,他觉得自己早已丧失了爱的能力。

"我还会再爱吗?"他无数次问过自己,"多年前离我远去的诗歌又在我面前复活了,就像是旧日恋人的回归。那我的爱情呢?"

看着日渐消颓的自己,他似乎看到了岁月留给他的痕迹。他的心像是天山雪野般清冷,这么多年里,无数个女人从他身边走过,只要他稍作流连,她们都愿意走近他,而他终是装聋作哑。前些日子,他竟收到了十多年未见的芳芳的来信,熟悉的字体依然历历在目。他还会翘首以待吗?他不知道,他真不懂自己了。

网络中的珺如还在半夜三更发她的相思之文:"相思啊,最是人间之苦,它会索你的魂,多少人沉醉不醒啊。"

她说的似乎是她自己。夏翙也会辨别女人之心了,也许对他这个书生来说已是一大进步。若是以往,性情直率的他可能又会过去点个赞,表示下悲悯情怀,而萧云尖锐的话语时不时在他耳边响起:"你别去理会珺如,书生意气的你,小心会被妖气缠身脱不了身。"

当初萧云说这话时夏翙只觉得幼稚,现在的他多多少少也听得进萧云的话语,但他还是烦着极有个性的萧云再次耍脾气。他感觉自己还是在意与她的这份师徒之情。天蝎遇上摩羯,本就是人世间的一种缘分。

"520"这一天,珺如一大早发了博文:

"去见你想见的人,去做你想做的事,趁阳光正好,趁微风不燥,趁你未老。"

"你最适合摆什么地摊?我最适合出售本人,520元,要不要?要就赶紧出单吧。"

单身的她是任性了,还是有点嗔痴了?谁也说不清。而更离奇的是她要在这一天拍卖自己。夏翊看到了,萧云也看到了珺如发表的一切。

"她要去做美国的麦当娜,还是要去做法国的杜拉斯?她与我还真是两个世界的人。"萧云不禁叹为观止。

珺如似乎一再想引起别人的关注。以前还算平稳过日子的她,如今开放式发文,似乎都是从她与夏翊他们聚餐后开始的。她的彻底自我解放,似乎就是为了赢得别人的关注。但夏翊已不再点赞,也不再发表评论,珺如的消息如同石沉大海,没惊起半点波澜。在这场彻底的暗恋之后,珺如如同退潮后的石滩般,一片灰白黯淡,而狂涛怒浪,却在一个阴雨绵绵的黑夜里悄然降临。

萧云在夏翊的博文评论区里说,等他诗集出版后,她要邀请他去她老家开诗歌讲座。夏翊没多加思索地应和着。这两条公开的评论被心情不佳的珺如看到了。当她看到萧云与夏翊彼此的留言后,最近一直陷于绝望的她开始含沙射影。她在自己的博文里写了一篇文章,说有些男人女人打着师徒的幌子,不知背后怎的,还说这事她全知道,万一自己有一天真说出这男女主角的名字,可别怪她哦……

珺如以为萧云不知,可萧云实实在在看到了这一切。萧云觉得又好笑又好气,她将这一内容转发给夏翊,她要夏翊记住,如她当初所说的:珺如这女人不能惹。她们的世界并非想象中那么阳光,那么洒脱,她们艰难地挣扎在贫困线上,你可以同情,可以帮助,但绝对不能惹她,你惹不起。夏翊的麻烦在毫无准备中迎面而来。萧云知道,她是时候站出来面对这一切。这事本就有她的责任,是她太过高调,硬是将隐逸十年的夏翊暴露在公众面前。

也不知从何时起,看似柔弱的萧云变得如此勇敢,是师生情深,还是因为爱情?她也说不出真正的理由。她只是不想让夏翊无缘无故受到其他女人的冒犯。她知道夏翊是个善良纯粹的男人,即使珺如后来不断地诋毁他、诽谤他,他也只是沉默不语。这是他的性格,越是心情不佳,越是沉默。他是曾经痛苦过,曾经绝望过的男人。芳芳消失十多年,如今又出现了,他和芳芳还能破镜重圆吗?他们间还有真正的爱情吗?经历过人生太多痛苦和考验的他,就像一块生铁,不断地在时间的炉火中锻造,才有现在的荣辱不惊、淡看红尘。他的诗歌,他的爱情?如今的他,只会以沉默面对一切。萧云决定去面见珺如。

在酒吧的灯光下,一个穿着淡蓝色长裙的中年女人走了进来,她身材纤瘦,长发齐肩,耳朵、脖子和手上戴着一大串叮叮当当的东西。恍然间这女人给别人的感觉是自我存在感极强,像是那种自恋、任性的人。她就像她写的小说一样,乍看上去满是情爱故事。轻柔的音乐声中,萧云要了两杯红酒,早就想好的话题在不疾不徐中缓缓开启。

"今日请你来就是想与你说下我老师夏翙的事。我老师又要上课,又要写作,他很忙。他没时间与你纠缠,望你以后别打扰他。"萧云开门见山,直达话题核心。

"谁打搅你老师了?好笑。"珺如一脸不屑,像是曾发生过的一切与她根本无关。

"自大学起,我在他面前十多年了都不敢过于任性。他不是普通人物,他是才华横溢的天才诗人。有些事,你不要想得太天真了。"

"我与你老师也是朋友关系。"

"我老师是我们大学里的男神,什么样的美女没见过?他对你其实不错,觉得你写了那么多文字,很励志,也多次给你点赞鼓励。你为何还要对我与老师的事评头论足?"

"谁对你们俩评论了?好笑。"珺如装出一脸无辜的样子,像是萧云冤枉了她。可她没想到多次发在博文里评论夏翙与萧云的文字,竟都被萧云关注了。她一时气急败坏写下的文字,还真没想到今日会被萧云当面质问。

"你以后还是好好写你自己的文字吧,你本与我们不一样,你是靠文字来生存的人,你不要耽误了自己。"

萧云开始劝她,她知道这个女人有点走火入魔了,真怕她再惹出是非。

"你了解我老师吗?你知道他有多优秀吗?夏翊思想深邃,视野辽阔,他的诗走在时代潮流的前沿。我们应该崇拜他,敬仰他,让他有更多的精力去创作优秀的诗篇。"

"我何时影响过他了?"

"可你想越界,想使出各种心思引起他的关注。你这样做会很累,很伤神的。你身体本就不好,应该学会控制自己的情绪。我们应该多倾听自己的灵魂渴求进步的声音,而不必过多地浪费自己的时间和情感。"萧云一字一顿,似在劝告,又像是在警示她。

"那么你认为你优秀?"珺如也步步紧逼。

"我当然优秀。从小学到高中,我的成绩都是名列前茅。我觉得作为一个女人,生活的幸福要靠自己的努力去创造,而不能去做攀援的凌霄花,那会失去自我。但在夏翊老师面前,我从没感到过自己优秀,我只是敬仰他、崇拜他。"

她想起了夏翊曾说过的话,在人类历史上,当面临一个历史的大转折,一个新时代的曙光就要出现的时候,总会出现这样追求或回归人类终极价值的天才。它不像高尔基那样只兴高采烈地大喊"让暴风雨来得更猛烈些吧"的海燕,而是帕斯卡尔的那枝会思考的芦苇。它很脆弱,很孤独,甚至很悲剧,但它是让劫难不断的人类得以拯救的最终希望。

珺如沉默不语了,也许此时此刻,她才觉得自己与夏翊建立关系的希望渺茫,而萧云依然觉得她已燃烧的欲望之火不可能那么快就熄灭,她还会不断地折腾。这是一个不达目的誓不罢休的女人,她会不择手段地想出各种主意。

珺如的事情彻底伤了萧云的心。珺如似乎走远了,但她的影子阴魂不散,让萧云总会想起一些不愉快的事情。背后追求者多多的萧云,一直奇怪自己为什么会如此走近夏翊,为什么会落入今日如此卑微的境地,其实她知道,她在夏翊身上找到了与自己相似的性格:一颗正直自由的心,像是流淌着同样的血液,散发着同样的气息,她必将追随其后,彼此救赎。他与她是这个虚妄世界里的同类,隔着十年的时空距离,她还是向他走近了。看似书生的夏翊实际上内心的坚韧非常人所能及,你无法理解他钢铁般的意志,你很难真正走近这个曾经对爱情绝望的男人。他的心曾碾成碎末,七零八落,无处安放。如今有人要将它重新拼起,这会圆满如初吗?你会有这份执着之心吗?你自己的心不也与他一样,曾经碎了一地,无迹可寻。如今若再次陷入这情海浮沉,怕只怕碎了的不只是一地素心。你只能选择欣赏,保持一定的距离,这样你看他是美,他看你也是美。就像走进一个封闭的电梯,电梯是一只神秘的黑匣子,它会对你的行为进行编码、存储和提取,在狭小的空间里,压缩你的个性。你会在这个黑匣子里，沉默并且消亡。不想沉默，不想消亡，那就保持一定距离相互欣赏吧。

萧云与夏翊就像是两个奇怪的事物，兀自在风雨中飘摇。

第十九章

摆渡人酒吧

YUNI CHONGFENG

珺如走了以后,萧云依然坐在自己的位置上,以往很少喝酒的她,今晚却是一杯接一杯地喝,她不知喝了几杯,两腮绯红,眼神迷离。不远处有一个男人一直默默地在看着她,直至她真的醉醺醺的时候,那男人向她走了过来。

"还认得我吗,美女?"他端着一杯红酒,缓缓走至她的面前,神秘地看着她。

萧云迷迷糊糊地扫视了一下他。

"不认识。"

其实现在任何男人走至萧云面前,她都可能会说不认识。她的心思不在其他男人身上,她只想着自己与夏翊的事,还有那个纠缠在其中的女人珺如。本以为与夏翊重逢,能让她从单位烦琐事务中脱身,寻得一隅的欢喜,却不料今日会弄得这般复杂,到底是谁的错?是珺如,是夏翊,还是她自己?她内心里烦透了这事。有时候她恨夏翊,恨他太过善良,惹是生非。可一切真如此?萧云还是看不透他。有时她真想远离他，可她又如此舍不得走远。那么多年里，她遇见了多少男人，可真正喜欢的又有几人？她以为今生再也遇不见自己喜欢的男人了，却没想到她还能再次遇见大学里的男神夏翊。夏翊的诗写得如此之好，而她又是如此热爱诗歌，她分辨不出自己到底是喜欢他这人，还是喜欢他的诗。或许两者兼有吧。如果是其他男人，萧云早就一挥手转身远去。谁叫她面对的是夏翊，是她心目中的男神夏翊。可她又不愿直白地告诉他，她不敢。越是跟他走得近，她越是不敢表露自己的心思。她害怕一不小心，连这份师徒的关系都留不住，她会永远看不到他。她害怕这一切。她宁愿选择沉默，永远沉默。

萧云连自己都难以理解为什么一直骄傲的她会变得如此卑微，她想起曾经对夏翊说的话："如果我不是喜欢诗，我永远不会站到你面前，我会永远让你看不见我。"遇见他，有欢喜，但更多的竟是伤感。

是的，她与夏翊之间相隔一条河。爱情是一条河，有多少人蹚过这条河？一个在此岸，一个在彼岸，彼此看得见，但永远相隔。爱情是说不清道不明的情感。上帝就像是导演，主导着你的命运。在这人生的舞台上，你只能按照他给你编写的剧本本色出演，悲催或者欢喜，一切皆是宿命。

"你仔细看看我到底是谁。"酒吧里这男人静静地坐在萧云对面，等待着她的清醒。

黑夜拉开了帷幕。轻柔的音乐飘荡在四周，迷离的灯影映染在红色的葡萄酒中,像是喝醉人的脸。

"你知道不知道这个酒吧的名字?"男人问道。

"不就是传说中的'摆渡人酒吧'?"萧云随口应和着。

"人生中的痛苦有千万种,每个落水者会经历四个阶段:沉溺、泅水、摆渡、到岸。我们摆渡的目的就是让你摆脱痛苦,早点到达彼岸。"男人无限诡异地解说着。

"这放着的音乐是中文版的《音乐之声》吗?"萧云反问眼前向她靠近的男人。

"男人喝酒讲究三个条件:一是良辰,二是美景,三是有美女。女人喝酒要么是失恋,要么是失业。美女,你是失恋了,还是失业了?"

醉酒中的她分不清自己是否认识他,在她面前的这男人恍恍惚惚,只是个模糊的身影,只是潜意识中感觉以前似乎见过面。

"你喜欢看小说吗?我刚看了一本小说,小说人物智哥说,他真正的音乐梦想是摇滚,摇出精神气,摇出对时代的梦想。你说是摇滚高级,还是民谣高级啊?"

也许是酒精的作用,她兴从中来,浮想联翩,极想与人谈谈酒吧里萦绕在耳际、让她变得更迷离的音乐。

"谁更高级些?各领风骚吧。"男人没给出真正的答案。

"你知道吗,摇滚乐起源于美国,那个时代的美国是民歌与摇滚乐交替的国度。后来民歌变成了摇滚民歌,披头的潮流和鲍勃·迪伦的清涧合为一体。二十世纪七十年代初,为拯救孟加拉国的难民,最受美国青年尊重的新文化英雄鲍勃·迪伦也出现在义捐会场上,咖啡的灯笼裤,棉布外套里露出绿色汗衫,他是最活泼最狂放的摇滚乐坛上,一尊最严肃最沉默的斯芬克斯,一个神秘的歌者。"

她兀自清谈,也不管眼前的男人是否真有兴趣听她吹侃。此时此刻,飘荡的音乐,迷离扑朔的霓虹灯,皆成了她话语的背景。

"其实我们中国八十年代的民谣也很有味道,流行一时,"他似乎也懂点音乐,"我们小学那时,台湾民谣《外婆的澎湖湾》在街上四处飘唱,罗大佑的《童年》伴随着我们的整个青春。九十年代的老狼,一把吉他,一首校园民谣《同桌的你》,风靡全国。"

"是的,那时我们都喜欢。"

"何止是喜欢,简直是沉迷。我们校园里经常播放这些民谣歌曲。"

"我们的校园?"

过了好长时间,酒吧里的人,一个一个地喝了,唱了,散了。萧云忽然半醒了过来。

"我也该回家了。"

她瞟了一眼灯光下静静陪她闲聊的这男人,此时她才发现这个穿灰色西服的男人一直目视着她。她朝他仔细看过去。

"啊,是杨子,你怎么会在这里?"

"我是这个酒吧的老板。"

萧云的眼神瞬间变得惊异,一种恍若隔世的感觉。多年未见的杨子竟然在这种场合遇见,而且自己还一身酒气,两腮绯红。此刻,萧云酒醒了过来,她的脸色变得惨淡,渐消了那醉红。

"要不要再敬你一杯?"杨子半开玩笑着说,其实他知道萧云已喝得不能再喝了。

"若再敬我一杯,那今晚你陪我坐在这酒吧过夜?我还能认得回家的路?"

"你好像有心事?"

"没有,只是今日工作有点烦,与朋友一起出来散下心。刚才朋友有事,早离开了一步,剩我一人留下喝酒。喝着喝着就多了,也许是我不胜酒力,"萧云勉强地解释道,"你何时回国的?怎那么多年没露过脸?"

"是的,一晃十年了,我今晚在酒吧露个脸,竟遇见了你,咱俩还真有缘。"

一切都像是客套话,谁也不会想到曾经的他与她是好同学。

人生如梦,梦如人生。所有的过往,都只是个故事,只是个梦。青春,是一首歌,让你哭,让你笑;青春,是一种记忆,让你痛,让你追忆。把心轻轻地捏成了记忆的模样,你我的故事,就这样永远尘封在那里。

萧云与杨子的故事,发生在高中时代。那是长亭镇山边的一所高中,几里外太平洋上的海风缓缓吹过,夹着山野的芬芳,混着泥土的气息。蒲公英的种子,舞动着轻柔的翅膀,在阳光下,在教室窗外,随风飘逸。

温暖的春天，同学们一起在看电影《妈妈再爱我一次》，漆黑的电影院里，除了影片中小男孩"妈妈，妈妈"的凄婉哭声外，一片寂然。

不知道谁先啜泣了起来。开始时，啜泣声似乎努力被抑制着，不多久，这哭声由一个人，变成了两个人、三个人，然后哭声一片，一大群人都跟着影片中的小男孩哭了起来。本来跟室友说好绝不在男生面前流泪的萧云，也受不住四周情绪的感染，情不自禁地跟着大伙哭了。

不知哭了多少时间，迷迷糊糊中，背后递来了一包纸巾。萧云想也没想，拿过来就拼命地擦。泪水模糊了她的双眼，湿透了她的脸颊，她不停地擦着……

随着电影故事情节的推进，阴霾逐渐散开，四周的哭泣声也平静了。此时的萧云才想起手上沾湿泪水的纸巾。

"这是谁递给我的纸巾？"她努力地想着，"好像是从后面递上来的。"

转过身去，她看到了坐在后面的杨子。黑幕掩映下，杨子笑嘻嘻地朝她眨了眨眼睛。萧云本来已热乎的脸庞，一下子变得绯红了。是因为刚才痛哭的失态，还是因为杨子这份温暖的关心？她自己也说不清。

杨子的皮肤有点黑，在男生中不算英俊，但他性格开朗。在日日沉于书海的高中生涯，杨子偶尔的嬉皮笑脸，给沉闷无趣的学习生活增添了点点情调，而他的嘻嘻哈哈只是课余偶尔为之，在学习上,杨子一改嬉皮士风格,喜欢默默地坐在自己位子上,苦心经营着他的数学王国。

杨子是插班生。刚来时,杨子的数学成绩其实不怎样,半个学期后,他的数学成绩犹如赛车般,竟一路飙升,让人刮目相看。

在"成绩决定一切"的高中时代,若说杨子会注意到萧云,本也无可厚非,萧云与其他女生不一样。乍看一眼,文静、清纯,一身浅绿色的长裙,恍如春日里的一抹新绿,带着淡淡的清香,摇曳在这个多情的季节里。说有多少男生暗自欣赏她,就有多少女生背后偷偷妒羡她。也难怪,成绩好,人又漂亮,本就才貌双全,怎能不引人瞩目?

周末时间,马上就要会考,萧云没回家。晚自习时,她来教室看书做作业。教室里只有三三两两几个人在,杨子也在。静悄悄的教室里,忽听得有人在朗诵徐志摩的《再别康桥》:

> 轻轻的我走了,
>
> 正如我轻轻的来;
>
> 我轻轻的招手,
>
> 作别西天的云彩……

那声音慢慢地靠近她,最后竟站在她面前有声有色地朗诵着,萧云抬头一看,原来是杨子。杨子满含深情地看了她一眼,微微一笑,又继续念着诗,从她身边晃过。

徐志摩的诗很美,《再别康桥》更是意境悠远。这个夜自习,一个男生,一个女生,一首诗。其实,萧云知道杨子对她的这份心意。这世间,有些人,有些事,或许一个眼神就能明白。萧云这么聪明的女生,怎会不懂?

高一第二学期,杨子调至萧云邻组的前排。有事没事,杨子常转过身来看看萧云,有时还冲她微微一笑。萧云装聋作哑,似乎一切与她无关。萧云一如既往地努力读书,杨子还是像往常般偶尔转过身来,莫名地对她笑笑,谁也没有往深处多想,也许彼此间只是在学习的高压之下寻找一份纯真和美好。体育课时,同学们都去操场自由活动。萧云去了几分钟后,看看也没什么具体活动,就自个儿回教室了。走进教室,她才发现杨子也在写作业。

偌大的教室,空荡荡的,只有两人。一前一后,一男一女,空气中似乎环绕着一种别样的气氛。杨子转过身来,看了看正在做作业的萧云,不知哪来的勇气,他径自坐到萧云旁边,向她请教一道数学难题。萧云是班里的数学高手,请教她,似乎也合情合理。说是问难题,也许更是想同萧云套近乎吧。

"萧云,你的数学怎那么好?"

"还好吧,只是我比较喜欢数学而已。"

当面受男生赞美,她还是有点不好意思。

"知不知道,从小到大,我的数学成绩一直后五名,我从大老远转至这个学校,就是因为我爸听说这所学校的数学老师特牛。"

话语间,杨子流溢而出的满是对数学老师的崇拜之情。

"原来是这样啊。"向来成绩优秀的萧云,从没想过有人会因为提高数学成绩而转至这个学校。第一次听到,有点不可思议。

"你的数学一直这么好?"杨子一脸欣赏地望着萧云。

"也不是。我小学四年级时的数学老师特厉害,他不仅思路清晰,而且喜欢在上课时给我们讲《水浒传》《三国演义》等故事,很有趣味性。每节课我都听得津津有味,特喜欢他的数学课。"

"原来你数学成绩这么好还真有源头,怪不得,"杨子若有所思,"我们初中那个数学老师可搞笑了,他一个人站在讲台上只顾自己讲。讲啊讲,讲了整整一节课,板书写了密密麻麻一黑板,而结果呢?还是解不出答案。听得我们云里雾里,哭笑不得。后来,我再也懒得去听了,数学成绩因此一落千丈。"

多年前的事了,杨子说起这个数学老师,仍是无限伤感。

"如今的我,数学已与你不差上下,而且还在不断提升。有一天可能还要超过你呢,哈哈!"

他怎么清楚我的数学能力?萧云忽然想起,哦,杨子是班里的数学课代表。

同学们每日沉浮于题海世界,即使有笑声,笑声里也带着对未来的迷茫和困惑,而杨子似乎与众不同,她抬头看了看杨子,那嬉皮笑脸的外表之下,青春、乐观、自信,这是班里男生很少拥有的个性。萧云是班里出了名的冷美人,平时只顾低头读书,很少跟人说话,如今能与杨子说上那么些话,也许是杨子真有与众不同之处。

萧云慢慢地发现坐在前排的杨子除了喜欢钻研数学难题,还喜欢背泰戈尔和徐志摩的诗。课余时间,他爱写点小文章,挺文艺。

一个晚自习后,坐在杨子后面的女同学偷偷告诉萧云:"云儿,你知不知道杨子经常在同桌面前赞美你,他还说班里最欣赏的女同学就是你。"

听得这么私密的话,萧云心里一阵慌乱。这么敏感的话题,杨子为什么要跟同桌说?为什么要让旁边的女生也听到?他是不小心说出来,还是有意让别人知道?而听得女同学传过来的语话,萧云内心里生起一种美美的感觉。从小到大,有很多人赞美过她,当面也有、私底下也有,向来骄傲的她从不喜形于色,但内心深处,她依然喜欢听到赞美之声,更不用说像杨子这么优秀的男生暗自欣赏她。

可萧云毕竟是萧云,不久之后,她就慢慢地淡忘了此事,似乎从没听到过传言一般。就让它成为传言吧,一切终将风过无痕,她不想让此事弄得众人皆知。青春里的有些人,有些事,一不小心就会影响学习,毕竟拼搏多年,好不容易挤进这所人才济济的高中。班主任的期望,同学的欣赏,她可不想去破坏眼前这美好的一切。她清楚自己当前最重要的事是读书,除了读书,还是读书。

杨子和萧云当年都考入了大学,他与同学阿杰一起来萧云的大学玩过。萧云陪着他俩在江边走了一圈,然后来至网球场,自由自在地聊些青春与梦想的话题。自始至终,杨子与萧云似乎都很平静,谁也不知他与她的情谊到底有多真,所有的一切或许只有他俩自己知道。

阿杰去小店买东西,杨子递给萧云一张小纸条,纸条上写着他现在的住址。他说:有空可过来玩。

一会儿阿杰买东西回来了,两人对萧云笑了笑就挥手告别了。拿着杨子递给她的纸条,萧云怔怔地在原地发愣,她不知道杨子给的这纸条是什么意思,是杨子提前写好准备着的,还是刚才率性写的?萧云想不明白,她也不想去多想。

萧云正准备离开网球场时,一个女同学匆匆跑了过来,是与萧云他们同一届的高中理科班同学路娜娜。路娜娜是体育系的,她走到萧云面前,急切地问道:"杨子走了?他的住址告诉你了吗?"

萧云想都没多想,就将写有杨子住址的这张纸条给她看了,向来单纯的萧云绝不会想到路娜娜有那么复杂的心思。刚才路娜娜来网球场打球,恰巧看到了在一起聊天的杨子与萧云,她躲到网球场旁边的一棵大树后面,细看着杨子与萧云聊天时的每一个眼神、每一个动作;细听着不远不近传过来的片言只语,特别是杨子小心翼翼地将小纸条递给萧云的这一幕,她更是看在眼里。

高中时,理科班的路娜娜成绩不好,高二时就去练了体育。每天在操场上训练的路娜娜认识了偶尔会去操场打球的文科班同学杨子。杨子虽说不上英俊潇洒,但性格开朗,成绩优秀,路娜娜暗恋上了他。今日竟在这儿看到了杨子,一直隐藏的那份暗恋之心春草般复苏了起来。她才不管杨子与萧云目前怎样,练体育练出来的大胆,活脱脱一根筋。她就想找个机会靠近杨子,无所畏惧。今日天赐良机,她如愿得到了杨子的住址。

自那天后,杨子消失了好长一段时间。他不是从此就没来看萧云,后来也来过,一年一次吧。每次来时叫上一群同学,也不忘叫上萧云一起玩,而萧云明显地感到杨子离她一年比一年远了。萧云只是他的一个故事,杨子也只是萧云的一个故事而已。

杨子念的是大专,萧云是本科。三年后,杨子大学毕业进了一家银行。大四的那个冬天,天色渐晚,外面寒风凛冽,似乎要下雪了。萧云在寝室里看书,有学妹上楼告知她:有人在下面找她。萧云下楼后才知道原来是好久不见的杨子,她不由得一阵惊异。穿着黑色的风衣,围着一条米色羊毛围巾的杨子,在寒风中瑟瑟发抖地等她。

"你今天怎么有空来这儿?"萧云惊奇地问道。

"好久没来看你了,路过这儿,就进来看看你。"杨子微笑地看着萧云,似乎努力地要从她身上看出点什么似的。

工作半年后的杨子少了一分油腔滑调,多了一分成熟。社会与学校就是如此不同,它会重塑一个人。简短的交流中,萧云明显感觉到了他的变化。

"你最近过得好吗?"

"还行,白天忙着工作,晚上和周末在读夜校,报了律师资格考试。"

"你还挺上进的啊,杨子。"

"你现在才发现啊。"

两人沿着图书馆的小径慢慢地走着,一阵寒风吹过,落叶簌簌作响,缤纷缀地,在这个冬日的黄昏里,似是无限凄美。

"萧云，你怎么不来我那边玩？"杨子转过身来目视萧云。

"一直忙于英语考级，四级后又六级。"萧云随意搪塞，也不知这借口杨子会不会信。

"你为何要将我的住址透露给路娜娜？"杨子将话题转向了路娜娜，"你想将我推向她的怀抱？你真希望如此？"

"路娜娜，难道她真的来找过你？"萧云不由得一阵心悸。

萧云从没想过这一切，当初路娜娜问她要杨子住址时，萧云也不好意思将手中的纸条藏起来，一切纯粹是出于当下直接的反应而为之。

"不是这样的。"萧云努力地想替自己辩解，可一时又不知如何解释，她忽然觉得自己好弱智。

"我和她现在挺好的，她温柔又主动，我怎么好意思拒绝？"杨子的语气冷冰冰的，就像这冬日的黄昏般刺骨凛冽。

"你今天就是来告诉我这事的？"

"也许是吧。"杨子不说了，只是低着头，沉默无语。

两人话不投机，萧云转身跑开了，只留杨子一人在瑟瑟寒风中。快到寝室时，萧云忽然想起杨子还没吃晚饭，毕竟是曾经的好同学来找自己，她又赶紧跑回去。杨子早已走远了……

在这落叶飘零的冬日里，萧云忽然想起了一段悲凉的话语："在这世上，我把一切外缘，早已挫磨得消失殆尽了。"此时的她，心境何尝不是如此？

如果一个人真的有激情之爱，那么这个力量应该是无坚不摧、无法抵挡的，根本不会去考虑一切外在的东西，也许，还是不够爱吧。那么熟悉的人，既然不够爱，就让他成为过往吧。她不是不想去努力，只是靠努力争取而来的感情还叫作爱情吗？这不是她想要的爱情。

半年后，杨子考取了全国律师资格证，为庆祝这一喜事，他在离萧云学校不远的地方订了一个包厢，邀请萧云和程川他们几个高中同学一起去热闹热闹。

橘红色的灯光，玫瑰色的红酒。也许好长时间没聚了，大伙儿喝着红酒，聊着往事，叙着旧情，很是开心。在一片热闹声中，杨子走到萧云面前，邀请她合唱一首《萍聚》：

> 别管以后将如何结束
>
> 至少我们曾经相聚过……
>
> 人的一生有许多回忆
>
> 只愿你的追忆有个我……

这首《萍聚》成为他与她最后的合唱，成为他和她青春时光中的最后记忆。这次聚会后，萧云没再见过杨子。

其实萧云永远不会知道杨子在单位里出了事。杨子帮一个朋友担保了一大笔钱，那朋友因欠债太多，不久后就跑路了，而杨子作为担保人不得不替朋友赔钱。那么大一笔钱，压得杨子喘不过气来，更让他烦心的是此事影响了前途。本来上进的杨子深得领导赏识，如今有了这事，如同一块好料染上了一个大污点。或许杨子考律师资格证就是为了寻找出路,他在银行里待不下去了,他进入了一条死胡同,不得不另谋他路。关于这事,他只告诉过同学阿杰,其他任何人都不知,包括萧云,他不想让她知道。当年二十万的担保资金,不是一笔小数目,可以买下一个套房。自己后来住在单位的宿舍里,却要为别人支付每月的工资。读书时极为聪明的杨子曾经雄心勃勃,想在银行里好好干出一番事业,却不料出师未捷遇上这等事。

那天,下班了,他一个人来到不远处的江边。夕阳西下,脉脉余晖映染在江面上,似是无限眷恋白天的消逝。时间一分一秒地流逝,他默默地看着夕阳缓缓沉入江底,看着河对岸一幢幢的楼房渐渐亮起了灯火,那是他曾经去过多次的萧云的大学。

萧云大学毕业那一天,杨子没去看她。这是九十年代末,改革开放深入发展,我国沿海兴起了留学热,很多人都出国去寻求成就自己的一方沃土,杨子也踏上了这条留学路……

  有些人走着,走着,就散了,

  你要问我原因,

  我和你说,没有原因。

  只因人在风中,聚散都不由你。

第二十章

消失十年

YUNI CHONGFENG

你若曾是面壁的高僧

我必是殿前的那一炷香

焚烧着陪伴过你一段静默的时光

因此今生相逢

总觉得有些前缘未尽

却又恍惚无法仔细地去分辨

无法一一向你说出

日与夜交替得那么快,忧伤蚀人心怀。十八岁的那本日记里,藏了那些美丽如山百合般的秘密。人生原是一场难分悲喜的演出,而当聚光灯照过来时,你就必须演出那最最艰难的一幕。

珺如似乎走开了,但她的阴影仍然存在,令萧云时不时想起。萧云一直认为自己是完美主义者,她曾与夏翊说过:你是天蝎,我是摩羯;你是完美主义者,我也是完美主义者。她在爱情上仍不愿苟且。自大学起,她就喜欢上了夏翊,她以为这只是一个遥远的梦,永远没有可能实现。可没想到兜兜转转多年后还能再次遇见他,而遇见之后,又会发生那么多波折。

"生命是一袭华美的袍子,上面爬满了虱子。"也许人生本就不会完美。周末在家,萧云闲来无事,听听音乐,翻翻一些星座占卜的书。有时她竟相信起宿命,似乎人间的一切悲喜,上天都静静地看着,无论你如何折腾,始终逃脱不了命运的魔掌。一日又一日,活在这人间烟火中,重复着同样的故事,她就这么沉沦着。

"摩羯座人的性格是认真刻苦,不爱耍花样,心态不骄不躁。摩羯喜欢专注于自己的生活空间,而且总是过于小心谨慎,生怕犯错。"

萧云看了不禁一笑。这些关于星座的书有时描绘得出神入化,看看里面的文字,倒也觉得蛮有意思。她又翻阅了同事在周末拍的几张乡野风景照,其中一张照片震撼人心。这是丰收季节的一大片麦田,金黄的色彩特别地绚丽,如同凡·高的作品般直达人心。八月骄阳炙烤下的麦田里,一个男孩睡在两垛麦秸堆下,小小年纪的他睡得正沉。不远处,孩子的父母在用老式的农割机脱打着麦子。这是农耕时代的古朴意境,而现实翻拍的画面,不由让人浮起莫名的感伤。在这个小男孩的背后,又有多少东西值得沉思?如果萧云以前不拼搏,也许就如同邻居明哥、柱子哥一样,日夜要为生计发愁。她不禁想起了从北方远嫁而来的梅子,想起了没有新衣服而辍学去深圳打工的保哥,他们都历经过底层生活的不断磨炼,而今后能不能真正幸福,还得看他们的自我奋斗。

"我还是幸运的,毕竟考上了大学,拥有了一份稳定的工作。"

忽然手机响了,萧云一看,原来是杨子发来了一条信息:

"晚上我们一起吃个饭,有空吗?"

萧云心正烦着,她还真想找个人聊聊天呢。

"可以。"

"晚上六点,屋顶花园见。"

"好的。"

萧云与杨子来到屋顶花园。夜色苍茫中,廊桥灯影在河岸上若隐若现,夜摊中的男男女女沉醉在欢声笑语中。河对岸时不时传来熟悉的粤语版歌曲,那是他与她年少时最流行的音乐。

"大学时我们跳过慢三慢四舞步,就是沉醉在这样的乐曲声中。"杨子若有所思,望向对面的河岸。

"那时我们正是青春美好,一晃多年了。"

"时光如白驹过隙,白了少年头。"

杨子颇有感慨,他想起无数过往的日子,离别又再见,一切像是在梦境中。

"杨子,这些年你怎么过来的?肯定能写一本书吧?"

"是的,但我现在还不想写,文字需要时间来沉淀。也许有一天兴之所至,我会去写一部自传体小说,我还想拍一部自传式电影呢。"

"要不要我帮你写?"萧云笑着问道。

她还真想知道杨子在消失的这些年里干了些什么。一个大男人，十年里不与任何人联系，高中同学会也不来参加，到底怎么了呢？萧云真想凑过去揍他一拳，这个没情没义的男同学。

"为什么这么多年你不与我们联系？"萧云瞪着眼睛看他。

"同学会我还真不知道。那些天我恰在广州参加广交会。如果知道有同学会，我肯定会赶过来。"

"是不是法国金发碧眼的漂亮姑娘太多了，乐不思蜀，所以才不跟我们这些老同学联系？"

"不是，绝对不是。法国人也不全是金发碧眼，黄黑褐蓝紫的眼睛都有，越往北极眼睛越淡。"

"不愧住了多年，你还真有研究啊？"

"路上见多了，只是凭感觉总结的。"杨子哈哈笑了。

那笑声还像从前吗？杨子还是以前的杨子吗？坐在萧云面前穿着西服西裤的这男人，如此熟悉又陌生。只有他那黄铜色的肤色，嬉皮笑脸的模样，让萧云感觉到他们曾经同学时的模样。

"谈谈你这些年怎么过的？中国女人漂亮还是外国妞漂亮？"

"中国人内敛，外国人奔放。她们想爱就爱，不爱了就散。不像中国女人那样爱得死去活来，梁山伯与祝英台就是个典型的中国爱情悲剧。"

"那罗密欧与朱丽叶呢？不也双双为爱殉情？"

"那是莎士比亚笔下的悲剧小说，又不是真的故事。真正的欧洲人，自由、浪漫、热情，可有意思了。在国外读大学那会，我有一位外国女同学,她有一双紫罗兰色的大眼睛,雪花膏般的肌肤,一头波纹状浓密的褐发,就像希波战争中的海伦般惊艳。上课时,坐在我前面的她,假期时邀我去她家玩,看她热情相邀,我高兴地跟她去了。坐了一小时的大巴车,望见一大片绿色的山地绵延在眼前,山脚下有一个碧玉般的湖泊。我们下了车,女同学才告诉我,这个湖是她家的私有财产,她家就在树林深处的一幢大别墅里。我在她家豪华的别墅里住了好些天,她的家人热情好客,一点都没有看不起我这个穷小子。"

"你魅力本来就足,自能吸引周边的人。你怎么会去法国留学?"

"当初从银行出来后,我考取了律师资格证,然后去了上海一家企业。在上海混了一段日子,我发现那是个人才济济的大都市,普通的我身在其中犹如漂游在无边无际的大海之中,狂涛怒浪随时会将我湮没。在上海这个大都市,我无法获得自我存在感,更不用说实现自我价值,它离我太遥远了。后来我遇见了一个大学同学,他刚从法国留学归来,在世界五百强企业任职,他告诉我去法国留学不错。就这样,没经过任何正规的语言培训,我就去了法国。在法国我一边打工一边学法语。你知道吗?法语是世界上最动听的语言,也许我真喜欢法语,三个月时间里我就会简单交流了。中国人在国外尤其是欧洲大学里很有优势,因为中华民族是个勇于拼搏的民族,勤奋苦读是我们民族的精神气。在巴黎商学院读书,我一年后就获得了校长亲自颁发的金质奖章。读了两年后,我留校任教。可我不喜欢教书这工作,我喜欢不断地挑战自己。于是背起一个包,我踏上了从北至南的欧洲各国之旅,一路认识了形形色色的外国人。我曾以为自己用法语来表达深情,听起来会荒唐可笑,可事实并非如此,法国人喜欢你深情的表达。而我动用法语来表达,似乎是一桩性价比超高的生意,不费多少成本,却大受欢迎。"杨子夸夸其谈。

"因为你逐步演成了生意人,利益永远排在情感之上。"萧云一针见血,似乎要将他的生活一言概之。

"在法国读大学的假期,我曾从北向南一路坐火车旅行。在意大利的威尼斯,遇见了一个非常可爱的小女孩。夜晚时分,我们躺在威尼斯河流的贡多拉上,看星星,看月亮。她带我去她的村庄,那是一个童话般美丽的小镇。在这小镇里,我吃到了各种美味的冰激凌,香甜可口。离别时,小女孩依依不舍地对我说:'能不能带我一起走?'可我口袋里的钱只够一个人旅行。上车时,她同我吻别,两滴清澈晶莹的泪珠,从她白雪公主般漂亮的脸庞上轻轻滑落,那是一个多么可爱动人的小女孩。"

"你拐骗幼女,一如从前。"

不知怎的,萧云说出来的话酸溜溜的。她一直奇怪曾经的自己为什么没有真正喜欢上杨子,她与他之间的感情永远摇摆在同学与好友之间,就是很难逾越,今天似乎找到了一点点原因。也许法国男人喜欢吹嘘自己的爱情故事,越神奇越好,这么多年待在法国的杨子,似乎深受影响。萧云向往的是简单的爱情,你的眼里只有我，我的眼里只有你，晴空万里，那是最纯粹的爱情。杨子敢于拼搏，敢于闯荡世界，这是他作为男人的勇敢。但他骨子里的油腔滑调，还是让萧云难以真正走近。她总觉得自己与杨子不是同一条道上的人，他可以是你最好的朋友，但永远不可能成为恋人。这是高中时萧云对他的感觉，阔别多年，这种感觉依旧。

杨子还没发觉萧云情绪上的波动，他一直以为萧云对他情感不升温是因为自己不够有钱。他继续讲述着国外的种种经历：

"在旅途中，我遇见了为躲避战争而流落他乡的伊拉克两姐妹，她们用一条红红的大纱巾从头包裹至脖子，眼睛又大又圆，水汪汪的，特别无辜。我们搭起帐篷住在一起，也许我面善，她俩对我极是信任。早上起来，我生火烤了火腿肠和土豆，她俩一个劲地点头说好吃，让我很有成就感。这些难民其实很可怜，我从内心里同情他们。他们流落至欧洲各国，即使有文化也很难被他国真正接受，没文化的只能干苦力。其实这些流亡人群中也有高智商的人才，能为收留他们的国家奉献自己。我与他们也有类似的感受，当初在法国的大学毕业后，我留校任教两年，后来在巴黎找工作，结果因为是外籍人士而找不到好工作。无奈之下，我去了法国西海岸开办了一家化妆品出口代理公司。法国是化妆品大国，经过努力，如今我在多国都有了合作伙伴。今年我在新疆刚签了一个合同，就是让当地居民种植葡萄，将葡萄籽中的营养元素用于法国的化妆品生产。前段时间我在贵州也做了一笔业务，让当地的老百姓多种植刺梨，刺梨汁可以通过中欧列车直接销往法国化妆品公司。那么多年在国外,我也真想为祖国人民多做些好事,这是作为炎黄子孙应尽的一份义务。"

"这才像是我当年的优秀同学杨子啊,我以为你真忘本了。"

杨子从女人浮夸的话题,终转至这些年职场上的奋进故事,让萧云稍稍有点肯定了如今的他。

"不会忘本的,我永远记得我的根在中国。前两年我与朋友合作开了'摆渡人酒吧',等以后赚够了钱,我还要在我们老家山村投资建一些高档民宿。将来我有兴趣去投资,退休后也许更多时间我会在国内做生意。"

"你对国内的市场知根知底,也许生意好做些。"

"你以后来法国,我请你吃最好的大餐,陪你游遍法国的大小城市。"

"好啊!"萧云也笑了,她还是相信他的诚意,"法国是很浪漫的国度,有一天我肯定会去看看。"

"法国其实很小,工作后的每个周末,我都去一个城市玩。没多久,我竟然跑遍了法国的每个角落。"

"其实我也很喜欢旅行。我当编辑,又当记者,出差机会多,也写了很多游记散文。"

"好啊,出版了送我一本,"杨子满怀期待,"在欧洲国家中,意大利很不错。这是一个有着时尚潮流气息,一个天生流淌着文艺血液的国度。河道两岸全是五彩斑斓的房子,从达·芬奇到米开朗琪罗,从《罗马假日》到《西西里的美丽传说》,从佛罗伦萨到威尼斯,都弥漫着艺术的气息和浪漫的色调。

"去欧洲旅游,意大利应该是必游之地,它有很多文艺复兴时期留下的古迹。其实我一直有个梦想,等将来攒够了钱,去冰岛看极光,那是我遥远的梦。"

"你还有这样一个梦想?好啊,"杨子双手赞成,"没想到你骨子里也有这么浪漫的情怀。"

"你现在才了解我啊,可你了解的只是冰山一角。十年了,同学,人生有几个十年?我们早已褪去了青春的皮囊,只留下一个四处漂泊、游荡不安的灵魂。也许值得肯定的只有内心的梦想和那份对美好生活的执念。"萧云不无感慨。

"也许吧,你还没与我讲讲这些年里你的故事。"

"以后有机会再讲给你听吧,今天就先听你的故事。"

说完这话,萧云低头沉思,似乎在努力追寻自己的这些年。

"来来来,我们喝点红酒吧。"杨子打破冷场。

"今天不喝酒了,我还要开车呢。"

"好,好。我自己先罚一杯酒,"说着,杨子端起一杯红酒,一口喝下,"明天想去看看我们的高中学校,美女能否陪我一起去?"

"可以。我也一直没去看过,还真想再去看看母校呢。"

第二十一章

重游母校

YUNI CHONGFENG

杨子邀请萧云一起重游长亭镇母校,一切记忆似乎又回到了那个高中时代。

"萧云,你还记得我们高中那个校长吗?"

"记得啊,曾经兢兢业业,有着两副眼镜的校长。我还记得高三那年的满山之行,我们同学离经叛道,气得班主任大发雷霆。"

说起这个校长,同学们对他的感情很是复杂。想当初,凭中考成绩,萧云他们本可以去县城高中读,可因为校长的专制,这些穷学生不得不在这所学校里蜗居着。破旧的宿舍、拥挤的水房、破洞的操场、破烂不堪的厕所……即使教室稍好一点,但偌大的教室也只有三个风扇,夏日里学生们如同在桑拿房蒸烤。

学校的条件确实差了点,可大伙心中有梦想,奋斗有激情。好不容易熬到了关键的高三,校长竟出了事。在这所学校里奋斗了半辈子的校长虽有点专横,其实工作很负责,学校里每天第一个起早,晚自习后最后一个睡觉,也算是尽心尽职。只因对待老师的待遇有所不均,遭人忌恨,最终被举报至停职,其中一项重要罪证是收了别人一车的啤酒。

校长的事是学校的事,而同学们照样玩自己的。也许真是青春荷尔蒙爆棚,越是压抑,越想爆发。在这沉重的日子里,萧云犹记得同学们的离经叛道。

一边是老师们布置的做不完的试卷,一边是同学们私下秘密准备的海上之行。分数和梦想,值得拼命去追逐,而大自然的神秘,何尝不令人神往?

春光明媚的周日上午,一群青春年少的男生女生,骑着自行车飞一般地奔向远方的大海。

这一次有趣的满山之行,大家彻底放飞了心灵。曾经谆谆教导的校规,枯燥艰涩的课堂,堆积如山的作业,全在那一天被抛至云霄。原来大海令人如此惊喜!原来青春可以如此奔放!可他们没有想到,旅途的快乐只是昙花一现,等待他们的是班主任的暴跳如雷。

周一回校时,班主任一大早就等在教室门口,一脸的怒火。同学们私下约定:不要跟班主任狡辩,不要跟班主任解释,更不要跟班主任对抗。

办公室里,一群男生女生任凭班主任严加责骂,就是低着头,不吭一声,颇有英勇无畏的壮士风采。其实同学们理解班主任的心情,"黑色的七月",决定人生命运的高考,就要来临了!

旧日的时光,恍然还在眼前。青春、呓语、梦想,在苍茫中寻寻觅觅。褪色的青春,日夜疲惫的影子,恍如昨日。

高中毕业多年后,萧云与杨子在校园里闲逛着。故地重游,人生恍如梦一场。如今的学校早已没了人影,学生都合并到县城高中去了。偌大的校园,只剩下空荡荡的躯壳,曾经的辉煌、曾经的故事,都留在了记忆中。在如此艰苦的学习环境里,萧云和杨子都考上了大学,如今两人重游母校,感慨万分。

萧云与杨子来到了离老家旗山不远的海边塘地。这里曾经也是一片大海,后来海堤筑起,沧海变桑田。当年知青下乡就是在这片土地上劳动。靠近马路边的一排排老旧水泥屋就是当年知青们的家,他们在这里劳动、娶妻、生子。后来知青下乡政策取消后,大多数人回上海去了,也有一部分人拖男挈女回不去,就被安排至各村落户,与当地村民一起住了下来,柱子一家就是如此。

知青农场海塘地中,春天金黄的油菜花,夏天白云般的棉花,秋天黄澄澄的橘子,冬季绿油油的麦苗,稻谷飘香,麦浪滚滚,这里成了海边农业基地。马路对面,自知青时代开始就建有农产品加工厂,那时还是国营企业,如今承包给了个人。萧云不禁想起夏翊老师与芳芳的故事,想起了周诗诗爸妈的故事,还有柱子他爸他们一代知青的奉献。坐在海边的小山上,想起海子"面朝大海,春暖花开"的诗句,一种生命的神圣感从心中涌来。如果人生没有过多的坎坷,没有过多的欲望,萧云与杨子他们应该会有平平淡淡的幸福。但人就是不甘寂寞,不甘平庸。杨子从银行走向律师,走出国门,他骨子里想创造更理想、更美好的未来。大学毕业后的萧云,从学校走向报社,走向一边工作一边写作的人生,其实何尝不是执着于梦想和希望?她想成为诗人,成为小说家,那是她的梦。

农场不远处的这片海域就是东海。高三时,他们同学一起坐船玩过的满山岛,如今在不远处的海面上依然缥缈。海水还没涨上来,一只只小红蟹在滩泥上晒太阳,等你靠近时,它又瞬间钻入泥洞中,甚是机灵。海面上渔船点点,那是出海捕鱼归来的船只,山民靠山吃山,渔民靠海吃海。遥望大海,过去的故事如潮涌来,一幕幕记忆犹新。

"萧云,你对这一片海域好像特别熟悉。"

"我外公外婆家就在农场附近的山那边,我小时候常跑至海边玩。十岁那年,我瞒着大人独自下海去抓海螺。当海水快涨至脚边时,我才意识到面临的危险,我没命似的往岸边跑。那是我调皮捣蛋的年少时光,还不懂什么是潮起潮落,那时没被大海吞没,算是命大。"

萧云说起大海的故事,不禁哈哈大笑,那笑声回荡在海风中,回荡在海面上,洋溢着甜美的气息。杨子望着眼前长裙飘飘、依然美丽的萧云,不禁想起美好的高中时代,那时候的他曾那么喜欢她,而她若即若离;现在的她又重新出现在他面前,青葱岁月中的美好似乎又回到了眼前。

"萧云,你过得还好吗?"

"怎么说呢,说不上好,但也不差。"

"没想到你会成为作家。"

"其实小学时,我就有当作家的梦。记得那是小学三年级,我与几个同学在操场上跳橡皮筋,忽然有个同学跑过来告诉我,说我得了乡里作文大赛第二名,红榜贴在门口进来处的宣传窗中。我赶紧跑过去一看,果然看到了红粉笔写的光荣榜,榜上有我的名字,又红又粗的几个大字,在阳光下熠熠生辉。我跑回操场与她们说,我不跳绳了。似乎得奖后,我该自我庆祝去。其实当时没一个人向我祝贺,也没有老师给我发奖状,那是自顾自的年少时光,似乎一切都是虚幻的梦境。但我真真切切地看到了自己的名字写在宣传窗的光荣榜上。

"初中时,我还得过全校作文大赛第一名,那是一次新概念作文比赛。我写了一篇《楼上与楼下》的小小说。故事好像是说改革开放后,居民生活富裕了,开始赶潮流,穿高跟鞋,烫头发,穿喇叭裤,跳迪斯科舞。一幢旧式楼房中住着两户人家,楼上一对男女情侣,无比恩爱幸福。只要一有空,就在楼上大放音乐,狂跳双人舞。一点都不管楼下的一家正在吃饭,做作业,或者午休。那天,楼下一家人正在吃饭,饭桌正上方的楼上男女又在欢歌狂舞。楼下的男主人沉下脸来,对着吃饭的儿子大喝一声:快拿大雨伞来。小说的故事到此戛然而止。大学是人生与文学的沉淀时期,坐在角落里的我似乎一直沉默无语,也没去好好写过一篇作文。总觉得人生如梦,飘浮在云朵之上,真上不了天,但一不小心会坠入无涯之荒原。那是我人生中最迷茫的时光,考上了大学,实现了梦想,却又不知未来之路如何去走。后来,懵懵懂懂的我竟不知不觉爱上了写作。那是一个无比美妙的世界,上天入地,上下五千年,任你遨游。写作是治愈人心的,这么多年来,如果没有写作陪伴,我都不知自己会变得怎样。"

"当年高中时,我们都很纯真,进入社会后,每个人皆有自己的故事,或精彩,或颓败,有其选择的原因,也有其宿命吧,"萧云边说边朝杨子看去,"你呢,消失了那么多年,谈谈你的生活吧。"

"我呀,一直在欧洲流浪。我曾如此向往巴黎的繁华,而当我真正走近巴黎,才知巴黎的繁华有点纸醉金迷。那是有钱人的天堂,与我无关。后来我去了法国南部地区。对于未来,有时我还在想要不要重回巴黎。"

"等你赚够了钱,香车美女都有了,是该重回巴黎享受生活了。"萧云的话语中颇有辛辣之感。

"我在法国南部地区买了一幢大房子,大房子前面有一大片树林,以后你来法国玩,可以住我家去。"

"你结婚了吗?"

"有过一女友,"杨子停顿了一会说,"我们还没结婚,因为我一直忙于公司的事,国外结婚手续又比较麻烦,要回国打证明,所以一直拖着没办。"

"婚还是要结的,遇见个喜欢的女人,也是一种缘分。"

"法国人浪漫,不喜欢结婚。男女情侣住在同一小区的两个套房里,各有各的自由。想聚时就约一下,没感觉了,自动解除情人关系,一点都不伤和气。不像中国人,死守着婚姻,过着一本正经的生活,没一点情趣。"

萧云听着杨子关于婚姻问题的见解,感觉他变了好多。是的,这么多年了,在那浪漫自由的国度中,怎能不浸染异国他乡的风情?她觉得杨子离她的世界越来越远了……

"萧云,你也可以去法国生活,我可以帮助你。法国是艺术家集聚的天堂。你知道法国作家乔治·桑吗?她的小说与她的人生一样富有传奇色彩。她曾借自己的作品公开宣称:婚姻迟早会被废除,男女不应束缚对方的自由。"

萧云听得玄乎,也许这就是情感自由的法国,你理解也好,不理解也罢,它就这么存在。萧云不由感慨道:"乔治·桑代表了法国很多人的思想,这种自由浪漫的思想有其先驱者,比如卢梭、拜伦。你在法国生活多年,理解他们的自由情感方式,可我总觉得爱情和婚姻还是需要道德和法律的约束。任何事,底线和规矩还是需要的,否则很多东西得不到保障,也是痛苦的。如今的你已是生意场上的人,你还有兴趣去关注小说家的世界,也是难得啊!"

"萧云,你别忘了,高中时我就喜欢看小说。我写的作文还被贴在学校的宣传窗上呢。我喜欢乔治·桑的自由思想与独立个性。你们作家的世界不就需要这种自由独立思想吗?"

"我只是夜空中的一颗小星星而已,现在的我并非为生存而写作,其实更多的是为了愉悦自己。写作是我情感的一个出口,是我与这个世界交流的一种方式。"

"世界很多名作家都喜欢法国,海明威在法国待过好多年,他喜欢坐在咖啡馆里写作。"

"我也很喜欢海明威,他的思想代表了美国一代人的迷惘,人为什么而活是他一直探寻的核心问题。他说,黑夜过后,太阳照常升起。其实无论在哪里,无论在哪个国度,太阳总会照常升起,只要我们坚持自己的信念,好好地活着。因为我们同在一个地球上。

"我一直在奔跑的路上,从国内到国外。现在做化妆品出口代理,国内国外跑。我一直在思考人到底为了什么而活着,为了钱,还是为了爱?当年的我只想在事业上奋斗出成绩,以证明自己的存在价值,而当这一切实现后,我是变得有钱了,可我并没感觉到金钱满足后的快乐。其实当初在国内银行上班,我本干得好好的,如若坚持,我定会在本职岗位上干出成绩。"

萧云笑了下,其实她听说过杨子为别人担保这事,但她装作不知。都过去那么多年了,再提起也没多大意义。

"你看现在的我,住在离家不远的城市里,想念老家,想念大海时,就可来海边走走看看,不也挺好的?一个人无论在哪里,只要敢去奋斗,日子都会越来越好的。我们这些高中同学,都是在这片土地上成长起来的,都是赤裸裸的大地的儿子,经过这么多年的奋斗,如今的他们都事业有成,你在国外也奋斗出了自己的事业,不容易,我为你骄傲,为我们的高中同学骄傲,我们都是靠努力拼搏考上大学的,我们都是自我奋斗的一代。"

"高中时的我们,吃不好、住不好、睡不好,那时的我们真的不容易。"杨子不无感叹。

"现在我们老家发展飞速。农场东面近五百亩海塘地,准备在未来几年建造一个通用航空机场。在南边海面上,马上要建造一座十公里长的大桥,将我们农场这边与对面县城连接起来。今后我们的家乡将会越来越好。"

萧云遥望着对面的小岛,似乎美好的一切都展现在眼前。

"萧云,以前的你优秀,现在的你更优秀,你在我心中永远美好。"杨子说出了心里话。

"天堂的欢乐和我在一起,地狱的痛苦也和我在一起。"

萧云和杨子静静地坐在堤坝上,垂着双脚,面朝大海。不知何时,海水已渐渐漫了上来……

第二十二章

自由的心

YUNI CHONGFENG

这江南的天，真是奇怪，索性连秋天也略过，让原住居民竟然赶不上它的节奏。坐公交车去上班，萧云只觉得冷。也许衣服还真穿少了，她这样想着。风无孔不入，狠命钻入车窗玻璃间的缝隙，直往脸上、脖子和袖口里钻，让人难以想象才是十月底的日子。萧云用淡紫色的羊毛披肩将身子紧紧包裹起来。公交车停停走走，像是慢节奏生活中的北方妇人，不疾不徐。

萧云有时喜欢坐公交车，可以一路欣赏沿途的风景，特别是那些穿着漂亮衣服的女人，永远是路边最美的风景。这么多年来，她看着街头美女们从长裙到短裙，从短裙到迷你裙，如今重又回归花花绿绿的长裙飘飘。曾经流行了很长一段时光的高跟鞋，那男人见了又爱又怕的高跟鞋，也渐行渐远，代之而来的是各式各样的漂亮白球鞋。

萧云忽然想起好久没联系夏翊老师了，两人最近都没更新过QQ空间动态，不知他最近过得怎样，前段时间珺如的事已让她烦透了心,如今她只想好好静一下。

公交车在站台处停了下来,萧云下了车。外面的风更大,她忽然想起天气预报说这两天冷空气来临。也许,冬天真的来临了。

到了办公室,她坐在电脑前准备写几篇关于官场逸事的文章。这是领导安排的任务,要求文字短小精悍,但又有警示意义。新调来的刘主任下过基层,年轻时曾带队报道帮助过山区贫困村庄而名扬一时,如今成了萧云的最高领导。工作中接触了一段时间后,刘主任给人一种久违了的亲和力,这让一直崇尚正直、自由这些职业素养的萧云对未来满怀信心。也许最近听多了一些官场逸事,她在电脑前一字一句地敲打着键盘,思路如同哗哗的流水,三篇短篇小说随之而来。

晚上回家,萧云先将三篇短篇小说发在自己的QQ空间中,她准备过两天发至自己单位主编的《江城报》上,她已答应过刘主任。可没想到,发在QQ空间中的文字引起了一个人的关注,他就是程川。

大学毕业后,程川在一个同村当官者帮助下,进了乡镇政府工作。在乡镇工作时,年轻的程川雄心勃勃,工作卖力。联村、开荒,帮助村民大力种植茶叶和枇杷,在工作中创下了些业绩,而后步步升迁。同在一座城,萧云听到过程川的不少事,他有业绩,也与黑白两道皆通的金局长走得近,曾引来不少非议。程川的仕途却是越来越顺,不久后调至县城当上了副局长。

外界对程川的评价,萧云只是多有耳闻,而真正见识程川的官员调子,是在前段日子的饭桌上。班长听说杨子回国,组织了一次聚餐,高中时的班主任和两个任课老师也受邀一起吃饭。大伙十多人坐在一起,极是开心地谈论着曾经的青春和梦想,年少时不敢说的话语,如今趁着酒劲也吐了真言。晚上八点时,已是饭局后半场,程川带着司机匆匆赶来,全程一脸肃然。

"刚才县长与我在讨论一些政事,等下还要继续,县长等着我去汇报工作,不能陪你们吃饭了。"

程川言毕,没人回应他半句。他向几个老师敬了半杯酒,又火速离去。本来热闹的饭局,被他一折腾,少了很多兴致。

"是谁叫他过来吃饭的?你,还是他?"坐在杨子旁边的阿杰性子直,首先冒火了。

班长赶紧将阿杰按住。毕竟几个老师还在,谁也不想真让饭局陷入尴尬。

"在知根知底的同学面前,说什么县长?要来就来,不来就拉倒,好像别人一定要他来似的。"阿杰继续发泄着怨气。

今日萧云将三篇官场小说发至QQ空间里,程川看到后第一时间给萧云打来了电话。

"喂,我是程川。"

"领导有事指示吗?"

电话中的程川语气生硬,裹挟着一如既往的领导气派,这让萧云听来总觉得不那么舒服。受他话语情绪的感染,她也不阴不阳地回答着。

"今日你发在QQ空间里的文章内容是真是假?"

"真又怎样,假又怎样?"萧云甚是奇怪程川的质疑。

"如是真的,赶快删除!"

"为什么要撤掉?"

"如果你不删除,后果自负。"程川官腔十足,像是领导下的死命令,又像是黑道大哥的威胁。

可程川遇上的萧云,偏是个吃软不吃硬的女人。多年的报刊编辑和记者生涯,加上她骨子里的倔强和正直,不是程川这些官场人物的强硬气焰所能胁迫的。

"如果我说这三篇精短小说半是现实,半是虚构呢?"萧云反问道,"小说不是神话传奇,也不等同于现实生活。什么是小说?你懂吗?小说是一种文学艺术,来自生活,又高于生活。如果说这些故事恰与现实中的某些人合上了,那只能说纯属巧合。"

萧云忽然变得有点情绪高涨,她自小任性自由,从不愿意被人控制,更不用说受人威胁。此时的她忽然意识到自己现在面临的是自由与权力之战,心灵的自由是她视之如命的东西,就算付出任何代价,她也不愿意放弃这一生命之光。

"权力导致腐败,绝对的权力导致绝对的腐败。"萧云想起了夏翊老师曾与她说过的这句话。她在新发表的三篇官场小说下面留下了这句评论。

也许程川是担心自己与金局长的一些事吧,今日才会不顾身份如此心急地兴师问罪?萧云想起了最近从同行朋友中听得的一些事,说金局长神通广大,养情人、开矿山,利用手中职权安排亲戚代理承包工程。

两天后,《江城报》刊登了萧云的这三篇官场小说故事。至于这三个故事到底有几分真几分假,或许只有萧云自己知道。

没过多久,金局长因私存在民间高利贷者手中的近亿元钱来路不明,涉嫌贪污,被人举报进了监狱。程川所在的局里有一科长跳楼自杀,据说与身为副局长的程川有着千丝万缕的关联。因为几天前,自杀者曾与程川大吵大闹过,这消息不胫而走,在县城里传得沸沸扬扬。网络信息时代,很多东西都难以阻挡"火的燎原"。

坐公交车回家的路上,萧云远远地看见了程川,他面色黯沉,身子明显瘦了好几圈,精神状态也不像以前高昂。想起他的一些事,萧云甚是感慨,她不知她的这个官场同学将会走向何处。

半年后,程川与小妹闹起了离婚。据说程川早就在外面有了女人,比小妹年轻貌美。后来又从吴虹处听说,小妹得了严重的抑郁症,曾在康复医院住过很长一段时间,吴虹去医院看望朋友时,遇见过小妹。当时小妹半是清醒,对吴虹万分感叹道:"如果当年嫁给程川的是你,此时此刻躺在病床上的也许是你了。"吴虹却与小妹说:"不会,我坚信自己不会抑郁。"

也许吴虹说得对,小妹的性格向来软弱,才造就了如今的程川,而吴虹却是一个自强自立的女人,她与老狼势均力敌,谁也不让谁。

大学毕业后,吴虹进入了图书馆工作,孜孜奋斗多年,终于当上了副馆长。说起这个副馆长的位置,她还是非常感激虞副馆长的推荐。快五十岁的虞副馆长工作能力一直很强,人看上去也比实际年龄年轻。她一直在这个图书馆里工作,从普通的图书管理员做到业务主任,后来升任副馆长。不知怎么回事,当新的刘馆长调任至图书馆工作半年后,虞副馆长的工作热情就日见削减,直至有一天向刘馆长递呈了辞职信。刘馆长也没多加挽留,似乎一切都在她的预期中。她们两人之间到底发生了什么,这在图书馆里似乎是一个秘密,她俩谁也没在外人面前多言一字。一直在虞副馆长手下忙活的吴虹,经虞副馆长极力推荐当上了副馆长。一开始吴虹非常欣喜,虽说副馆长也不是什么高级别,但毕竟也是副职,而当吴虹真正走近刘馆长以后,她才明白了虞副馆长辞任的真正原因。

刘馆长年轻时颇有几分姿色,能歌善舞,说起话来柔声细语。艺校毕业后,她曾当过几年代课老师,后来转正调至话剧团。在剧团工作多年,善于交际的她认识了县城里的很多大人物,平日里,她常陪同领导出入饭馆和娱乐会所。本身就喜欢唱歌跳舞,如今有人邀请,何乐而不为?也有人说,女人走上这条路,无非为了往上升迁。谁也不懂她的真实想法,只是她的家庭私事还是被外人知晓了些。在她调任馆长之前,她的老公经商破产欠了一屁股债,无奈之下,刘馆长与老公离了婚。真离婚也好,假离婚也好,刘馆长独身了。离婚后社交圈更自由了,认识的人也越来越多,在县城里颇有名声。而当上图书馆馆长对她来说，其实根本算不上什么。

　　在虞副馆长的推荐下，吴虹与刘馆长的接触日益增多，自此也更加细致地了解了她的故事。刘馆长当初离婚的主要原因大概还是家里破产的问题吧，当上馆长后，她越来越显示出对钱的迫切需要。吴虹经常看见一些外来推销商光顾刘馆长的办公室，而刘馆长也从不加以拒绝，她与这些推销商谈得热火朝天。这些形形色色的推销商，有的推销图书资料，有的推销教育辅导书，甚至推销一些与图书馆没有多大关联的业务。刘馆长有点经商头脑，这可能来自做商人的前夫的影响。她将杂七杂八的事务都安排给吴虹来打理，这让升调副馆长没几天的吴虹深感压力。她没想到在图书馆工作还要像个商人一样与那些外来者打交道，特别是邀请家长来图书馆交费，然后带孩子去市区培训的业务，这让吴虹头疼不已。她真不知道这些培训机构到底是什么底细，有多高的专业水准。刘馆长说："你只管答应签约"。这签约可不是小事，白纸黑字，若真有事，谁也无法撤回。吴虹干了一两回后就心惊胆寒，她建议刘馆长别再接这些业务，还是去做些实实在在的图书馆公共服务工作。可她没想到这话惹怒了刘馆长。吴虹细细想来，那些人可能都是刘馆长有意请来的客户。"她是有分成的。"吴虹终于意识到了这一点。若不是为钱，她干吗将这些烦琐的事务往身上揽？吴虹忽然想起刘馆长与前夫离婚的事，又听别人说起，离婚多年后，刘馆长与前夫又复婚了。而复婚就意味着她要与前夫共同承担曾经亏空的一切债务，这一切说到底无非是钱的问题。刘馆长需要钱,迫切需要金钱来解决家庭危机。当上副馆长后的吴虹没想到自己会卷入这个危险的金钱游戏。她害怕着,可又不知如何是好。如果自己提出反对意见,必然会使刘馆长不高兴;可若一味遵从她的做法,有一天自己也会身陷泥淖。她跟着刘馆长的思路做了一两次后再也不敢苟同,也忽然想起前任虞副馆长为什么那么急地辞任副职,也许真与这些琐事有关。

刘馆长将吴虹最近的懈怠情绪看在眼里,她似乎有点不高兴。一个电话打过来,叫吴虹去一下。吴虹赶紧来到她办公室,看到刘馆长一脸的不高兴,她知道自己今天肯定要挨批了。

"上周安排你与柳经理谈的培训业务,商讨得怎么样了?"刘馆长郑重其事地问道。

"我推掉了他的业务。"吴虹实话实说。

"你为什么要推掉?你为何不问问我这个馆长的意见?别忘了,是我将你提拔为副馆长的。"

听得此话,吴虹极是不悦,心里郁闷着:"难不成叫我当帮凶?"

可她还是没将此话说出口来,只是弱弱地应了声:"哦。"

刘馆长循声责问:"你真懂了我的意思?"

吴虹又是一声"哦"。

"你不要哦哦,好不好?"刘馆长似乎有点生气,她一改柔声细语,转为尖声厉语地说,"你应该说,是的,馆长!是的,馆长!"

吴虹不敢再吱一声。

自从当了副馆长后,奇奇怪怪的事情接二连三地发生。刘馆长邀请吴虹加入了一个 QQ 群。这是一个莫名其妙的群组，里面的男男女女都非常奇怪，他们经常探讨的话题是养生与保健。最让人奇怪的是他们相互炫耀自己这个月几天不吃饭，而刘馆长是积极响应者之一。在这群里，吴虹进一步了解了刘馆长不为人知的一面：她与这些会员在练一种神功似的东西，就是一个月里可以一周不吃饭。在这一周里，他们名为养生，实是空腹度日。肚子实在饥饿难熬时，就喝些水，吃些水果，以清肠疗肤。

"怪不得她的性格越来越神秘兮兮，而且人也越来越消瘦，说话做事奇奇怪怪，不同寻常。"

吴虹想起了读大学时姐姐在国外险入传销团伙的事情，这些都是隐秘世界里可怕的存在。她不理解刘馆长为何要加入这样的团队，为何要如此自我摧残，她既替刘馆长担忧，又替自己烦恼。

"我该如何去适应她的个性？如何去苟同她在图书馆外来业务上的策略？"

一想起未来，吴虹不禁叫苦连天。

"虞副馆长啊，你倒是一退海阔天空，而我呢，举步维艰啊。"

向来做事风风火火的吴虹，如今却进也不是，退也不是。

第二十三章

灵魂的流浪者

YUNI CHONGFENG

这一年冬季,对萧云而言,意味着静守。有时就想让孤独的心沉潜于海底,让幽暗保留它的秘密。

萧云发现自己陷入了一个怪圈,似乎有两个她存在,一个她喜欢着夏翊,内心里无比喜欢;另一个她困惑于眼前的一切,莫名地会产生一种情绪:夏翊曾为珺如这女人分心过。当珺如在她的朋友圈中有意透露出喜欢夏翊,如果夏翊没有看见,没有一点心动,怎么会连续给她点赞?萧云郁闷着眼前所看到的这一切。她问过夏翊这到底是怎么一回事。

"是你多想了,我已解释过了,以后你再问这些问题,我一律不予回复。"夏翊的回答总是如此简单。

他说对珺如没什么就真的没什么吗?天底下感情这事最是说不清,如果真那么简单,就不会有痴男怨女了。萧云无比郁闷着。也许唯有写作才能彻底扫除内心的阴霾,让心里头纠缠着的千千结,在某一个艳阳天里云开雾散。

忽然想起好久没浏览博客了。萧云打开博客,翻到了夏翊的主页,看到了他最近发的一首诗《与女人永别》:

> 我从来不和男人告别
>
> 我只和女人永别
>
> 在街角,在咖啡馆,在公园
>
> 我和美丽的女人,善良的女人
>
> 我和无尽的女人永别
>
> 我一直期待看清楚她们的脸
>
> 直至她们的背影一直走进永别

这就是夏翊的风格,无论你怎么去猜测他,他就这么洒脱地穿梭在人群中。萧云忽的心有灵犀,和了他一首《告别》:

> 当我转过身来
>
> 我看到你还站在那儿
>
> 站在彩霞辉映的街楼下
>
> 默默目送我的远去
>
> 夕阳拉长了你灰色的影子
>
> 像是一幅深藏多年的画作
>
> 刻在一张名为记忆的白纸上
>
> 我望见的只是你与夕阳交错的身影
>
> 我望不见更多的风景

这是她和夏翊一次聚餐后的告别场景。她在他页面下发了一句留言:"天蝎好!我是摩羯,好久不见,甚是想念老师。"

她记不得有多少天没见夏翎了,但一读到他的诗,她那似乎远离的心瞬间又会回归,这就是天蝎与摩羯的故事。她想起自己曾经与他说过:"如果不是喜欢诗,我永远不会在你面前出现。"遇见时有过欢喜,但更多的似乎是忧伤。欢喜与忧伤就这般矛盾地并存着。

几小时后,她收到了他的回复:"好久没见你来学诗了,也不知你去哪了。"

第二天,她拿着最近写的几首诗,来到夏翎的山边小屋。冬日里,院子里的树叶簌簌落下,地上满是枯黄的叶子,似乎久未清理。萧云解下脖子上的羊毛围巾,准备打扫下院子。

"不用扫了,我喜欢看着落叶堆满院落,看着它们在阳光下、在空气中慢慢地自然变色,由绿至红,由红至枯黄,这就是冬天的颜色。我喜欢看着万物在时光中慢慢地走向它的归宿,开始有时,盛衰有时,终结有时,重生又有时。我们根本不必去哀叹自然的衰败。"

"诗人老师啊,你最近是不是一直在思考眼前这个问题?这自然万物所谓的秩序?"

"偶尔想想吧,人不能有过多消极的思虑。"

"好长时间没联系过老师了,你有没有想念过我啊?"萧云故意半开玩笑地问道。

夏翎沉默不语,这是他一贯的风格。也许这个答案只有他自己知道。

"有时我觉得自己比不上老师家的一狗一猫一花一草,你每天想着它们,离不开它们,而我只是你浅表的情绪寄托,可有可无。"萧云平静地诉说着,心里涌上一种莫名的悲凉。

"我早就是个只有躯壳没有灵魂的人。这小屋与诗是我灵魂的寄托,空时还想好好教你写诗。"

"老师为什么这么好,愿意教我写诗呢?"

"这是一种缘分吧。教你写诗能体现我的价值,能让我觉得自己活在这世上并非一无是处。"

"老师,你追求灵魂的完美,我也一直追求完美。摩羯遇见天蝎,就认为是同类,而且是同类中的王,从此紧跟其后。这一年,天蝎助了摩羯很多力,但也让摩羯伤心难过。摩羯想:一切皆有因果,也许是上天派天蝎来降服我这个流浪地球的摩羯。这样想来,摩羯释然,又紧跟其后叫着:师父,师父,走慢点,我跟不上了……"

萧云自我解嘲着,悲与喜涌上心头。

夏翊走近萧云,拍了下她的肩膀,又马上走开了。空荡荡的院子里只剩下萧云独自望着眼前的一堆落叶,一片颓败。

"你失恋在三十岁,而我十八岁就不再相信爱情,其实我比你更可怜。你还尝过失恋的味道,我连失恋是什么感觉都不知道。上帝给了我才貌,就是不给我爱情。我像是大自然中的一只蝴蝶,天生害怕面对爱情,唯恐一不小心会折翅。"萧云幽幽独语。

她不敢将这些话语说给夏翊听,她只想讲给心底深处的另一个自己听,她对爱情是如此不信任。才貌双全的她身边从不缺少追求者,而她似乎只在夏翃身上才找到一种情感的寄托。他像是黑暗中的一道光,指引着她向前,她终于明白了《荆棘鸟》中的女主人公为什么会那么执着地去爱她的教父,那是一种宿命般的指引。她不禁叹道:人为什么要自我编织囚笼?如果像院子里的花木,单纯地存在冬日里,等明年春天来到,尽情地去绽放自己,这是多么美的自然境界。而人终究比不上一株花草的简单和纯粹。

萧云走进里屋,坐在夏翃旁边,听他淡然地讲述自己的故事:

"当年的我,诗歌的阅读经历很少,只读过很可怜的几首唐诗宋词,连普希金的诗都没读过。一次在图书馆居然找到一本贺敬之的《放歌集》,借了就舍不得还了。这本淡蓝封面的诗集,几乎是我新诗写作的唯一启蒙。你们身处的时代,比我那时幸福多了。"

"老师,前段时间我写了三篇官场短篇小说,被我的局长同学警告威胁了。"

她将刊登有三篇短小说的《江城报》给夏翃看。夏翃看后,微微一笑。

"你写得很好,对时代的关注,对弱者的同情,不媚上欺下,永远保存良知,这是我们作家的使命。我相信你会越来越优秀。"

"我有时充满生命的热情,有时又会完全否定自我。对于任何事,我从来没有足够的信心,总觉得自己还不够优秀。"

"萧云,你已够优秀了。当初我愿意教你写诗,就是因为我在你身上看到了闪亮的东西,你与我在性格上有很多相似的地方,我能感觉到这一点。"

夏翊一改颓然的风格,目光如炬,像是传说中的预言家,又像是一位隐世而出的救赎者。这是真正的夏翊,也是萧云心目中的夏翊。

如果每一天都阳光明媚,或许这就不是人世间。红尘滚滚,总有一些错错杂杂的事情,带着尘世的纷扰,在你身边或者不远处出现,穿过茫茫人海,四处游荡。而你如同漂浮在深不可测的大海中,孤身一人,不知回头是岸,还是该继续往前漂游。

夏翊和珺如一起出现在江城图书馆的一个读书会上,这是萧云偶然翻阅报纸看到的。报纸上有许多作家的照片,也有这次读书会相关内容的报道,说是邀请作家们编写一本有关江城老区遗址的文集。夏翊与珺如都被邀参加了这个活动。照片上的夏翊清流俊逸,岁月没有多少侵蚀他的容颜,只是让他的脸上多了一分历经人世沧桑的从容与淡定,让人根本看不出他内心深处的真正想法。萧云也一直看不透他。

萧云给夏翊发了消息:"我看到你与她一起参加读书会的照片了。"

"又多想什么了?"夏翊回了消息。

"老师你也在看朋友圈?"

"我在电脑上整理明天上课要用的一篇教案。"

"读书会上有这么多的作家,看来看去,我觉得还是老师你最帅！其他有些人像油腻大叔，有些人像慈禧太后。"

"那是因为我是你老师，你才会如此认为。"

"本来就是老师你最帅嘛。老师，你说有一天我会不会像他们中的某些人一样难看？我一直努力想让自己的内心保持纯真善良，就是为了不想自己过早失去青春的面孔。即使老了，我也要让自己优雅地老去。"

"老去是必然的，只要内心不老就好了。"

她不说了，将电脑搁在桌上。

两小时后，她又淡淡地回复了一句："其实女人最怕的是老去。"

郁闷中，萧云又开始关注夏翊和珺如的博客，她就这样莫名地陷入这个黑洞。她打开好久没翻阅的夏翊的博客，读着他最近写的那些博文：

我是谁？我是孤独之人。孤独已久，没有人再认得我了，或许只有路边的流浪汉，才会认得我。

深夜我经常去看看附近的人，朋友圈中的这些人。她们的照片有些是真实的，有些是虚假的，她们的名单像是漂洋过海而来，但我从不呼叫她们。

翻阅着这些博文，萧云越来越不懂他了，但她知道夏翊的世界是孤独的，也许这是夏翊愿意教她写诗的一个重要原因吧。

萧云的心忽觉得空荡荡的，她打开好久没写的日记本，写下了几行字："选择一个夜深人静的时刻，我用庄重的语言告诉你，我想退场而去。我是诗者，歌者。舞榭歌台，灯火依旧。远方的你，依然默默地望着我，像是相信一叶孤舟终将靠近理想的彼岸，可我始终没有勇气迎接你的目光。我是倔者，也是弱者。远方，在远方的荒野上。脚底下的每一步都是如此沉重，像是在江水中逆流泅渡。相信吧，灵魂的流浪者。"

　　写下这些心灵独语后，她忽然觉得自己的世界才是孤独的，没人真正懂她。街对面传来了电影《爱乐之城》的主题曲：

　　繁星之城

　　你是否只为我一人闪耀

　　繁星之城

　　这满世繁华我应接不暇

　　谁又知道

　　从我与你第一次相见的那一刻起

　　我就感觉到了我们的梦想

　　在一个酒吧里

　　透过那带着烟囱的拥挤餐馆

　　便发现那就是爱

　　是的，我们所有人都在寻找别人的爱

　　匆匆忙忙或一瞥

第二十四章

任由命运汪洋

YUNI CHONGFENG

周一上班时,刘主任特意将萧云叫至他的办公室。萧云战战兢兢,不知所为何事。工作满是热情的刘主任满脸笑容,亲自给她泡了一杯绿茶。

"萧云啊,这次你写的三篇官场小说题材很有现实针对性,我们的报刊就需要你这样的文章来锦上添花,提高影响力。这个时代已逐步走向网络时代,如果我们的纸质报刊没有创新精神,没有时代感强的好文章,终将被网文替代。你的这三篇文章很有新意,这个时代仍然需要鲁迅的精神和笔力。这次你的三篇短篇小说是在深入观察现实生活后提炼而成,很有社会警示意义。以后你可多往这方面去思考和创作,若有什么好的题材,我们支持你。"

刘主任似乎十分欣赏萧云的写作能力,他的一番话语驱散了前段日子程川带给她的阴影,像是冬日里的一束阳光,暖暖照进了她的心房,她从心底里感激刘主任的赏识。

"谢谢刘主任,我会好好去努力的。下次有新的题材要创作,我会向你报告的。"

"好的,等你的好文章。"

萧云的心洋溢着春天的气息。是的,漫长的冬季就要过去了,春天已在路上。她忽然想起夏翎老师,想与他分享今天的心情,就拿起手机给他发了一条信息:

"夏老师,周六晚上有空吗?我想请你吃饭。"

"什么事这么开心?"夏翎回复。

"到时告诉你好了。"她发了一个微笑的表情。

"好的,到时再联系。"夏翎答应了。

萧云又想起单位发的体检卡快过期了。上一阶段她一直忙于采访、调查、写作,差点忘了体检这事。她与办公室同事交代了一下后,独自去医院体检。

上午九点钟的医院,人群拥挤,她在体检中心等到十点多钟才被安排去做了胸部CT和常规检查。医生说过两天再来拿检查的单子。

两天后,萧云接到了医院打来的电话,说有个CT项目检查结果不确定,要再次复查。听了电话,萧云第一次对生命有了恐惧感。她曾经写过无数篇关于人生的故事,可当医院通知她要去复查身体时,她才觉得看似坚强的自己其实内心很脆弱。这种不确定,像是黑夜中的幽灵,阴魂不散,让她时刻担惊受怕。

按照医生的建议,第二天萧云来到医院复查,检查结果还是不明确。一个年轻的医生告诉她:"肺里有一个阴影,不排除肿瘤的可能。这种肺部阴影可能是先天就存在,也可能是后天形成的。两周后你再来拍一次片,如果阴影还是不清,那你就要做一次支气管镜,这样才能真正明确。"

从医院回来后,萧云的心惶惶然,她第一次感觉自己与死神如此之近。

"我不会有事的,我如此年轻。"

她自我安慰着。她能怎样?父母是绝对不能告知的,若检查后里面真没什么坏东西,只会让他们虚惊一场。她可不想如此。此时的她忽然如此想念夏翊老师。她不告诉别人,她只想告诉他。这些年里,她的心底除了他,再也找不出第二个人了,她忽然觉得夏翊在她心中如此重要。她怕夏翊忘了周六晚上吃饭的事,又发信息提醒他。

"夏老师,明晚一起吃饭,你没忘了吧?"

"哦,我记着的。"夏翊回了信息。

周六晚上,外面风大,萧云穿着一件白色羽绒服,外加一条淡紫色羊毛围巾。她不想让夏翊看出这次体检给她带来的恐惧。生命只有一次,当感觉自己生命受到威胁时,她是如此强烈地希望实现以前没完成的心愿。

"如果挺过这次,我一定要坦然告诉夏翊,我喜欢他,一直喜欢着他。"

窗外夜色朦胧,酒吧外面的玻璃窗上结满了一个个霜花,像是梦幻森林童话里的场景。生命就是如此虚妄,里里外外两个世界,而沉溺其中的男男女女们,一杯又一杯红酒,在这虚幻的世界中迷离。萧云就这样等着,看着霓虹灯下长脚杯中的红酒慢悠悠地晃荡,变浅。时间在分分秒秒中流过,夏翎还没来。萧云发过去一条信息,他没回。她有点郁闷,给他拨了电话,他没接。大概过了五分钟后,他总算回电话了。

"萧云啊,今晚我还有点事,不能过来了,你自己早点回去。"

心心念念想着与夏翎共进晚餐,一是为了感谢夏翎这一年来对自己诗歌创作的指导,诗友们都说她的诗进步神速;二是最近自己的身体不明不白,甚是苦闷,她极想寻求他的安慰。可他竟说不能来了。

"夏翎啊,你是不是没兴趣与我一起吃饭?"萧云情绪上来,在电话中与他赌气地说,"你就认为珺如好,就算我外在与内在都比她优秀,你还是认为她好。"

"你觉得说她有意义吗?有必要说吗?我已经多次与你说过了,叫你不要关注她。"电话另一边的夏翎无奈解释着。

"那你为什么在她博客里多次点赞?有时还评论?我叫你别点赞,你仍一意孤行,这是为何?我永远搞不懂你!"萧云怨气十足,"也许我不该评论你们的事,因为我只是跟你学诗的一个学生而已。"

"你的性格特别多虑,我才点赞几次?评论几次?屈指可数。

你该好好去反省自己的小心眼。"

萧云越说越不开心,单边挂了电话。四周的灯光依然迷离在夜色中,舒缓的音乐声中,人影绰约,一切似乎都沉浸在喧哗里,一切又似乎回归平静。而这平静和喧哗,都与她无关。

萧云独自一人坐在咖啡馆里,脑子混沌一片,她就这样坐着。她不想马上回家,她害怕一个人沉默在房间里,自己的心情会更糟。

大概过了半个小时后,她忽然看见窗外有一个熟悉的身影在晃动,仔细看去,真是夏翊。他还是匆匆赶了过来。

看着坐在自己面前的夏翊,她为之倾心的才华横溢的夏翊,她本来准备好的想对他表白的话语,此时竟被噎得说不出口了。或者说,这时间,这四周的灯影,忽然间变得如此冷寂,似乎缺少表白心意的那种浪漫情调。也许表白也需要激情,此时在萧云的脑子里,理性的思维又一次占领了高地。她忽然不想打破两人之间这种纯粹美好的师徒关系。如果夏翊希望保持现状,那我为什么就做不到如此?萧云忘了害怕生病时曾经浮起的那些美好,像是泡沫的幽灵兀自在空中飘荡了一段时日,如今又死死地沉寂于心隅,再也不想对话。

喝了咖啡,吃了些糕点,两人走出咖啡馆。冬日的夜晚,四周有点冷寂。慢悠悠地走过无人的高架天桥,萧云不禁靠近夏翊,将手挽在他的胳膊上,一股暖流传遍她的身子,她忽然觉得不冷了。也许在这个寂寥的黑夜的世界,身边多一个陪伴的人,就不再害怕凛冽的寒风、低冷的空气。她有这种强烈的感觉。可等走过天桥,她竟又不自觉地放开了夏翊的胳膊,两条似乎有点相交的线,再一次回归平行。到了地铁口,萧云与夏翊近距离地相视一笑,她先走开了,等她走了几米再回过头来,夏翊还站在原地对着她笑。萧云最终没说什么,夏翊也没说什么,就像这个夜晚的风,冷冷地越过街道,越过人群,谁也没有为谁停下脚步。

又是新的一天。在晨曦中,霞光穿过迷蒙的山雾,山的轮廓渐次清晰。带着露水的草木散发着浓郁的清香,柔和的清风从山的背面吹来。夏翊带着他的大黄犬行走在熟悉的山路中。路边的马儿轻轻打着响鼻,悠然在绿草茵茵的草甸上。

大概爬了一个小时,他来到了林格的家。正在画室里的林格远远地就听到了夏翊的脚步声,那矫健如飞步子的主人一如既往的轻松愉悦。林格从屋子里走出来迎接他。

"夏翊,我的老朋友,好久不见。"

林格满脸笑容地伸出双手拥抱着夏翊,他们的友谊就像天空与云朵、大地与雨水般。这么多年了,开心或郁闷时,夏翊都会爬上山顶去找林格闲聊。两个大男人坐在屋前的石凳上,喝着自酿的葡萄酒,促膝而谈。

"夏翊,下个月我要回北京去了。"

"你要回北京?这山顶农庄不住了?"

"这里的茶园与葡萄园我准备转让给别人。几间小屋我租出一间,其他的关门保留。我给你一把钥匙,以后你若想来这儿坐坐也方便些。"

"你去北京干吗？重新去大学当教授？"夏翊愕然，他从没想过林格会回北京。

"不是。我多年前的一个女人从国外回来了。这么多年我都一个人住在这儿，这片树林的静谧、湖水的清澈，赐予了我无数画作的灵感，我曾如此沉迷其中。如今我真有点想念人间烟火了，年纪越大，回归的愿望越是强烈。十年前，我在北京康庄买了一处破院子，如今的康庄已是文艺家的家园。我想重新回归康庄，将这些年的画作好好润饰下，准备开一次画展。"

"祝贺你啊，林格，那将是你人生中的第一次画展吧。"

即使万分不舍，夏翊还是为老友祝福。开画展是每个画家毕生的心愿，他为林格的重出江湖而祝福，那毕竟是他一生的梦。林格是一个精神与全身每个细胞都充满时代伤痕记忆的艺术家。这么多年来，他孤独地探索在水墨之路上，安静地守护着纯粹心灵的那份净土。夏翊默默地望着林格熟悉而将远去的清癯身影，那与自己一样有着大山般沉寂孤傲的精神家园。他能理解林格所做的选择。

"夏翊，你也该找个女人了。这么多年来，你太孤独了，你需要有人来陪伴。"

夏翊苦笑了下。要说自己没想过这事，林格是不会相信的。这段时间里，萧云没来看他，他感觉自己有一种若有若无的失落。而当萧云约他一起吃饭时，他又变得摇摆不定，不知如何应对，于是只好装聋作哑。他不想让她知道他一直在等她的信息,他不想让她觉得自己教她写诗是因为男女之情。这不是他的初衷。当初愿意教她写诗或许是为了排解孤独,或许也是想展现下自己的才华。夏翊真没想到萧云会喜欢上他,他内心里还在抗拒这份情感。到底为了什么?他自己也说不清楚。是因为多年来早已习惯了一个人的生活,如今依然不想打破这种平静?还是自己骨子里的孤独在抗拒着人世的欢愉?他与她就这样若即若离,像是一场持久的拉锯战,谁也不想先打破这种沉默。如今面对着即将离别的老友林格,他不禁坦然相告:

"林格啊,也许你也看出了点什么。我一直以为自己已是心如止水、情缘难生之人,直至萧云来到我的身边。她纯真善良,但年轻率性,个性极强。她与我一样有过感情上的阴影,我们都不太相信永恒之爱。这样的两个人若真走近,我怕不会长久。我是对爱情绝望过的人,我早已习惯了一个人的世界。我骨子里是悲观的,爱情于我,可望不可即。现在的她是我的学生和徒弟,想过来玩,就可以来玩,聊聊诗歌,谈谈人生,简单纯粹。如果换一个角色,她真成为我的身边人,那是一种多么沉重的关系。我的心囚禁多年,我怕自己无法适应男人女人的生活。亚当和夏娃在上帝为他们准备的伊甸园里快乐地生活着,没有忧伤,没有烦恼,当然也不会害羞。亚当和夏娃偷吃禁果后,人间的一切烦恼随之而来。那年我十八岁,我与芳芳男欢女爱,我以为会永远,可没想到有多少爱就有多少痛。前段时间芳芳说要回来与我共度后半生,可她还是没来,她终是舍不得离开上海。即使在上海的边缘里沉浮一生,做个小人物,她也不愿回来。于她而言,爱情只是一个梦,一个过去了的梦。而我呢,我真的还喜欢着芳芳吗?或许我怀念的只是青春时的自己罢了。我们之间的爱早已停留在那遥远的海岛农场上。这一年里,萧云常来跟我学诗,其实我真乐意教她。她是那么单纯真率,常让我忆起曾拥有过的青春。而当我感觉到她对我有点男女之情时,我努力破坏自己在她心目中的美好形象,我不是她所想象的那么完美的人物,我只是一个俗人。我有过一次爱情上的重创,我在诗歌上也有过一段悲情的历史。我曾一蹶不振,像是一个死去多年的人。我没有资格去享受她的青春和爱情。她那么年轻美好,她应该有她更好的选择。"

夏翊似在喃喃自语,他终究还是对老友吐露心声,这也是萧云一直想知道的答案。

"夏翊,你别再傻了,你应该感谢她的到来。她是上帝派到你身边的天使,她唤醒了你沉睡多年的灵魂,唤醒了你诗歌的生命。一个才华横溢的诗人终将再次在诗坛崛起。"

"也许是吧,最近我的诗歌写作极有灵感,似乎天佑我也。接下来的日子里,我准备出一本诗集。"

"你们俩是彼此救赎,彼此成就,这是上天的安排,你逃避不了命运的安排。"

林格笑着说出了他一直想说的话。自从夏翊第一次带萧云来他的山顶小屋,林格似乎就看出了他与她的情感。时至今日,不禁真心劝慰夏翙。

"这个世界,最让人难以理解的是爱情。爱情来时,谁也挡不住,只能任其恣意流淌,是涨是退,由不得你的意志,而你只能任由命运汪洋四海。"

夏翙笑着摇了摇头。一切都在雾海中若隐若现,他不知将来的自己会走向何处。

第二十五章

旗山之村

Y U N I　　C H O N G F E N G

春节假期来了,萧云一直住在老家旗山。春节里的旗山最是热闹,庙堂里日夜香火不断。祭祀祖先,拜祭神灵,鞭炮声此起彼伏。村里经常会有社戏,自小起,每有社戏,萧云便会与伙伴们搬着自家的长凳去看戏。说是戏场有趣,不如说是因为人多热闹。

新建的祠堂里点着香火,族长在修谱。在族谱中,萧云看到了她爷爷往上的两代祖宗都是秀才。也许读书还是有种子的,萧云这样想着。前些日子,她帮村里写的几篇文章贴在村委会宣传窗里,从农村考上大学,如今成为作家,村里人认为她有出息。村书记还几次来到萧云家,在她父母面前夸赞萧云。从山海之隅的小村,走向城市,生根立足,这是多少人的梦想。"一个人一生必须艰苦跋涉,越过一大片土地贫瘠、地势险峻的山野,方能跨入现实的门槛。"她懂得其中的真谛。

父亲有点悲戚地告诉萧云,过年前村主任和几个村民被带至法院判刑了,这事缘起是田湾岛。田湾岛原是长亭镇与邻县边界地域，生产队时期，旗山村村民每年都带工分去岛上砍柴护岛。后来慢慢地一年比一年去得少，直至他们发现田湾岛已完全被邻县人占用了。邻县村民占岛为已有，并在小岛上偷偷种植罂粟。旗山村村民知情后约上本村和附近几个村的人，开着二十几艘船，六百多号人，浩浩荡荡地带着农具去护岛。结果两县村民谈不到一块就打起群架来，双方激战，伤员无数。大黑妈曾告诫过大黑，说旗山村村民看上去淳朴厚道，若谁真损了他们村庄的名誉或利益，村民们持着护村护民的旗帜，打闹起来特团结、勇猛。这是一个富有传奇色彩的村庄，当年村民们会全心全意保护张苍水将军，如今也会舍命去守护田湾岛。村里的族人流淌着与前辈一样愚忠的血液，世世代代如此，他们甚至愿意为村庄献上自己的生命。

"过年前，村主任与几个村民被抓进去判刑了。"萧云爸讲述着这事。

"他们怎么这么傻？田湾岛算什么？村主任还亲自带队去挂帅吗？真是愚蠢至极！"萧云越说越替他们不值，"如今是法制社会，什么叫和谐共处？他们怎么一点都不懂！护岛就不是犯法了？只要伤人了，就是犯法！"

"听说村主任判了八年，怎么这么严重？"萧云爸黯然叹道。

"将人打成重伤，当然要按法律规定来量刑判定。法律可不管你是集体运动，还是个人行为。这十多年来，村里人勤劳致富，都拆了老屋造了新房，日子一天比一天好。我以为他们都变聪明了，没想到还会干出这等愚钝之事,终究还是没文化的缘故!也许作为读书人的我,应该多为村民普及法律常识,也早该宣传下田湾岛的来由去向。如果真要决定其归属,也应该由上面部门来判定,而不是靠村民武力冲突去解决。如今是法治社会,所作所为都要遵循法律依据。"

"村里人说,你小学时的班长人特好,医科大学毕业后在市医院当了医生,村里有人生病进城找他,他都不辞麻烦,热心接待。村民们需要像你们这样的大学生来引导。前些日子村书记来我们家,多次说起你。也许他们也后悔在田湾岛的冲动行事,他们根本不懂法律,如果都像你们一样上过大学,他们也许不会如此鲁莽行事。"

"我马上去写一篇有关田湾岛的纪实报告,让大家了解这海岛的前世今生,以免未来再次发生类似的冲突。"萧云忽觉得自己责无旁贷。

"是的,你们这些文化人真该为村庄做些事,你也是从这山海边走出去的,你的身体里流淌着旗山人的血液,你的根还在这片土地上。"萧云爸一字一句说出了心里话。

一辈子奋斗在山陬海隅的这片土地上,村庄如同父母,萧云爸与那些被判刑的村民们一样,无比深沉地热爱着这片山海之地。她望向父亲,他的脸上满是岁月遗留的深深浅浅的痕迹。

父亲喜欢画画,喜欢看戏,似乎遗传了爷爷作为富家弟子的一些性情。萧云一直认为自己身上的文艺气息来自父亲。年轻时的父亲，模样清俊，身子灵敏，当年村里戏团缺少哪吒角色，挑来挑去，戏团团长挑中了父亲来演这一角色。也许真有演戏的天赋，也许是因为真心热爱，父亲将哪吒的角色演得出神入化。而当真正上台时，父亲又被人顶替了。因为父亲收听录音机电台被邻居秋秋的爷爷打了小报告。父亲辩解只是随便听听节目，秋秋的爷爷却说父亲在收听台湾的相关频道。他直接上报村委会，并且举报父亲不够根正苗红，是富农的后代，演哪吒一角不妥。

父亲的演戏之梦戛然而止。一气之下，他来至村后的半山庵，一通拳打脚踢，将戏中"哪吒闹海"一幕尽情发泄在庵堂前的那块石碑上。这块长条状的石碑上刻满历年以来捐款修庵的村民的名字，没几下，石碑零碎一地，他也随之瘫倒于地。庵堂里穿着青袍的老道士走了出来，怒视父亲，但终究没大声责骂，也许道士深知父亲今日如此暴烈的缘由。庵堂之地，清静为本，道士也不想闹大，好在庵堂里一个个慈眉善目的神仙也没责罚父亲。

萧云是在富农后代的阴影中长大的。也许越是身处逆境，越能使人成长。她成绩优秀，考上了大学，彻底摆脱了家族的阴影，这让父亲无比欣慰。后来，弟弟也考上了大学。其实自小在萧云眼里，父亲性情阴郁，母亲也如此。年少时不懂他们为何如此，只是觉得自己与父母间有着深深的隔阂，她不喜欢他们脸上阴郁的表情。而爷爷奶奶却给了她无比宠爱，有些事还真是怪异，爷爷去世那一天，萧云得知自己考上了大学，像是上苍有意安排似的。隐隐间，她觉得自己能成功考上大学，与九泉之下爷爷的保佑分不开。

萧云在屋里一本一本翻阅着上学时用过的书，她一直舍不得扔掉。那是她年少时奋斗的足迹，她不想轻易抹去岁月里点点滴滴的记忆，她要自己永远记住曾经的艰难、曾经的奋斗。唯其如此，她才不会安于现在的自己，才会不断地去努力。她想起了爷爷临终前交给她的几册手抄本药书，那是爷爷一辈子的医术实践结晶，而她始终没有继承爷爷的志向，没有成为医生，她最终成了一名富有正义感的记者和作家。

抬头望向村后的旗山，夹峙于半山之间的庵堂突兀在静谧的山谷中。通往庵堂的山径两边植有很多樟树，枝繁叶茂，散发着幽幽香气。偶尔有男女来祈福，一望见这半山腰中的庵堂，信仰便在烟雨江南的云雾缭绕中飘忽而来。

旗山村里，田湾岛的事，到如今慢慢地淡忘了。路，总是在曲曲折折中向前延伸。田湾岛的事，也许会给村民们一个严重的警告：这是新社会新制度，一切都要按法规行事。在此之外，村里的族规依旧存在，而这祖祖辈辈留下的规矩，是旗山村民永恒的敬畏和信仰。他们终将走出这块狭小的山海之地，走向广阔的天地。神庙是他们的灵魂寄存处，土地是他们守护的根基，他们还将到外面闯荡出更广阔的天地。

新的村主任上任了，他对旗山村的建设与发展满怀热情和希望，从村东至村西建造了一条更宽阔的路。村西山脚下，也准备大动工程，建造张苍水纪念亭和公园，一座文明村在热火朝天的改造中即将诞生。

夕阳西下，山影苍茫，石桥的倒影映着流水，泛着一片一片的银波。西山的脉脉余晖将天空粉饰成一片灰白、一片暗红。不远处的芦苇荡里，野鸭扑腾着双翅，欢快地奔逐。田间的一只只白鹭探头探脑地张望着这个世界。夜幕降临了，此时的山村变得更加寂静，更加神秘。

第二十六章

村庄里的传说

YUNI CHONGFENG

元宵节,村里举行了隆重的灯人节。"灯人"谐音"丁人",寓意"人丁兴旺",其形象取材于传统戏曲人物,《三国》人物、《水浒》人物、《岳家将》等皆有。灯人活动分上灯、出灯和送灯三个阶段,甚是热闹。正月十四,一大早,便在村西的唐王庙里举行上灯仪式。鞭炮"噼里啪啦"一通响,全猪全羊祭祀天地,在村民们的欢呼声中,灯人会如期隆重举行。各家各户都积极派代表参与灯人表演,舞龙舞狮、扭秧歌、敲锣打鼓的走在最前面,一边前行,一边表演。夹道观看的大多是本村人,也有远道而来凑热闹的外地人,人山人海,将大街小巷挤得水泄不通。村书记头戴衣冠,手捧张苍水将军牌位,庄重地走在队伍中。灯会行进时,一个个姿态俏丽的小灯人就会不停地飞转,如同施了魔法般变幻莫测。

元宵节里一场热闹非凡的灯人会,在这个古老的村庄中热闹着,散发出一种神秘的乡村风情。生活在这里的村民虔诚信仰着祖宗留下的一切风俗。

十四夜看了灯人会，放了关年鞭炮后，按照农村旧俗，春节算是过完了。接下来的日子里，上工的上工，出门打工的也开始远行。萧云也准备周末回江城去，她还预约了去医院复查。

"萧云在家吗？"外面有人在叫唤。

从窗里朝外看去，原来是梅子来了。萧云赶紧从屋里走了出来。

"是梅子啊，好些天没看见你了。"萧云拉过梅子的手，叫她到屋里坐下。

梅子依然年轻漂亮，她盘着长发，眼睛灵秀，笑容温婉。江南这地方烟雨迷蒙，草木清香，一日日滋养着她的面肤。即使没吃好、没穿好，依然掩盖不了她的美。

"大黑真心喜欢她，也是必然的。"看着眼前的梅子，萧云忽然掠过这一念想。但她知道这是村里人忌讳的。在这古老的旗山村，男女若犯有不伦之恋，虽说不会像旧时那样落得沉笼下河的下场，但族规还是相当野蛮的。族长会亲自到场，细查盘问，直至犯戒者下定决心痛改前非。在这村子里生存，梅子有胆也不敢轻易去犯忌，大黑纵然胆大，还是有所顾虑。萧云不知梅子今日找她有什么事，但看她神思恍惚，总觉得有事。

梅子喝了几口茶后，欲说还休。她沉默着，似有无限心事。萧云静静地坐着，她知道梅子肯定有话要讲。

"我与柱子过不下去了。他总是怀疑我与大黑有那种关系。"

梅子终于开口。这话题的确有点沉重，像是压在她心头的一块巨石。

"其实我与他没有别人想象中的那种关系。"

"这样挺好的呀,这社会男女保持朋友关系其实是一种最好的相处方式,保持距离永远比走近更美。"

萧云感觉自己在说着一些空泛的大道理,她其实也想不出更好的话语来劝慰。在别人眼里这么优秀的萧云,在情感之路上不也同样迷失在雾海中,苍苍莽莽不知所终。

"昨晚上,他与我说他不去北方打工了,本来与村里兄弟们说好,过了元宵后就出门去,现在他竟说不去了。萧云,你说今后这日子怎么过?年轻时不谙世事跟了他,如今真是烦透了心。"

在一个雨夜,梅子终于走了,离开了她心爱的儿子和爱过的男人。走之前,她一直等在村东庙堂前的戏台下。她托人带口信给柱子,说走之前想跟柱子再谈一谈,柱子竟没去赴她最后一约。这就是柱子,他永远不会懂得梅子的心。

没过多久,大黑也消失了。谁也不知道他到底去了哪儿。村里人说,大黑去找梅子了。也许是,也许不是。大黑的美乐门会所和游戏厅早已关闭,他从中赚得了人生的第一桶金。前几年他与师父一起投资黄金期货交易,在长亭镇还投资开发房地产。新世纪的前十年里,他投资的房产赚了几千万,大黑将心一横,带着这笔钱走了。有人说他去了深圳投资开发房地产,但没人知道他是否去找过梅子,也没人知道他是否与梅子在一起,她和他的故事只留在了旗山村的传说中。

第二十七章

与死亡一墙之隔

YUNI CHONGFENG

诞生到一个世界上的人唯一真正的职责是活下去,是意识到自己的生命,自己的存在,自己的自由。在漫长的童年时光里,萧云不记得童话、糖果和来自大人的宠爱。她记得的是清苦,记得的是一盏暗淡的灯泡照耀着小屋。有时遇上停电,就点燃一支蜡烛。白色的蜡油一滴一滴地燃烧着,她就在昏黄的光线下看书、写作业。没有谁要求她努力读书,她只是感受到了不远处大海的召唤,那是一种无边无际的力量,像是神灵般牵引着她的灵魂向前,不断地向前。这是思想的起点,信仰的起点,也是孤独、爱与相遇的起点。存在的唯一定律是存在下去,并越活越好。

萧云来到了江城市中心医院。白色的床,白色的墙,白色的大褂。她看到白色就有一种触目惊心的感觉,似乎离死亡只有一墙之隔。魔鬼在地狱等候,生命是如此脆弱,像是桌上的一个瓷瓶,一不小心就会从高处坠落,粉身碎骨。她害怕检查,害怕医生告知的不良,可她又是如此寄希望于穿着白大褂的医生。

她挂了一个专家号。这是一个两鬓斑白的主任医生,看上去年近六十岁,他让萧云去拍一张胸部CT。拍好后,他反复研究了一下片子,还是下不了结论。

"你吃点药两周后再来复查,还是现在就做支气管镜?"医生征询她的意见。

"做支气管镜能排除是否恶性?"

"是的,支气管镜能看得更清楚点。"医生目光慈善,语气肯定。

"听说做支气管镜要憋气,很是痛苦。"萧云一直害怕做这项检查,她早就上网查询过。

"是有点难受,但在人体承受范围之内,否则也不会有这个项目检查。"老医生平静地告知。

"好的,我也只能去忍受一下,不能再一日一日等下去了,这对我来说是一种折磨。我怕自己没病也会被折磨出病来,"萧云下定决心做这个检查,"医生,我能否请您帮我做支气管镜?我了解过了,说您是这个项目最好的医生。"

"可以。但你要等到明天下午四点后再来做,四点前我在住院部,没空。"

"好的,谢谢医生。"萧云很是感谢。

第二天下午,萧云提早一小时来到医院,老医生四点准时来到。虽临近下班,检查室门口还等着一对七十多岁的老夫妇。老妇人看上去精神似乎还好,可能是坐在她旁边的老爷爷生病了。

老爷爷先进去做了,大概二十分钟后终于轮到萧云手术。病房中刚做好的老爷爷还躺在旁边的小床上吸氧。看来这支气管镜检查很伤元气,但此时的萧云没时间害怕了,她已上阵待命。

整个检查过程中,她一直清醒地感受着医生的每一个动作,憋气,又憋气,有时似乎要完全窒息,沉没于黑色的深渊中。

"好了,没事了,肺里没什么坏东西,不用担心了。"老医生愉悦地告诉她。

"谢谢医生,谢谢您下班前还帮我做检查,太感谢了!"

那一刻,萧云觉得医生好伟大,她真想上去拥抱下这位快退休的老医生,似乎是他将自己从燃烧的火坑中解救了出来。她不由得想起了一个古希腊神话传说:寻找金苹果的赫拉克勒斯来到山前,看到普罗米修斯的痛苦处境,他搭弓射箭,解救了被缚的普罗米修斯。此时的萧云觉得老医生就像是传说中的英雄赫拉克勒斯般伟大。一直纠缠着她的这噩梦般的阴影,如今终于消散了,她一下子全身变得轻松。

"生命是如此脆弱,似乎随时都会湮灭。也许每个人都应该好好地活着,爱自己,也爱你想爱的人。"她从心底里告诫自己。

正月里的阳光暖洋洋地普照着大地,她朝大门外走去,从未有过的轻松。

"如果逃过这次劫难,我一定要亲口告诉他,我喜欢他,从读大学起就一直喜欢着他,他在我心目中就像是神一般的存在。"萧云想起了自己生病时的愿望。也许一个人只有在生病时才会变得赤子般简单纯粹。独自穿行于人世,曾经的她是如此迷茫,骨子里抛却不了与生俱来的忧郁情结,直至遇见文学,遇见诗,遇见了她心目中的夏翊老师。每个人总是在无法预知的时刻,或是在人生之路上的某一转折处,那感动忽然来临,刹那间伴随着刺痛的狂喜,也可能是一种神圣而又美好得无法言传的战栗。当她工作后第一次读到他的诗,就被他诗中的孤独和忧伤深深打动。"恍如有种悲悯从高处对着我们俯视,又恍如重逢那消逝已久的美好世界。"他是黑夜里孤独的灵魂,带着过往的爱与伤痕,隐秘在人群深处。

曾经的夏翊是八十年代一颗璀璨夺目的星星,而他甘愿隐去所有的光芒,过着如此清简平淡的生活。萧云不知道自己到底是因为喜欢夏翊这个人而爱上他的诗,还是因为喜欢他的诗而爱上他这人。一切皆是命运的安排,兜兜转转,蓦然回首,那人还在原处静静守候着时光中的故事。

她给他发了一信息:"夏老师,今天下班后想邀你一起聚聚,地点在我们第一次相聚的咖啡厅。"

人总是喜欢美的东西,诗是美的,那是一种可以洗涤灵魂的美。在这喧嚣浮躁的社会,它像是擂鼓击醒垂死之人,像是雄鹰飞出悬崖之上。她觉得自己走近夏翊,就是走近诗,走近美。上天怎能让一个人永远被埋没?如今的夏翊每日沉浸在他的小屋,他是才华横溢的诗人,他的诗情早被唤醒,他应该重新崛起。

萧云曾与他说:"我喜欢老师那个时代的故事,那个时代的浩然正气,如同我喜欢魏晋风度和民国风度,总觉得这文气一脉相承。"

夏翊说:"这是一个浮躁的年代,我可能注定会被遗忘。我已经不在意在诗歌上出名了,我只在意能写出真正的好诗,哪怕黑夜中只有我一个人在写。"

她记得他所说的一切:"那是一个还有追求和理想的时代,那是一个思想和美的时代,那是一个纯真的诗的时代。"

像是重返曾经的岁月,带着崇高的使命和敬意,萧云走在寻找诗歌的路上。在这条路上,她又一次遇见了她的诗人老师。他的诗有着一种生命的力量和人性的光辉,她注定会被他深深吸引,注定会沦陷其中。

五点下班后,萧云早早地等在了咖啡馆。"夏翊下午有课,下课后应该会直接来这儿,"她这样想着。过年前,她忙着工作,忙着检查身体。过年时,一直在老家待着。她好久没与夏翊老师见面了。她准备送他两件礼物,这礼物在过年时就准备好了。这一年里她一直跟夏翊学诗,时常在他家吃饭,她一直想要好好表示一下谢意,她要给他一个惊喜。

五点后的咖啡厅,人开始多了起来。萧云点了咖啡面包,坐在位置上看着书,等着夏翊的到来。

六点钟到了,夏翊还没来。她发信息过去,他也没回。萧云有点奇怪,将电话拨了过去。

"夏老师,你在哪?你忘了今晚我们约好一起吃饭?"

"哦,萧云啊,我现在有点事,我要晚一点过来。"

已经六点了,还要晚点过来?夏翊是不是根本没兴趣与我一起吃饭?这样一想,莫名的悲伤刹那间席卷而来,裹挟着身体里的每一个器官、每一个细胞。与他重逢一年了,他什么时候对你流露过爱的情愫?都是你一厢情愿,一个人的舞台演出。心心念念准备好的礼物,忽然没一点心情了。一切美好的情调都被夏翊的迟到摧毁得所剩无几。

"我自己吃好了,你不用来了。你总有那么多事,我又不是每天要与你一起吃饭,就今天心情好,想与你聚聚,你又说有事。我累了,不等你了。"

"你这人又耍脾气,这性格不好。你这性格会伤了自己,也会伤了别人。"

"前一阶段我生病了,老师。昨天才复查出没什么问题,真吓死我了,"萧云幽幽地诉说着,"本来准备送你两件礼物,其中一件是电动打火机。看你每次抽烟麻烦,就给你买了个电动打火机。下次再约不上你,就将这两件礼物送给别的男人了。"

"打火机不用给我了,我正在戒烟中。"

"你真戒烟了?那还真是好事。"

"你不是写过一首劝勉男人戒烟的诗吗?我读后深有感触,也许我真该戒烟了。"

萧云想起了自己写给他的那首戒烟诗。那是她的肺腑之言,她没想到夏翊真能读至心里去,并且努力在戒烟。那一刻,萧云内心深处又浮起了一种莫名的感动,像春天里的樱花雨,一片一片飘落在风儿轻扬的夜幕里。

他抽了十五年的烟,自他三十岁失恋那天起,他就日夜沉沦于烟熏的世界,他以这种方式来解脱自己。早已是老烟枪的他,如今竟然会去改变,还真值得庆贺。然而萧云的心情还是有点沉重,她深知戒烟不是说着玩的,这是一种意念上的回归,你要忘却过往,回归初心。如同一个迷失荒原的人,他若要回归,须跋涉千山万水。夏翊会好好去戒烟的,他既然已说出此话,她应该相信他会戒烟成功,他应该回归当初那个激扬文字的夏翊,那是他曾经引以为豪的诗人使命,那是真正的夏翊,是萧云紧跟其后的夏翊。

今晚上她本来有很多话要与夏翊讲,她不等他了,也不想讲了,以后会有机会讲的,心似乎又被阳光重新朗照。

从咖啡厅走出来,萧云拦了一辆出租车,路上经过一家酒吧,透过车窗,她看到了夏翊和珺如坐在酒吧的窗边。灯光下,他和她的面孔是如此清晰,确凿无疑。刹那间,萧云的心像是刺猬一样,缩成一团。

酒吧里坐着的正是夏翊和珺如。在萧云约他之前,珺如也约了他,而且是同一天。夏翊本来还想,珺如第一次约他,肯定有事,他先见见珺如,然后再去赴萧云的约。前段时间他看到了珺如写在博客上的一些文字,似乎说到了他和萧云的一些事,他也很想听听珺如的看法。

他走进酒吧,珺如早已坐在窗边等他。正如萧云曾经在他面前说的,女人是三分貌七分打扮。其实天下的大多女人都是如此,这个道理即使是经常窝在家里的男人都懂,夏翊当然也懂。

两个人面对面坐着,夏翊不知与她聊些什么。虽然在朋友圈里每天能看到她发的动态文字,现实中夏翊觉得自己与珺如还不是特别熟悉,只是在读书会上见过一两次。

"夏老师,上次我们读书会上聚了以后,就没见过面了。"珺如先打破僵局。

"是的,珺如。"

"我最近写了一本小说《王干山上的爱》,刚出版,准备送给一些朋友,今天我给你也带来了一本。"

"出新书了,挺好的。祝贺你!"

"这本小说是我的自传故事,我写到了那次读书会后我们搭帐篷住在王干山上的事。那晚忘了是谁先出的馊主意,说什么今晚男女自由组合。"

"好像是柳大作家吧?他开玩笑的,你还记得他酒后的玩笑话?如果不是你今晚说起,我都忘了这些事。"夏翊笑着说。

"那天我也喝醉酒了,我将我们俩的故事都写进了我的小说,所以我将小说名为《王干山上的爱》。"珺如似是欢愉地说着。

"我们什么事?"夏翊听后,极想知道珺如到底想说什么,但她仍吞吞吐吐,不紧不慢,吊着他已悬起的一颗心。

夏翊有点急了,此时他才想起萧云曾经的劝告:珺如这女人是惹不起的。

夏翙没做过多不必要的解释，也没去探求什么真相，一切皆是虚妄的故事，如同她曾写过的小说，真真假假，虚虚实实，她自己应该知晓。

他站了起来，独自走出酒吧的大门，此时才想起萧云还在等他，他看了下手表，已是七点半了。

第二十八章

迷失树林

YUNI CHONGFENG

第二天是周六,萧云极想见到夏翊。昨晚看见他和珺如在一起的事扰得她心情极差,一夜无眠。她不想事先告知他了,她要问问他和珺如到底怎么回事,她还要告诉他这段时间里发生在自己身上的一场虚惊。

"如果从此我像流星般永远消逝,你会难过吗?"她傻傻地为自己的这一想法感叹,"这个世界上很多人从来都不懂得珍惜,直到有一天爱情永远离他远去。他不会是我要远去的那个人吧?"

一想到这,又是一阵莫名的伤感,她忽然想马上见到他,"今天是周末,夏翊肯定在他的山边小屋里,他不会去其他地方的。"

萧云坐上公交车,又走了些路,下午三点时来至夏翊的小屋门口。她敲了下门,里面没人应答,院子里的狗猫倒是不约而同欢叫起来,像是见到了熟人般。

"猫猫和狗狗们好!"萧云对着它们问候了一声。

猫狗真是有灵性的动物,它们会永远记得谁对它们真的好。

她朝屋里叫了几声"夏翊老师",屋里没人应答。

"夏翊真不在?他会去哪儿呢?"

萧云拨打他的电话,手机信号似乎不是很好,拨打了几次,最终接通了。

"夏老师,你去哪儿了?我在你家小屋门口。"

"你在我家门口了?怎不提前与我说下?我现在正在山上林格家,要不你等一会儿,我过些时间就回来。"

"好吧,没事,我先在附近走走。你们好好聊吧,不用急的。"

林格今天刚从北京回来,他叫夏翊帮他整理物品,他要将这些年的作品全部搬运至北京康庄去,他准备办画展。萧云打给夏翊电话时,林格正在夏翊旁边。

"是萧云在你家等了吧?要不,你先回去,我一个人慢慢整理。"

"她没啥事的,就过来学学诗,让她等下,不急的。"夏翊一边笑着说,一边继续帮林格整理堆在小屋里的画作。

这么多的画作,多年来堆放在一起,已落满尘埃。他与林格将这些画作一一擦拭干净,再一个个晾靠在墙边。林格说,他明天挑选一些最好的作品运至北京去。

"夏翊,你等下选两幅画作带回家,以后见画如见我,不枉咱俩朋友一场。"

"咱俩啊,以后见面机会有的是。等你开画展,我还要去北京参观,到时咱俩在北京街头喝他个一醉方休,哈哈。"

说起北京,夏翊想起了八十年代的自己,那时的他满怀青春豪情。一晃二十多年了,他曾经的理想和追求,像他的小屋隐逸在山间,但他从没真正停止过探索的脚步。他的诗歌王国梦境般一直在不远处召唤着他,他无数次梦见远山是雾,白茫茫一片,他在梦境中奋力穿越那座山,那片雾海。令他欣慰的是,他的诗感似乎越来越好,有时凌晨两点梦中醒来,灵感迸发,一行行神秘忧伤的诗句跃然于心底。这些灵动跳跃的诗句,就像天使送给他的礼物,让他百般欢喜。而自萧云来到他的身边,她的陪伴、她的崇拜,使得夏翊的诗情越来越好。萧云就像他梦中的天使,让他重新拥有了飞翔的翅膀。

"夏翊,你应该寻得一份爱,并为之守候,你不能一直这样孤独下去。"

林格理解夏翊的心思,而夏翊只是抿嘴一笑。画作整理得差不多了,想着萧云还在他小屋外面等着,他赶紧告别林格下山去。他的步子比平时更快了些,不到半个小时就到了小屋门口,前前后后找了一圈,就是不见萧云的身影。他看了下时间,下午四点半了。

她人呢?去哪了?他拨打她的电话,竟是一片忙音,信号差,联系不上。等了一会儿,他再拨过去,还是忙音。夏翊一脸迷惑,"她会去哪儿呢?如果回去,应该会与我说一下的呀?"

夏翊不会想到,萧云上山找他去了,此时的她正迷失在山路口。她之前跟夏翊去过一次山顶上林格住的小屋,可那时只顾流连路边风景,有时抬头看看山巅之上的苍穹白云,她自以为记得路边标记,其实根本没记住。走过清澄如碧玉的湖边,看见牛羊遍地的草甸,之后她就忘了方向。眼前群山连绵,一座座山峰林立,展现在她面前的有两条山路,她想打电话给夏翎,但又怕夏翎责怪她独自上山。倔强的她竟凭着直觉选择了其中一条山路继续往前走,走了半个多小时后,她才发觉有点不对劲。此时已近四点半,夕阳快要沉入西山了。

"夕阳坠入西山,那么天很快就要黑了。算了,不去找夏翎了,还是回去吧。"

一想起天黑,她忽然害怕了起来,赶紧加快步子原路返回。可心越急,步子越慌,越是走错路。走着走着,她走到了一片梧桐树林。春天的梧桐树绽放着无数紫色的花串,像是一个个铃铛,吹奏着春天的交响曲。大大小小的鸟儿,尖喙的,长尾巴的,一个个在树枝间跳跃着,嬉戏着,多么美的一片树林啊!

"夜幕将至,百鸟归巢。"萧云来不及细看,赶紧往回走。可她又走错了道,不知不觉走到了隐于树林深处的一座寺庙前。此时已是五点钟,夕阳半沉入西山。余晖隐约,夜色犹如黑乌鸦般席卷而来,即将吞没西边的最后一抹晚霞。夜的脚步越来越近,山间的雾气从四周弥漫而来,山气渐渐变得潮湿而迷蒙。萧云根本无心欣赏寺庙,赶紧转身往回走,她像是一头被围猎的小兽,独自奔跑在山林中,迷失在渐行渐晚的夜色里。眼前这蜿蜒盘旋、杂草丛生的山路,使得她大脑渐欲迷糊,一点都理不出头绪来。她跑得浑身是汗,体力的透支,加上恐惧感的袭来,她一点都记不得刚才到底怎么走错了道,一点都记不得原路到底该怎么走。她走来走去还在原地徘徊,似乎身边有无数山鬼在故意迷惑着她。她真害怕了,彻底害怕了。她想起了奶奶生前曾告诉过她:当你身处困境原地打转时,那一定是遇见了鬼打墙,此时的你必须选择一个突破口立即逃离。萧云看了下四周,皆是荆棘丛生,她竟分辨不出哪里是出口。正在绝望之时,夏翊的电话终于打了进来。

"萧云你在哪里?"

电话里的夏翊的声音有点焦急。刚才很长时间联系不上她,隐隐觉得她遇上了事。

"我在山上迷路了。"

曾经骄傲的她,此时不想再掩饰自己的鲁莽与颓败,她早已溃不成军,只想赶快逃离眼前的困境。

"老师,我本想去山上找你,结果在草甸路口处走错了道,现在正迷失在山路上。"

"好,我马上来找你,你不要害怕。"

看着四周越来越黑沉的这片山色,说不害怕简直是骗人。可当夏翊打给她电话之后,鬼打墙的迷惑之景瞬间消散了,她忽然有了点头绪,重又记起了来时路,像是刚从失忆中清醒过来,她拼命地往前跑。大概十五分钟后,她终于看到了迎面而来的夏翊。

"萧云,我来了。"

也许还没从刚才的恐惧之中还魂,她两腿发软,浑身颤抖着,此时的她真想扑入他的怀抱,感受他温柔的抚慰。他慢慢地向她走近,拉起她冰冷的双手,但她竟将手缩了回去,又往后退了两步。她的这个动作像是下意识似的,她不想夏翊因为触动于她此时的落魄而跟她亲密接触,那不是真正的爱,不是她想要的爱。性格倔强的她不需要悲悯,像是站在高处俯瞰众生,像是溪涧偶尔收留山泉,然后任它无情远逝。她不需要这样的爱。

她恍然觉得自己像是黑夜里不小心跑至马路中央的那只刺猬。那是在黑夜里的山路上,透过车的前窗,她看到了一只圆乎乎的刺猬,浑身带刺地紧缩在马路中央。那是一只随时会被疾驰而过的汽车碾成碎末的刺猬。经过之际,司机没有停下,萧云也没过去将它救起。事过之后,萧云一直后悔当时没叫司机停车去救助刺猬。今晚的她觉得自己与那只刺猬的命运何其相似,看似浑身带刺,其实脆弱不堪。在这寂寥的世界里,她远离了曾经喜欢过的班长,拒绝了杨子,独自寻求生命中的亮光。如今的夏翊似乎要被她感动了,她却要用刺猬的方式来拒绝他。那不是她真想如此,她也从未想过要如此,可她今日却是如此。这就是萧云,如今依然孑然一身的萧云。正如夏翊所料,她内心里的阴影依然存在。她曾想远离夏翊,远离眼前一切痛苦的源泉,可她又从未真正走远,但也很难真正走近。她所想是一套,所行又是一套,如同她的自叙诗中所写:她是一只脆弱的蝴蝶,她害怕这个世界的真正亲近。她想拥有爱,但又害怕爱的真正到来。

也许此时的她内心里觉得夏翊不爱她,或者不够爱。从小爱看武侠言情小说的她，想象中的爱情是如此完美，而眼前的爱情却是如张爱玲所说的："最是苍凉"。过往十年，一步步走来，如今的自己离夏翊如此之近，却又觉得如此之远。她还是不敢大胆地去爱，她气不过夏翊一直以来的漠然，像是一个清醒的君子理性地审视着眼前的一切。从小在老师同学夸赞声中长大的萧云，骨子里骄傲又倔强，她像是披着一件坚冷的盔甲。这坚冷的盔甲竟在这一刻里暴发了霸王式的冷漠，用它自己的理性方式来对待即将到来的这段情感。

为什么爱情会经常以逃离的方式告终？也许突破就意味着需要有足够的勇气去接受一部分自我的死亡。困惑、误解、自尊、偏见扼杀了眼前爱情的向前发展。人类的本性是软弱和恐惧。爱需要我们放弃过分自恋的那一部分，这是破除自我执着的一种方式。

爱是最精深的修行。夏翊与萧云的爱，还在路上兜兜转转，就像此时此刻正在树林深处曲折盘旋的他和她……

第二十九章

桃花流水,不相依

Y U N I　　C H O N G F E N G

杨子回国已半年了,一直忙着国内的生意。他告诉萧云,他要回法国去了,临走前邀她一起聚聚。

酒吧里,昏黄的灯光,温情的音乐,一如既往地让人沉醉。行走在人间,痛苦、妄念、偏执,常是如影追随,使人难以真正回归本我。俗世没有永恒,如同浪潮起伏的海洋,始终动荡着,也始终深沉着。他们坐在吧台边,听着音乐,喝着红酒,回忆着时光深处的故事。

"萧云,你走上作家这条路,我一直好奇,难以想象。"

杨子静静地看着萧云,青春热情、温婉如玉完美地融合在她的身上。这是一个有着古典韵味的女人,读书时是,现在更是。他似乎想将她看个明白,看透那颗平静湖面之下深藏于湖底的心。

"写作是灵魂的救赎。人来到这世上,本来就是来受苦的,既然是受苦来的,我们须听将令,并费尽一生去寻找快乐。于我而言,写作是最唯美的事,你像是拿破仑般的威武英雄,笔下的小说人物任你支配。你想让他成为富翁或者流浪汉,想让他住在树林中的大别墅,或者海边的小屋,都可以。一切都将听从你的安排。沉于写作的那些时间里,你甚至会觉得自己神灵附身,天地万物在其中如潮涌动,你乘舟横渡,逆流而上。"

萧云沉浸在写作的美好中,那是她好好活在这个浮世的情感依托,那让她如饮美酒般沉醉的世界。

"美哉!我浪迹天涯,但又似乎比不上你的浪漫。"杨子听着,赞叹弗如,拿破仑靠武力征服过欧洲,而巴尔扎克却以文学之笔征服了世界。

"你崇拜拿破仑,还是巴尔扎克?"萧云似是好奇眼前杨子的选择。

"读高中那时,当我们的历史老师讲起叱咤欧洲的拿破仑,我是如此崇拜拿破仑,他是男人力量和勇敢的象征。而滑铁卢之战还是彻底打垮了拿破仑,他最后被永远禁锢了自由之身。但不管如何,法国还算是个相对自由的国度。

"我常想起年少时的自由和纯粹,苍穹、落日、河流,沉寂的自然、自由的灵魂,那时的我常在麦田边自由地奔跑,那是真正的快乐。长大后,都市的繁华确实让我们享受,但有些纯粹的东西悄无声息地远离而去,我们再也找寻不回归路了。

"萧云,童庄古镇是我的老家,这半年里我将老家的四合院重新装修了下,如今很有一种乡间民宿的情调。如果你喜欢,我将我的钥匙给你一把,万一哪一天你想住,可以去住住,反正那房子空置着没人住。"

"这挺好的呀,以后你回国还可开民宿。其实对我这个老同学不用这么客气,我这人总怕欠着人情。"萧云笑着说。

杨子低下了头,似乎在沉思。

"大学毕业那时,我多么想拥有金钱,似乎拥有了金钱,就拥有了一切,聪明如我也曾这么世俗。人生奋斗到一定程度,觉得钱的多少也就这么回事。如今我拥有了金钱,可我还是得不到我想要的东西,我眼睁睁地看着我的青春和爱情渐行渐远,可我竟无能为力。如果当年我没有出国,我们俩会有希望吗?"

"你如今干吗还提这些往事,都早已过去了。我们现在就喝酒,开心当下。来,我们干杯。"

萧云举起酒杯。白净的玻璃杯,玫红的葡萄酒,清脆的碰杯声,交互辉映在这个苍茫的夜晚。

杨子今日的这些话语,让萧云不知如何回答。曾经的杨子,在她心目中没够得上爱情,但比普通同学又好一点,毕竟青春时光中的他们曾经像哥们般一起玩过。如果当初他对萧云一直执着下去,萧云也不知道自己会不会真的感动,但她深知,那不是一见如故的爱情。

"萧云,听说你现在还没有男朋友,能不能重新考虑考虑我们的关系?"杨子满怀希望地望着她。

萧云苦笑了下,而后沉默无语。她想好好与他说说自己的过去和现在的心情,但终究没有细说,只在心底里低语着:"我们从未有过开始,就永远不会有结局。人生有得有失,每个人的历程都不可能完美,这是你我的命运。从小在爷爷奶奶、爸爸妈妈无爱婚姻的阴影中长大,看够了俗世的纷纷扰扰,走远了的故事,很难再走近。"

"萧云,如果愿意,你可以跟我去国外居住。异国风情,你会写出更好的诗和小说。"

萧云凄然一笑,让杨子不由生出几分陌生感。兜兜转转那么多年,爱过、痛过、悲伤过,人生已百般受难过,她怎还会走回头路?

"杨子,谢谢你的好意。我呀,早已习惯了在我老家旗山与江城这片区域行走,虽说每前行一步都是艰难,但我还是愿意向着明朗的地方前行。总有一天,阳光会暖暖地照在我身上,我坐在窗前的椅子上,静静地翻阅着自己写的诗和小说,那是人间最幸福的事。"

萧云望向窗外,草地上,一个男孩和一个女孩正在追逐嬉闹,年少时也有过的同样温柔的画面。浮动的心,在这一刻重又变得温暖、安然。

杨子走了,走之前给萧云发了条信息:"如果有一天你想来法国,就给我打个电话。"

萧云没回信息。当年的她,面对这样一个男人,多多少少还是有些留恋。如今的她,除了将他当作无话不谈的哥们,心底很难再起涟漪。感情这东西,就是这么奇怪,桃花流水,不相依。

五一劳动节快到了,萧云买了一袋零食准备带至老家。刚走出商场门口,一个长发飘飘的女孩笑眯眯地跑了过来,同她打招呼。

"萧老师,你还记得我吗?"

萧云朝她仔细望去,白色的卫衣、浅蓝色的牛仔裤,那是一个青春靓丽的女孩。

"你是郁雯。"萧云脱口而出。

"谢谢萧老师还记得我。"

多年没见，郁雯一点都没有陌生感，上前紧紧拥抱了下萧云。

大学毕业那年，萧云在一所高中实习，是郁雯班的语文老师，后来就没再见过她们。

"萧老师，你知道吗，我们班的陈然得了抑郁症，高三那年没来参加高考。"郁雯说起陈然，似是无限同情。

"陈然？"萧云沉思了一会，脑海里掠过那个叫陈然的女孩。

她记得陈然，这女孩曾加过她的QQ，在QQ中萧云与她聊过几句，似乎性情开朗活泼。记得陈然说她初中时就喜欢写作，特别喜欢台湾女作家三毛的文章，还说以后也想去当作家。如今听到的竟是她得了抑郁症的消息，这可恶的病日益猖獗，那么多人为此遭罪。萧云知道抑郁症本身是一种病，中度以上的患者就需要药物治疗。陈然竟也得了抑郁症。

"陈然严重吗？"她问郁雯。

"还是蛮严重的，她会在自己的胳膊上留下一道道刀痕。她的家人带她去过医院一段时间，但她还是时好时坏。可能这病会反复发作吧。"

"是的，我看过抑郁症的有关资料，如果在开始发作时不及时干预治疗，以后会经常复发，而且发作起来一次比一次严重。你有陈然的家庭住址吗？"

萧云内心涌起了帮助陈然的想法,她向郁雯要了陈然的电话,她想去看看她。

电话打了过去,对方忙音。整个下午亦没回电。直至晚上8点,陈然打回来了电话,她说她一直在睡觉,从中午12点一直睡到现在,手机没电了,放在一边。

"陈然,我找个时间来看你,我们好好聊聊。"

周末的晚上,萧云叫了辆三轮车,来到了陈然家。

陈然看上去很憔悴,脸上长满了青春痘。两年的抑郁症摧残了最是青春年华的她。她默默地坐在沙发上,自始至终没有一丝笑容。

"你这病什么时候开始的?"

"大概初三吧。初三那年的中午,我在班级后面出黑板报,最后一桌的女同学说我将粉笔灰撒到了她饭碗里。我们两人就这样吵开了,吵着吵着,她跑至我的座位上,将我课桌上面的书全扔到教室外面的走廊上,还用双脚狠踩地上的书。看到自己心爱的书被她脏兮兮的双脚踩踏,那一刻我彻底崩溃了。初三中考时,因为两分之差我与普通高中失之交臂,这又一次重重刺激了我本就脆弱的心。不知从哪天起,我开始失眠,整晚看着床上的天花板,看着外面黑乎乎的夜色,我却痛苦地清醒着,觉得自己就像是一个怪物,有时我好不容易入睡了,但会不停地做梦,梦里我常会掉入一个无涯的深渊,浑身湿淋淋的。有一次我去外婆家住了两天,回来后看到家里有条大黄狗跟我亲近,我问我妈这狗哪来的。我妈惊异地望着我说:这是我们家自小与你一起长大的大黄狗呀。我却一点都不记得家里有这么一条狗。高三那年,因为身体不好,我中途休学了。那是我永远的痛,但我无可奈何。"

陈然坦陈自己的故事,她说话条理清晰,你根本无法从她的言谈中觉察出一丝抑郁的迹象。

"陈然,先好好养身体吧,身体最重要,"萧云劝勉着,"等你身体好了,一切都可重新开始。你平时不要自我压抑,自我摧残,你可多听听音乐,画些作品,也可在日记本上写写心里话。你一定要学会自我排解,努力去做自己喜欢的事,这样你才会慢慢好起来,重新变得快乐。"

苍白的灯光下,陈然的眼里闪烁着晶莹的泪花,萧云能感觉到她在努力克制着自己的情绪。

天色渐晚,萧云送给她两本书,一本是英国作家克莱儿·麦克福尔的《摆渡人》,一本是美国作家海明威的《老人与海》。

"去网上看下电影《如果声音听不见》,这电影还不错。人生不会永远顺畅,跌倒后,一定要让自己重新站起来。抑郁症也并非那么可怕,它只是心理上的一场感冒,好好配合医生治疗,有空我们多聊聊,保持联系。"

萧云与她道别,此时的陈然似乎努力装出开心的样子,但她终究没有笑,自始至终没见她一丝笑容。

第三十章

像是活在云端

YUNI CHONGFENG

兜兜转转,萧云遇见夏翙已一年了,她给夏翙发了条信息:今天是摩羯和天蝎重逢一周年的日子,无论时光如何穿梭,无论缘深或者缘浅,我都会将这日子记在心里。所有的遇见都有前世今生,感恩生命中的遇见。摩羯问好天蝎!

心血来潮,她又给夏翙发了最近写的一首诗。

夏翙回了信息说:诗还是要靠发自内心的感觉和想象,不要太明显地表达一种意见和想法,一切从具体的活生生的意象出发。

萧云说:最近的诗好像是有点豪放了。其实我性格本有双面性,开心时像个小孩,美食、美酒、美照,无所顾忌。忧伤时没日没夜地就想永远沉寂。这种性格的人才会喜欢上诗,才会去写诗。

夏翙说:诗人最豪放的可能是美国诗人惠特曼了,你去读他的诗,虽然也讲道理,但都是从内心感受出发的,情大于理。

萧云说:老师你对我是好的,愿意教我写诗,有时还随我任性,所以我总觉得自己是不是做错了什么。最近一直有点情绪。

夏翊说：又多愁善感了？

萧云说：老师，你说这个世界有真正的爱情吗？我向往那种纯粹的爱情，他只能爱我一个人，不能有第二个人。对于爱情，我很霸道，很小气，这是我的性格。老师，你觉得有一天我会拥有吗？

夏翊说：得到理想的爱情实在太难了，俗话说就是缘分难得。好在没有爱情也能很好地生活，去想象爱情，讴歌爱情。爱情几乎就和上帝一样，是十全十美的，是永恒的，但在现实生活中，爱情很难做到这些，只要能接近就很好了。

萧云说：我有才有貌，善良单纯，不可能遇不见爱情。当然，老师你比我还优秀，你更有可能遇见爱情。《霍乱时期的爱情》中男主人公爱了女主人公一辈子，他们七十多岁后才真正在一起。真正喜欢你的人是永远不会离开你的。

夏翊说：爱情更适合于文学艺术之中，现实生活中极其罕见，绝大多数人一生也遇不到。于是人们就在文学艺术中去表达它，爱得一塌糊涂。

萧云说：你放弃了爱情，我还不想放弃。我一如既往地向前，有一天也许真会遇见爱情。放弃了爱情，就意味着等待衰老，等待毁灭。

夏翊说：我也想拥有爱情，但我命中把握不了爱情，所以这么多年来我只是以诗为爱。只有诗歌，我能好好地把握。

萧云说：爱情是缘分安排的。如若真有感情，说想放弃其实也放弃不了的，能随意放弃的都不是真正的爱情。其实以前的你未遇见真正的爱情，只是男女间的荷尔蒙而已。看我们今后会不会遇上真正的爱情，看我们的命运安排吧。

再次听闻珺如的事，是文友们聚在一起闲聊时。她们说最近荒木与珺如走得挺近的，也不知多长时间没关注珺如了，如今听说她与荒木走得极近，萧云不由得一惊："不是冤家不聚头啊！"

萧云在文友圈听说过荒木这人。年轻时荒木一直在外奔波，当过多年的大兵，复员后在企业打工，日子穷困着过。有过老婆，但不知生了何病，不到四十岁就去世了。男人最苦中年丧妻，这苦事偏让他遭遇了。后来的日子，荒木常与酒为伴，夜夜孤灯。所幸喜欢诗书，每遇酒后，清醒也好，糊涂也好，总喜欢看点书，写点人生之感。当大兵时，他就爱看书写字，半世潦倒沉浮，他的文字倒越见风骨了。萧云读过他的文字，有些人生况味。但这世道里，会写文章的人多，真要靠文字吃饭，还不是一件容易的事。

荒木与珺如真会走在一起？两个如此彻底，只会写点文章，不顾下一顿的人，在一起能活得下去吗？萧云不是很信这个传闻。珺如这女人没钱，又爱小资情调，她定会施展一切风情去寻找能养得起她的男人。这世界本就不喜太平，有些人巴不得平静日子里发生点什么事，多多少少能引出点饭后茶余的谈资。就像春天的日子里，不可没有蜜蜂蝴蝶的参与，有了它们的嬉闹，似乎春天才像春天。好久没登录博客了，萧云决定去看看珺如最近发的博文。

"这女人越来越开放了。"一看珺如博文中的露骨文字，萧云忍不住侧目。

珺如依然每天在码字，然后通过网文赚点小赏钱。她说自己每天努力地写，一个月最多也就赚五六百元。她的努力写作依然改变不了自己的命运。

时隔多日，在网上再见她，萧云觉得珺如犹在暗恋着夏翊，这在她很多博文里都能隐隐看出：

如果我不那么急，或许真能抓住他，抓住命运的转机，只怪自己太着急……

本来有咸鱼翻身的转机，只怪自己情商不高，白白地让机会从身边溜走……

萧云总觉得她的暗恋对象还是夏翊老师，她依然念念不忘。珺如与荒木也许只是同病相怜而已。女人爱上一个男人需要时间，女人忘掉一个男人也需要时间。

也许，一切都是惘然。下班时，萧云随意翻阅着江城市的一份文艺刊物，竟看到夏翊与一群文艺者一起参加活动的一张照片，珺如也在。照片中夏翊与珺如一组人似在讨论，夏翊在发表观点，一旁的珺如用欣赏的目光注视着他，那目光中包含着太多的内容。想象力本就丰富的萧云不禁浮想联翩。细读图旁的文字，萧云才知上个月夏翊他们一起参加了一次外出读书写作活动。

"夏翊怎么从没与我讲过这事？他与珺如他们一起外出过？"萧云心里不由得一阵翻江倒海，"可他有必要向你讲吗？你只不过是他的一个学生而已。"

想起这些，萧云心情黯然，继而有点郁闷。这种郁闷如同海滩上的沙石,每一次浪潮汹涌之后,越积越多,竟压得她晚上睡不好觉。

萧云发了条信息给夏翊:"你觉得我好,还是珺如好?"

一会儿,夏翊回信息说:"如今好好的,为何又要说这事?"

萧云将他和珺如一起的这张照片发了过去。

夏翊说:"你有没有觉得自己神经过敏?你最大的问题就是胡思乱想。"

"我的想象力本就丰富,所以才会当作家。"

她发了个不开心的表情。

夏翊说:"我们就是聚在一起讨论一些读书写作问题,其他一点没什么。"

"上次你怎么与珺如一起在酒吧?你怎么与她这么好?"

夏翊没做任何解释,这让萧云更是悲伤,她只觉得一股莫名的火焰直往外喷发,似乎要将自己彻底燃烧。

"老师,如若有一天,我不再见你,你会不会怀念我们在一起的日子,你教我写诗,我向你学诗?"

夏翊说:"你简直是无理取闹。"

她关了手机,不再与他说话。

其实萧云深知自己在爱情上一直有问题。追求完美的性格,让她无法接受有缺陷的爱情,她无法接受爱情中的瑕疵,无法去喜欢被虫子噬咬之后留下伤痕的那朵娇美欲滴的玫瑰花。她不知自己为何会如此执着追求完美的感情，滚滚红尘本是无比喧嚣，每个人奔忙在欲望之中，为情，为爱，为一切物质的存在。你要好好地活着，就无法躲避一切世俗的东西，你不可能一尘不染地独自保全。她明知道自己活在尘世，偏要像是活在云端，这注定会成为一个悲剧的开始。自小在父母无爱婚姻中长大的萧云，一点都无法忍受爱情的背叛，无法忍受在自己的爱情中看到父母身上的阴影，她怕自己有一天会不知不觉走上父母的老路。那碰撞在一起的歇斯底里的哭喊声，而她与弟弟就站在角落里目睹着现场的残忍，那是她的父亲与母亲。

所幸迎来了改革开放，各家各户分田到户单干。本就勤劳的父母凭着自己的双手将日子平安稳定地过了下去，萧云与弟弟考上大学，走出了这片土地，走向了城市。她不喜欢父母阴郁的性格，在他们身上感受不到一丝的温暖，就像冷漠已久的一块坚冰害怕夏日的到来。她喜欢跟在爷爷奶奶身边，自小就是，跟着爷爷奶奶吃睡、养花，她身上所有浪漫的特质都深受爷爷奶奶的影响。他们即使身处困境，依然将生活过得极有情调。老屋的后花园里，全是姹紫嫣红的花儿，玫瑰、海棠、百合花，遍地皆是。枝繁叶茂的香樟树，高高耸立的枣树，一株木芙蓉横越清浅的池塘，一墙盛开的凌霄花绚烂如霞，让人感到生命的美好。

奶奶年轻时十分美貌，她喜欢上了村里的一个青年，虽说他家境普通，但奶奶与他情投意合。镇里一豪绅的儿子也看上了奶奶的美貌，奶奶心中早有意中人，一口拒绝了豪绅的儿子。没想到豪绅的儿子由爱生恨,利用自己的权势诬告陷害,一纸白封条封了奶奶家的四合院。奶奶一家祸从天降,奶奶的哥哥本来有妻有子,家人和睦,因祸事连累,嫂子带着儿子远走他乡。哥哥悲伤过度,竟双目失明,失明后无处可去,就在原来自家房子的门口长廊处搭了个简易小木屋,孤独终老。舅公是奶奶心中永远的痛。萧云犹记得年少时,奶奶常带着她走很远很远的路来照顾舅公,直至他离世。后来奶奶还是嫁给了她的心上人,只可叹命运不公,没多久心上人得肺结核死了。萧云爷爷行医路过,看上了年轻美貌守寡的奶奶,有一天抬着花轿硬是将她抢回了家。爷爷与奶奶一辈子的恩恩怨怨就从此而来。萧云曾听得奶奶与邻居阿婆聊天,聊年轻时曾有过的美好爱情,也许奶奶一生真正爱过的男人只有早逝的前夫,对萧云的爷爷或许没有过多的感情。怪不得小时候萧云总觉得奶奶和爷爷间有着无法言喻的冷漠,原来还真有过恩怨。

  对于爱情上的一根筋,萧云不也如此?同样的血液,同样的执着。长大后明白了奶奶的故事,萧云似乎也理解了自己。一生只爱一个人,那是多少女人的执念。

  母亲不喜欢女儿的远离,她曾对生活中的一切毫无察觉,只知道奔波忙碌。当她看到萧云日夜奔向爷爷奶奶身边时,她才意识到了母女之情的淡薄。她终究还是舍不得,但一切已无法挽回。在黑夜到来时,母亲堵在门口,陈旧的木门朱漆褪尽,就像老去的女人,不再美丽。那高高的门槛,就像阴森的枷锁般,年少的她无法一步翻越。母亲阴沉着脸,怒视着她的一举一动。女儿的个性是倔强的，是顽固不化的，母亲软硬兼施也无济于事。萧云哭喊着要投向爷爷奶奶的怀抱，那是老屋前面五十米远的一个小木屋。夜色中，小木屋幽暗的灯光依然闪烁着，萧云知道爷爷奶奶还在等她前去睡觉。怕女儿远离的母亲使出最低级的恐吓手段，她微微打开一点门缝，故意压低着声音说："你看，你看，门前有条大黑狗，它们在黑夜里专吃小孩的。"萧云怯怯地向外张望，黑乎乎的夜色中似乎真有一条大黑狗等在外面。那一夜，她无奈地留在母亲身边。第二天一大早，她又奔向了爷爷奶奶的怀抱。

日子一天天地好了起来，父母远离老屋，在村西自家宅基地上造了新房子。而萧云坚决留在老屋继续陪伴爷爷奶奶，尽管爷爷奶奶似乎也不是很和谐，但他们深爱孙女的心是一致的。

父母的阴影一直深深埋在萧云的内心深处，也许这是她对爱情缺少安全感的源头。她向往着爱，又不敢去真正面对爱。那么多年里，依然如此。

萧云晚上做了一夜的噩梦，没睡好。第二天一大早，她看到了夏翊的手机留言："你一直在无理取闹。我说过，我只是与他们一起搞了个活动，与珺如什么关系也没有，一切都是你的一种病态的胡思乱想。已经解释多次了，我现在最后再说一次。以后关于这种事情我一句也不说了。你爱怎么想就去怎么想，和我一点关系都没有。你一定要冷静下来，相信我说的，不要再胡思乱想，否则我真的受不了。我有许多事要做，不能花时间精力在这种无聊透顶的事情上。"

萧云回了信息："好吧,不再惹你生气了。我长期积压着情绪,需要宣泄,是有点近似无理取闹。我还真想让老师从此看不见我呢。我就相信老师你所说的一切吧。我是要换一种生活方式了,要归隐一段时日去创作小说。这段时间你见不到我了,如若有一天想念你,我还是会回来看你的。"

第二天,她又发了一条信息："老师,最近的事我想了很多,可能真是我敏感了,多想了,你别介意。我就是这么个人,有时极是执拗。昨晚上又梦见老师你给我们上课了,你站在大学讲台上整整要上四节课。一切记忆犹停留在美好的大学时光,有人说,回忆以前其实是留恋那时青春的自己。我脾气时好时坏,所幸一直孤独。这样也好,不会伤及太多身边的人。上天给了我一颗孤独的心,使得我有机会写出好小说。去年年底完成初稿的小说里,我写了一个女孩偏执的人世之爱。我活在自己的小说中了,这小说终将问世。老师,我还想幽居自己,休养心境。也许要很长一段时间,我们就不要相互计较了。祝老师安好!"

萧云发给夏翙两条信息后,就消失了。

第三十一章

青春如歌

Y U N I　　C H O N G F E N G

周诗诗给萧云写来了一封封如她个性般青春飞扬的信件。收到周诗诗的信,是萧云最开心的事。苍穹、白云、草原、原始树林、牛羊遍地,那是她信中美丽的草原风光。萧云喜欢听周诗诗讲述内蒙古草原的故事。读着她的来信,感觉自己也与她一起飞奔在辽阔的草原上,享受那无边无际的美。

夜幕降临了,白天还是八月艳阳高照、酷热无比的内蒙古草原,一下子变得冷飕飕的,简直是两重天。高原的天气就是如此善变,冷热无常。月亮悄然而至,它与我们如此之近,真的可以用"远在天涯,近在咫尺"来形容。就像一个大玉盘,从草原的地平线上冉冉升起,高高地悬于空中,尽情地展示着它的柔美。月亮是孤寂的冷美人,恍惚迷离间,犹如我们江南老家见到的红彤彤的太阳那般。银色的光辉一览无余地洒在寂静空旷的草原上,像是给草原披上了一层薄薄的清透朦胧的睡衣。夜幕下的草原显得更迷人,更寂静了,让你分不清是日出还是月出。而当我感到四周苍茫一片,这才如梦初醒:我置身于草原之上。萧云,我喜欢北方草原无边无际的空旷,它会让你的内心变得更纯粹,更自由。

白桦树流着情人的眼泪。萧云,你读过这样的诗句吗?白桦树是北方很珍贵的树木,桦树汁的营养成分很高。采集桦树汁是一件极讲究时效的事,每年春季桦树返青灌浆的时候,我们就带着器具去白桦林中采集。先用钻头在白桦树上挖出一个小洞口,接上小管子,桦树汁就一滴一滴地流出,流向悬挂着的大水杯,就像是情人甜蜜的爱之泪。每棵桦树每天只能流出一斤多点的汁液,所以说它是极为珍贵的东西。我们存放在瓶子里,平时可用于美容,也可当饮品喝。生活,就这么质朴又带着点小情调。

牧民们沿着山地草甸和溪流放牧,天黑了就睡在蒙古包里。他们生活简单,早上和中午随便喝点奶茶解饥,只要晚上有酒有肉,有奶茶喝,他们就觉得快乐。他们的生活要求不高,知足常乐是他们对生活的一种态度。他们经常边吃羊肉边跳舞,自娱自乐。牧民们的生活居无定所,一处草地被牛羊吃得差不多了,他们就迁徙到另一处。冬天来了,牧民们从冰天雪地的世界撤回蒙古包,但他们也不会完全闲在蒙古包里,他们会举办各种类型的冬季活动,如摔跤、赛马、射箭。这是蒙古族男人们在冬天战胜寒冷的力量。他们围着火炉,喝着奶茶,吃着牛羊肉,有时会弹奏起动听的马头琴。草原的生活简单、纯粹、美好。

我见过我爸妈几次了,他们也来过一次内蒙古草原。这么多年里,他们两人终于和解了,如今浙江、上海两地奔走。我爸是个好男人,一直陪在我妈身边,陪着她笑,陪着她哭,陪着她两地奔走。听我爸说,我妈的性情越来越温和了。也许岁月真改变了这个上海女人身上的娇气,她与我爸的和解,其实也是与自己的和解。我为他们俩各自卸下盔甲彼此走近而开心。那么多年了,我发现自己内心里其实还是深爱着他们。曾经的叛逆和逃离,只是觉得他俩没有真正在乎我,我想让他俩为此自责,然后赢得局部战争胜利而获取一种成就感。但我终究还是错了,这对他俩是一种痛苦,对我自己来说也是一种自我折磨。所幸我遇见了华哥,我与华哥的感情一直很好,他的性格与我爸相似,会包容我的任性。北方下雪了,雪花静静地飘落在草原上,有一种亘古的苍凉感。所幸天空依旧,云彩依旧,我们的梦依旧。萧云,我希望你也能拥有真正的恋人,我希望你能永远幸福!

读着周诗诗的一封封来信,听她静静地讲述内蒙古草原的故事,那是一种无比辽阔、无比温暖的感觉。周诗诗终究是幸福的,她过上了她想要的自由生活,那是她追逐的梦。

收到周诗诗的来信后,萧云开心了一阵子,也不禁想起了大学时的另一个室友吴虹。曾经的她们三人经常欢聚在一起,对未来有着无限憧憬。时间如流水匆匆,一晃多年了。

又是一年情人节,老狼提早回家,他问吴虹要什么礼物。

吴虹说:"你今日怎么那么浪漫了?好久没见你浪漫了。"

老狼说:"外面的女人嘛,都是生意场上的事,只是逢场作戏罢了。你也不要听别人乱嚼舌根,都是水中花、镜中月。在我心底里,还是老婆最好。你看我老婆,你照照镜子,我们俩这么多年了,你脸蛋依然粉嫩粉嫩的,没半点瑕疵,别人家的老婆啊,早已是黄脸婆了。"

"啊!这也是婚姻的功劳啊,我怎么不知?我还一直以为是因为自己心态好!你外面那些破事,我才懒得理会。"吴虹一脸不屑。

"知道你无所谓,知道你心底里从没真正喜欢过我,我就气在这里。你越不在意,我越气。这么多年,即使我夜不归宿,你将窗帘一拉,将门一拴,即使半夜了,甚至一整夜,你也不打一个电话关心下我在哪,有没有喝醉酒。你就是这般清高自在,像一尊活菩萨。其实我一直希望你骂骂我、劝劝我,可你从来不会,谁家的女人像你这样没心没肺?我那虎子哥们,他老婆天天查他底细,查他副驾驶上坐过什么样的女人,她还学会了闻香识女人,各种女人的香水、化妆品的气味,她都能一一分辨。其实人与动物本质上相似,猎狗的嗅觉不是天生而来,也是一代代进化而来的。猎狗这动物要永久存在,必须要适应人类所需,这是它存在的宿命。"老狼振振有词。

"你们男人才像猎狗呢,日夜去追逐新鲜的事物。我听说,你那哥们虎子,他老婆生了癌症,应该是真的吧?"

老狼极为怀疑地望着吴虹,悄悄地靠近说:"你也知道这事?谁告诉你的?他老婆生病已半年,估计不行了。那女人性格暴烈,我哥们又不懂得怜香惜玉。有一次吃饭,她竟找到我们吃饭的酒馆包厢,一脚踏进来,脸色铁青地站着生气。其实也没啥事,我们只是叫了几个哥们,还有几个女的一起喝喝酒,她硬是大发脾气。还有一个夜晚,不知她找遍了多少幢大楼,竟找到我们打麻将的地方,那是我一哥们的住处。我们在阁楼上打麻将,她竟循着阁楼窗户透射出去的微光,硬是找到了我们,还大发雷霆,将一桌子的麻将乱捣一通。后来听说她生了重病。"

"那一次半夜三更,虎子老婆打电话给我,是我告诉她,你们可能在谁家。"

老狼恍然大悟:"原来你是背后主谋啊!"

"也不算是,我只是同情她,或者说同病相怜。你们这帮男人一点都不懂得疼惜老婆,好好的一个女人,就这样被糟践了。"

"是那女人没想明白。我看来看去,还是我老婆最好看。外面的女人怎能与你比?"

"你是怕我与虎子女人一样生起病来吧?我才不会呢。你老婆呀,事业第一,爱情第二,我还想当图书馆馆长呢。如今老馆长不管怎么折腾,年纪大了,再过两三年就要退休了。我现在好好地干,即使她看我不顺眼,我也要好好地伺候着。到时再叫我表姐夫帮我一下,我那表姐夫在县委里混得不错,他上次答应我去托托关系。"

"你那表姐夫不就是你亲姐夫吗?"

那么多年了,老狼早已知晓吴虹的复杂家事。

吴虹眼睛一瞪:"去去,少管我们家族闲事,你管好自己就行了。"

吴虹相约萧云坐在公园的草地上。冬日午后的阳光暖暖的，大叶女贞散发着阵阵清香。两人好些日子没见面了，如今吴虹遇上烦心事，她又想起了萧云。

"我遇上烦心事了，萧云。"吴虹幽幽地说着，似要将满腹心事尽情倾诉。

"你与老狼还好吗？"萧云首先想到的还是她与老狼的事。

"我与老狼呀，也是说不完的故事，如今我都懒得去理会他的破事。"

"你真这么安心？"萧云有点不信。

"男人嘛，倦鸟归巢。外面玩久了，累了，还不是乖乖地回家？就这么简单。"吴虹轻描淡写，如同讲述着别人的故事。

萧云不太相信吴虹说出的话，哪个女人真不在意老公的事？也许这些年老狼太让她失望了吧。几年前，萧云听说过老狼的一些事，说他在外面与一个年轻姑娘好上了。萧云听说这事时一点都不大惊小怪，她早就知道老狼的品性。当年追求吴虹时，老狼信誓旦旦，说什么今生不相负，他的另一女友还不是将电话直接打到吴虹寝室？萧云一直震惊于吴虹对老狼的耐心。在外人眼里走路生风、说话带刺的吴虹，竟会一而再、再而三地忍耐着老狼所做的一切，无论恋爱时，还是结婚后。她对他的感情真叫爱情吗？爱情是独尊的，哪能三番五次容得别人的插足？即使肚量最大的女人也会痛不欲生。而萧云眼里的吴虹总是云淡风轻,她似乎早就将感情之事想得极为通透。

眼前的吴虹向萧云一点一滴倾诉与刘馆长的一些事。不谈爱情,只谈事业的她真遇上了令她头疼不已的事。说她如今面对的不是一个正常的上级领导,但在外人眼里的刘馆长工作热情负责,似乎极有创意,而谁又真正明白其中的利害?吴虹真怕自己会与她一起跌入无底的深渊,万劫不复。

"我可不想做她的陪葬品,萧云,你说她到底知不知道这样做的风险?君子爱财,取之有道。她为钱冲昏了头脑,我该怎么办?"

"该坚持还得坚持自己的原则,实在坚持不下去,你就辞了这副馆长。"

"人生总有无尽的烦恼,当初以为奋力拼搏考上大学就万事大吉,其实爱情、职场,身后还有无休无止的烦恼。你呢,萧云,你从不向我们诉说你的情感故事。如今的你,既是记者,又是作家,可这么多年了,怎还不见你的爱情故事?"

萧云看了看吴虹,笑着说:"也许我爱上了一个不该爱的人,我为他放弃了一片树林。"

"他是谁?这么神秘的一个人?"吴虹极为不解。

"我到现在还不知道他是否真正爱我。不说他了,我们说自己的事。"

吴虹没再追问。既然萧云不想说,肯定有其苦衷,她不想为难萧云。

"当年我们大学室友四人中,阿姝最有出息,她考上复旦大学研究生,如今留校工作。前段时间,周诗诗又给我来信了,她过得最是自由,最是纯粹。"

"也许吧,"吴虹莞尔一笑,"这是她自己的选择。"

四个女人一台戏,永远有说不完的故事,唱不尽的歌。

第三十二章

逃离与回归

YUNI :: CHONGFENG

也许是好些日子没见过夏翊了,那一天,萧云梦见了夏翊。在梦里,她去一个地方听讲座,竟发现夏翊也在那儿,真是凑巧,而且他的位置就在她旁边。因为到得晚,即使看见了夏翊,也不敢多声张。她就静静地坐在那儿听着讲座,夏翊也正襟危坐,像是大学时那般熟悉又陌生。

整整一堂讲座,萧云其实没听进去一个字,可她还是没顾好夏翊。等讲座结束时,她才发觉不知何时夏翊的位置竟空了。

"夏翊走了?他怎么不与我告别下就独自走了?"一阵伤感,心堵塞得难受,"他竟不与我说一声?"

萧云越想越难过。她越过熙攘的人群,飞一般地跑了出来,她想追上夏翊,她要与他告个别。穿过去往车站的大街小巷,她跑得气喘吁吁,终于在一条小巷的尽头看见了夏翊孤瘦的身影,那身影渐行渐远,越来越模糊,最后消失在小巷尽头转弯处……

萧云从梦中惊醒过来,她发现自己依然深深地爱着他,无法彻底忘记。

皎洁的月亮高高地挂在床前,清冷的梦境在脑海中清晰浮现。她再无睡意。打开灯,从床上坐了起来,思绪万千,写下了一首诗:

深不可测的黑洞里,一切希望皆被吞噬

我四顾茫然,寻不回归路

提着受伤的身体,如同拖着沉重的十字枷锁

黑暗中,我努力睁开双眼

沿着你生命中的一道光芒前行

我听见了影子的窃窃私语:

"她是谁?她是谁?"

那是他们在土墙上留下的回声

还是他们依然真实地存在?

我不知道谁生谁死,谁歇息谁痛苦

我只知道,我的心依然在跳动

在黎明到来前,我将继续沿着你赐予的光芒前行

第二天是周末,萧云坐了一个多小时的车来到她曾经就读的大学。当年的她,在这所大学里遇见了夏翙,而她没想到十年后的自己还会与他重逢,一切像是梦境般。

大学那时的生活简简单单。每天教室、图书馆、寝室、食堂,一条线上来回跑。大学的校园依然很美,操场上绿草如茵,徜徉其间,恍如走进一座美丽的花园。古朴典雅的教学楼,苔痕斑驳,藤萝蔓

越,沉淀着时光的痕迹。

　　走在曾经读过四年的大学校园里,一切都那么熟悉,往事历历在目。那片樱花树林犹在眼前,当年的她常常独自在树林中散步、看书。透过这片疏朗的樱花树林,她能看到学校的校车从对面驶过,而夏翊就坐在车窗边,她一眼就能望见他。一晃十多年了,梦一般的日子犹在眼前晃悠着。

　　萧云觉得自己的生命曾如此孤独,像是汪洋中独自漂泊的小舟,不知所向。直至遇见夏翊,她像是遇见了另一个自己,一个同样沉寂于孤独世界中的人。"因为懂得,所以慈悲",也许这话最能解释自己为何会爱上夏翊,这所谓的"慈悲"其实就是茫茫人海中的惺惺相惜。她崇拜他,欣赏他才华横溢却隐逸在少有人知的山边小屋。他的世界里只有一条狗、几只猫,还有山顶上住着的好友林格。他失恋在三十岁,而自己十八岁后就再也没遇见过爱情。他与她的命运何其相似,那是一种无边无际的孤独。长在荒野上的两棵树,彼此遥望,却永远无法走近。她不知到底是谁在抗拒命运的安排。明明可以走近,为何要如此远离?是骄傲,还是彼此的自尊?也许曾经受过伤害的人会永远害怕伤疤再次被揭,于是在沉默中选择逃离,让一切涌动的暗流永远沉睡在碧海深处,像水草,像珊瑚,只在无人知晓的大海深处跃动着孤寂的生命。

　　思念的情愫,梦一般坠入无涯之荒野,摧折着她的灵魂。萧云想起她与夏翊的一切,忽然觉得一种隐隐之痛电流般地传遍她的每一根血管,似乎随时都会爆裂开来。她觉得自己不能再这样下去,她太沉溺于这段若有若无的情感之中,她深感如果一直这样下去,她只会越来越忧郁。她想好好调整自己,去理清她与夏翊之间的这段故事。

从大学回来后,萧云给夏翊发了条短信,告知他接下来一段时间她不会去他小屋学诗了,她想去做一件很有意义、很有价值的事。她征得单位领导同意,以记者身份去一个心理治疗中心做义工,她要帮助那些年轻的抑郁症患者,她想写一本有关这方面的书。

她给夏翊留言:"人生就是生命的一次燃烧,它可能发出美轮美奂的光彩,温暖无数人的心,也可能光热有限。一分热发一分光,哪怕只是点亮一两盏灯火,也会暗自照亮自己与别人的世界,我想让自己彻底燃烧,今生才不会留下遗憾。"

萧云厌倦了眼前的一切,她不想永远沉浸于这段阴影之中,她想好好改变自己,去寻找另一种精彩的活法。

"夏老师,如果有一天摩羯想念天蝎了,摩羯还会重新出现在天蝎面前。"

多少浅浅淡淡的转身,却是别人无法看懂的情深。萧云就这样在夏翊面前隐身了,不再发布一个新动态,也不给夏翊一个电话。

一年后,夏翊的诗集出版了。在江城图书馆里,他隆重地举行了诗集分享会。

像是一颗消失已久的星星,重新璀璨在夜空。夏翊又一次出现在诗界,而且带着他这么多年来的一本新诗集——《消失在夜空》。他就是消失在夜空中的那颗星星,令人庆幸的是,他又回归诗界。他的诗集,他的重返诗坛,让诗歌爱好者们无比期待。即使曾经的夏翊忘记了自己是一个诗人,但热爱过他的读者依然记得:他是八十年代一个震撼诗界的著名诗人。

他在诗会上深情朗读自己写的诗,就像深爱自己的孩子般,满怀热情,满怀希望。诗,永远是他的生命,他的灵魂,他今生的最爱。

在台上,夏翊缓缓地望向人群,他忽然惊喜地看见了她,那个唤醒他诗意的女孩萧云。她正坐在最后一排的位置上,笑眯眯地看着她的夏翊老师,就像当初咖啡馆里第一次坐在夏翊面前,一样地调皮可爱,一样地让他欢喜。

抵达过灵魂深处的痛苦,从暗夜中跌倒爬起,发现自己穿过荒原的蜕变,像是换了一身盔甲,演绎生命中的另一角色。而柔软的心,不一定真会变得像冬天般坚硬。金戈铁马,转瞬间,依然会溃不成军。

她不会真的走远,她又回来了,而且还带来了她在这一年里的成果:一份有关青少年抑郁症患者的调查报告,还有一部长篇自传体小说,那是她与他的故事。她将在下个月出版新书。

她给他发了一条信息:"我在天蝎与摩羯第一次见面的咖啡馆。"

他说:"我马上到。"

她内心一阵悸动。十分钟后,拍了张自拍照,发了过去。

她说:"一年未见面了,怕你认不出我如今的模样,给你发一张自拍照,以免认错人。"

他说:"你还是那么调皮可爱。山转水转,即使地球倒过来转,我还是一眼就能认出你。"

她发了个笑脸说:"看来你还没将我完全忘了,我以为你真会忘了我。"

他说:"怎么会呢?"

他走进了咖啡馆,在人群中一眼就望见了她,淡黄的上衣,浅绿的长裙,美在人群中。

他摇着一把纸扇,像是古典戏剧中的翩翩公子,书生意气。他依然那么帅气,无论时光如何穿梭。他看着她青春美丽的脸庞,似乎想找寻出点什么。

"这一年,你到哪去了?杳无音信,打你电话不接,发你信息也不回。"

她哈哈地笑着说:"我想躲得远远的,让你看不见我。"

他说:"人生短短,稍纵即逝,何苦为难自己呢?"

她说:"我比任何人都活得简单,活得纯粹,像海边岩滩上的一株野草,每一天独自面对大海,面对礁石,面对四周的寂然。我喜欢那般辽阔、那般悠远的地方。我就想一个人好好去过一段时光。"

他说:"你是很有个性的女孩,有才华,但又像个隐士。"

"哈哈哈",她爽朗地笑着,笑得肆无忌惮。

她说:"我们今生都是局外人和朝圣者,必须要忍受心灵的孤独和放逐。"

他说:"那你为何又回来见我?"

她说:"想念你罢了。"

他说:"只是油腔滑调而已。"

她说:"信不信,随你。"

他说:"半信半疑。"

轻柔的音乐回荡在四周……

后 记
《与你重逢》创作谈

如果有人问这个世上最好的爱情是什么,我会告诉你,是精神的独立和灵魂的合一。小说中的天蝎和摩羯的爱情就是如此。在茫茫人海里,摩羯发现了与她灵魂如此相似的一个人,孤独地活在文字王国中,遗世独立,像是看到了另一个自己。爱是互为救赎。小说中这场持续的爱恋,就是如此而来。

其实人心里真有一片海,一直在翻滚着,而自己的灵魂如果没有一个东西去压住,只要某一刻某一个小小情绪浪荡过来,灵魂就会被这么打翻,沉入到海底去了。我记不得这段话是谁说的,但我能敏感地体悟到:写作小说,是对自己灵魂的救赎。将自己对这个世界,对身边人的理解,诉诸笔底,创作出带有主观理想主义色彩的人物。这个人物可能有点偏执,可能不是那么完美,但他(她)是来自现实生活的一个典型,是作者笔下的一桩文学真实。当自己进入创作中,我才真正理解了小说的虚构并非架空于现实的虚构。为什么那么多小说能如此打动人心,因为它可能曾经真实存在,或者说作者将这个真实的原型美化。人物的一颦一笑,以及他们的哲学思考,都离不开作者的阅历和审美情趣。

小说创作需要讲究美学。作者要将人物的存在合理化,要将他们言行举止设计得符合性格的发展。其实作家就像是一个设计师,将小说中的大人物和小人物装饰上属于他们的外在形象,古典时尚,高雅粗俗,让他们栩栩如生地活在作品中。作家必须是这个世界的杂物评论家,对于音乐、舞蹈、绘画,最好都能有自己的审美情趣和思考。我的这部小说《与你重逢》中的林格是个画家,柳惠是个舞蹈者。而男主角夏翎深谙音乐,他在海岛知青农场的水库边,面对着泛着淡淡银光的水面,吹奏着《平沙落雁》《渔舟唱晚》《高山流水》,那是对这个人物孤独之境的深度创作。我没让夏翎自己说出心里话,也没让旁人来评论他,而是设计了这样一段文字,这样一个场景,高山流水,知音难觅。这为他后来重逢萧云心生欣喜之情埋下一个伏笔。萧云懂他,爱他,即使这种爱带有一个女人的人世偏执,甚至时不时让夏翎无比痛苦和烦恼,也无法否认她在心底对他的这份感情的真挚又热切,如同小说中所说的"茫茫人世,夏翎只有一个"。

"写作是为了展示还是表达?"这是一个有关创作的重要课题。如果是为了表达,侃侃而谈,滔滔不绝,有时可能泥沙俱下。其实并非所有的言语都是有品质的,并不能真正映照出这个世界的美。文学即人学,文学作品有悲剧美和喜剧美,就像余华《河边的错误》,虽然血淋淋,却也能感动读者。无论喜剧,还是悲剧,同样能震撼人心。张贤亮的中篇小说《绿化树》,叙写了"文革"中的知识分子被流放到西北地区后的独特经历,作品通过人物的忏悔、内疚、自责、自省等一系列心理活动的描写,对生理饥饿、性饥渴和精神困顿等问题,进行了深入思考与解读,展现了特定年代知识分子的苦难遭遇。读大学时我读到了这部小说,甚为惊叹作家的审美和批判。二十世纪八十年代的小说,却是有着如此深刻的人性反思,实为不易。

臧克家强调"一个诗人,必须先是一个人,一个健强的认真的严肃的好人",他的情感应"既是个人的,又是千于万万人的"。小说家也一样。无论余华《河边的错误》,还是张贤亮的《绿化树》和《人世间》,小说的背景都是一个时代的缩影。我的小说《与你重逢》也一样,与过去的那个时代重逢;与过去的自己、过去的爱情、过去的悲欢离合重逢;与一个逐步走向独立自由的女主人公重逢。

何为"作家"?作家这个称号是有份量的,我至今对"作家"这个称号只有向往之情,而难以企及。作家本应成为时代的阐述者,人世的解读者,人性的挖掘者。作家哈代并不认为人类是受控于充满敌意的自然,而是可以创造自己命运的存在者,是可以选择、具有自由意志的角色。苦难是真实的伪装。"写作者将本性里必死的羞耻,用艺术的鲜活色调来描绘。"

在这部小说中原稿有这样一段文字,"大黑妈坐在桥边的石栏上,一字一句地给大黑讲述着这座桥的来源:这座桥啊,极有渊源。你没看到桥对面的那个庵堂吗?庵堂里塑着三尊佛像,这三尊佛像的原身就是当年讨饭路过旗山的三个乞丐。三个乞丐看见旗山村庄背山靠海,男耕女织,如世外桃源般美好,自以为天赐奇缘遇上了好地方,就准备在这村庄多歇息些日子。于是三人住到了村庄的半山庵里。我们脚下这条河常年水流湍急,旗山村为与周边几个村庄方便交通,决定修筑一座石桥。可这石桥筑了半年多,一到大雨天,上游下来的混杂着泥沙的河水总是将石堤瞬间冲垮。正苦于无计可施之时,不知谁想起了歇息在半山庵里的三个外地乞丐,他们暗自商量,肉酒相待,哄着三个乞丐喝得不省人事。趁着月色朦胧,万籁俱寂,将醉酒中的三个乞丐抛掷到石堤下。自此以后这石桥再也没被大水冲毁过,而那三个乞丐也命丧于此,成了传说中有功于旗山村的人堤,如今被隆重供奉在庵堂里。"改稿时,在编辑的建议下,为了整部小说结构上的完美,我最终将上面这些文字删去了,其一也是为了打造作品人性的光辉,所以隐去了那些沉重的真实记录。"作品是自我和忘我的统一。只有自我,才能独特而迷人。只有忘我,才能松弛而开阔。一个作家是敏感和自恋的调和,再加上一些恻隐之心。"我们唯有利用长篇小说的形式,去抗衡或延缓世界的变质和分解,去阻止价值的消耗和偷换。

　　性格决定命运,而每种性格的起源和成长,都有其根,我并非刻意如寻根文学般去理解小说中人们的命运,但我在创作中还是揭示了家庭背景影响一个人的爱情观和价值观。正视小说中几位女性的爱情取舍,现实主义和浪漫主义浓缩在她们如何看待爱情,如何取舍事业,奔赴未来的命运中。尽管一路上风风雨雨,甚或千疮百孔,小说中的萧云、吴虹、周诗诗和阿姝,都奔向了命运早为她们设计好的生活,而作为作者的我只是跟随其后,替她们创作各自的传记。无论为了情,为了钱,还是为了理想,她们都执着于自我的世界,拥有了自己的梦想。这是一部现实主义生活的写照,也是浪漫主义情感的追逐。

　　一部作品的深度，决定于穿透作家心灵痛苦的程度。年少时模糊的记忆，却又如此深刻地镌刻在我心底里，悲伤的，痛苦的，欢快的，明朗的，那老屋后花园大樟树下荡着秋千的爷孙俩，那些伙伴们爬过苍老虬曲的木芙蓉时的欢笑声。流淌在作者笔底下的往日场景，像是一页页泛黄的日记被翻开，穿越时空，依稀在目。

　　有人说故事像说着自己，有人说自己像说着故事。我们在尘世间孤寂、狂傲、不安的灵魂，在写作的世界里被施洗、被安抚，从而抵达人世的理想之境。水远天长，江寒沙白。还是汪曾祺先生说得好，"一定要爱着点什么，恰似草木对光阴的钟情。在黑白里温柔地爱彩色，在彩色里朝圣黑白。"写作就是如此。